希望之國

村上龍

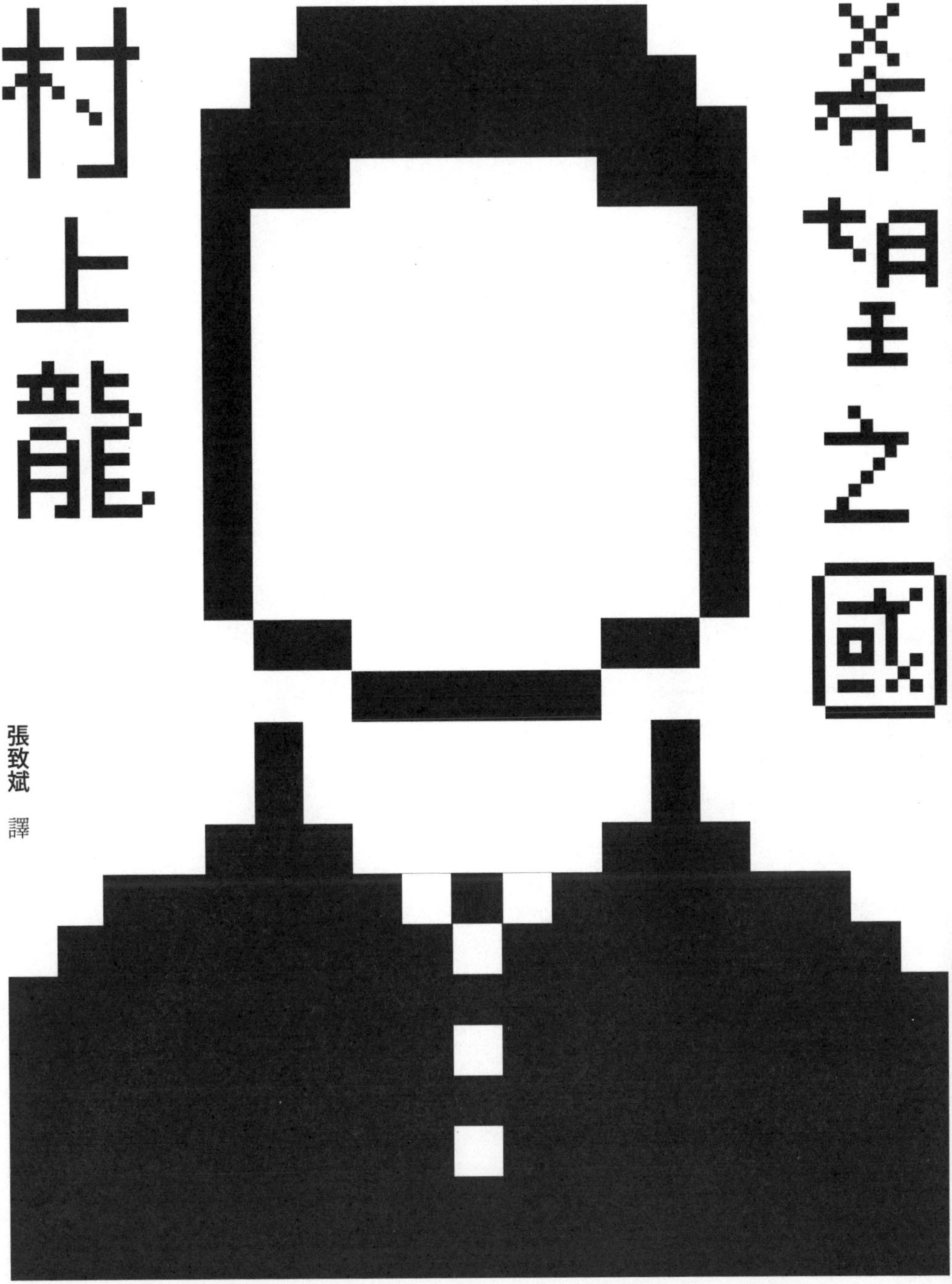

張致斌 譯

哲，為什麼你非去巴基斯坦不可呢？由美子這麼問我。

由美子比我小四歲，和我做一樣的工作：特約記者。她的專業是經濟，至於我的專業嘛，什麼也沒有。

此外由美子還是，該怎麼說呢，我的同居人。有如情人般羅曼蒂克的時期轉眼間就過去了，現在是還住在一起，但說到約會卻不論次數或所費時間都越來越少，仍然會做愛就是了。不過，她並不打算結婚，若要問我這方面有什麼想法，我也搞不清楚。一方面覺得麻煩，另一方面又覺得還是認真些比較好，兩種想法各半。

由美子並沒有問我要去巴基斯坦做什麼。原因是上週在巴基斯坦發生的事件，在日本引起了軒然大波。工作嘛，沒辦法，我這麼回答由美子，但這並非我自己感興趣的工作。

我從來沒去過像巴基斯坦這樣的國家。我嘛，並不是會一手拿著《繞著地球走》，背著旅行背包到處找便宜住宿處那種類型的人。而且，我並不是那麼喜歡旅行。

投入特約記者這行已經將近十年了，但仔細想想，海外採訪這還是頭一遭。蜜月旅行去了澳洲；開始打高爾夫球的時候去過夏威夷、塞班還有韓國。差不多就這樣。只不過那段婚姻三年就宣告結束，高爾夫球也很快就不打了。我的案子怎麼說都與事件或政治扯不上關係，大多只是採訪名人經常光顧的居酒屋、早上有打折的便宜按摩浴俱樂部，或是安排那些所謂文化人的專訪與對談。像我這種人，為什麼會被選中前往巴基斯坦採訪，主要就是因為找不到其他人。而且不論組長或總編輯都認為這不過是個普通的採訪，並非什麼重大事件。

不會有什麼危險吧？由美子說。只要生命有百分之一的危險，我就會把採訪丟在一邊逃走啦，反正只是個無聊的採訪，我這麼說，但事後來看這個判斷並不正確。

二〇〇一年的六月上旬，有日本少年在巴基斯坦西北部、阿富汗邊境附近被地雷炸傷。因追蹤阿富汗內戰正巧在附近待命的ＣＮＮ，在當地做了報導。ＮＨＫ以及各民營電視台都反覆播放ＣＮＮ所提供的那段短短的畫面。

那段畫面我記得非常清楚。因為日本面孔的男孩與當地的景色呈現強烈的對比，而且畫面也不斷重播到令人厭煩的程度。

在當地診療所接受治療，從胸部經過肩膀到臉都裹著繃帶的男孩。並不是男孩自己踩到了地雷，只是因為非常靠近而受到爆炸震波的波及。那個男孩一副標準的日本人長相，因為臉上也受了傷，躺在床上不發一語。以泥磚建造的簡易小診療所，好像隨時會崩塌的建築物後面是險峻的景色。

「他們是在兩年前來到這裡的。」

診療所外面，好像是當地部族長老的老人在接受ＣＮＮ記者專訪的時候這麼表示。畫面上的英文字幕被日文字幕蓋住了。「他們」指的是什麼意思呢？我看著那個畫面思考著，但是看到老人身旁還有另一個男孩，就明白意思了。還有這個男孩，老人向ＣＮＮ的記者介紹。

「他也是日本人。」

瘦削的男孩曬得黝黑，戴著圓框的深色太陽眼鏡。這麼一說，看起來確實是日本人的長相。男孩以抬頭挺胸的態度在畫面中登場。頭上戴著回教獨特的圓筒形小帽，身穿寬鬆蓋到腰際的當地服裝。

「你也是日本人嗎？」

ＣＮＮ的記者透過當地人的翻譯詢問男孩。大批持槍男子圍在記者與男孩四周。

「曾經是日本人。」

男孩回答時所使用的並非當地語言而是英語。並不流利，可是非常易懂。男孩肩上也背著槍。

「不過，如今我是普什圖族的一員。」

聽少年這麼回答，老人點點頭，四周響起了歡呼聲。普什圖族居住在這附近到阿富汗一帶，是個非常驍勇善戰的民族，ＣＮＮ的記者補充說明。

「能不能摘掉太陽眼鏡一下？」

聽ＣＮＮ的記者這麼說，男孩皺起眉頭。

「我拒絕。」

題。

男孩說著，眼睛透過太陽眼鏡瞪著ＣＮＮ的記者。記者看看變得不悅的男孩又看看槍，換了個話題。

「你幾歲？」

「十六。」

「在這片土地上做些什麼呢？」

「這種事情沒必要對美國人說。」

四周又是一陣歡呼。男孩對於訪問顯得不大耐煩。老人偶爾會對男孩耳語。別露出怒氣好好回答，老人似乎這麼說，男孩每次都點點頭。真是奇妙的畫面。感覺不像是現實。曬得黝黑，眼睛藏在太陽眼鏡後面，但是男孩的臉型卻是不折不扣的日本人，而且仍帶著稚氣。在強烈的日光下，身穿居住在巴基斯坦到阿富汗一帶北方部族的衣裳，好像業務員拿著行動電話似的提著AK47步槍。周遭是草木不生的紅褐色大地，險峻的山巒近迫眼前。畫面完全沒有真實感。簡直就是搞笑藝人事先串好的節目嘛！事實上不只我這麼覺得，一起看電視的記者朋友中也有人這麼說。

「什麼時候來的呢？」

「兩年前。」

「受傷的朋友還好嗎？」

「沒什麼大礙。」

「你為什麼會在這種地方呢？」
「前面的山谷裡埋著好幾萬枚地雷，必須有人來清除。那正是我們部族的工作。」
「想不想念日本呢？」
「我已經忘掉日本了。」
「忘掉了？為什麼呢？」
「那個國家什麼都沒有，是個已經死掉的國家。我不會再想念日本了。」
「這塊土地上有些什麼呢？」
「這裡什麼都有。生活中所有的喜悅，親情和友情，尊敬與自豪，這裡都有。雖然我們有外敵，可是內部並沒有霸凌凌虐的情形。」
如果能夠的話，最後可不可以用日語說點什麼呢？應記者的要求，男孩微笑說道：namamugi（生麥）、namagomi（生鮮垃圾）、namatamago（生雞蛋）。這些話是什麼意思呢？記者問。可是男孩只是再度故作笑容，並沒有回答。那是輕蔑的微笑，彷彿在嘲弄CNN的記者什麼都不懂。
終於，男孩從鏡頭前離開，遠處圍觀的人群歡呼相迎，隨即混入其中看不見了。負傷的男孩遲早也會回到他們的聚落去，CNN的記者這麼表示，最後加了評論：日本這個民族實在是令人費解。
「日本少年究竟為什麼會在這種地方處理地雷呢？這件事依然是個謎。難道說，那個男孩子會是『神風特攻隊』的後裔嗎？」

總共只有兩、三分鐘，短短的影像。十六歲的日本男孩在遙遠的西南亞異境遭地雷炸傷，就這種衝擊性的新聞而言影像太短了。其中缺乏詳細的資訊。各電視台的新聞都只是反覆播放CNN的畫面，主播們則都一再表示目前並不清楚當地的狀況。即使新聞性節目中所邀請到的那些所謂「學者」和「專家」，也都只是不斷表示不明白日本男孩為什麼會在那種地方而已。

根據學者的說明及新聞解說，那一帶稱為西北邊境省（North-West Frontier Province，簡稱NWFP），是個巴基斯坦政府鞭長莫及的區域。好幾個部族獨自生活，生活圈跨越國界到達阿富汗。說得明白一點，這是因為過去統治此地的英國擅自在這些部族自古居住的廣大區域正中央劃出國界所導致。

NHK與各民營頻道的採訪小組隨即便趕赴當地，不過都被擋在西北邊境省的入口白夏瓦。白夏瓦郊外有檢查哨，無法再往前走。要從那裡再往前，必須獲得管轄西北邊境省部族的同意，可是他們絕對不會發給日本媒體許可證。雖然電視台人員在白夏瓦與伊斯蘭馬巴德採訪了外務省與聯合國的日籍職員，但是沒有人清楚男孩的事情。

終於，電視上開始出現了懷疑那個男孩可能是自己孩子的家長。最初只有五、六對，但是很快就破百了。他們帶著照片出現在新聞節目或話題節目的攝影棚，苦著臉訴說失蹤兒子的事情。

這麼一來，巴基斯坦的十六歲男孩每天都在電視上出現。只不過影像的畫質很差，兩名男孩又分別戴著墨鏡和裹著繃帶，什麼都看不清楚。唯一浮上檯面的問題就是，現代的日本竟然有這麼多男孩行蹤不明。

事件發生之初，外務省並不確定那兩名少年真是日本人，一副不必日本政府出面調查的模樣。但是就和往常一樣，在遭到媒體批評反應太慢、缺乏國際觀之後，才向東京的巴基斯坦大使館調閱一九九九年前後取得簽證者的名單。然而，並沒有在其中發現當時十四、五歲的單身渡航者。據巴基斯坦駐日大使館解釋，除了在東京之外，在曼谷、馬尼拉、孟買或是杜拜，也都可以取得簽證。

「除了遭到國際刑警組織或是日本警方通緝的罪犯之外，只要相關的文件齊全，即使是國中生，各大使館都會核發簽證。由於巴基斯坦一年有三、四百萬非法入境的難民，主要自阿富汗、斯里蘭卡、印度偷渡而來，想要調查非法居留者的姓名、國籍，事實上是不可能的事情。在東京簽發的簽證名單只能夠報知日本外務省以及實際取得簽證者的親屬，無法公諸日本的媒體。」

巴基斯坦大使館同時還表示，日本媒體連日來的採訪令他們十分困擾。

對於那兩名貌似日本人的男孩，ＣＮＮ並沒有特別關注，而且由於阿富汗內戰越演越烈，採訪小組也撤走了。由於中亞地區的印度、喀什米爾地方、塔吉克、阿富汗的內戰與紛爭不斷，這些年來曾經發生過多起歐美的採訪小組與聯合國職員遭到殺害或捲入恐怖活動的事件，相關的報導一直處於空白地帶。日本媒體四處都沒有辦法弄到與那兩個男孩有關的畫面。

事件發生數日之後，日本媒體開始感到著急了。有什麼不太對勁。雖然媒體企圖查證與男孩有關的事情，也只給人越來越莫名其妙的感覺而已。男孩的鏡頭，與現實的日本一點也不相稱。一來是因為男孩對CNN的記者採取一種挑釁的態度，再者，若是考慮當時日本與美國的關係，那也令人有種新鮮感。

二〇〇一年，是個外資金融機構以猛烈的態勢收購日本企業與日本土地而讓人記憶深刻的一年。政權在以民主黨為中心的在野黨聯合與再整合後的新自民黨間轉換，其間，日圓匯率從一時的一五〇圓緩慢卻穩定地滑落。相當數目的大型都市銀行在不知不覺間消失了，失業率則突破了百分之七。雖然每天都有人討論經濟大恐慌的話題，但是認為並不會怎麼樣的氣氛也依然殘留著。有不少日本的優良企業像是逃走似的將據點移往海外。

日本將最後的希望寄託在建立「日圓經濟圈」上。雖然ASEAN（東南亞國協）各國很有興趣或是贊同，可是，中國以及台灣與香港，則因為政治上的理由而持保留的態度。因為日圓經濟圈這個名稱，會讓他們憶起大東亞共榮圈等等歷史嫌隙。韓國則因反美親日的新民族主義抬頭，一直表示能夠理解日本的想法。簡單來說，亞洲各國都因為長期被歐美金融資本視為俎上肉而強烈反彈。然而，以較為國際化的日圓為主軸的「日圓經濟圈」構想，卻由於IMF、美國與歐洲，也就是歐美的反對，目前仍未能實現。

部分原因是因為步調非常緩慢，雖然日圓與股價都在持續下滑，日本的媒體（包括我所服務的週刊在內）都沒有表現出真正的危機感。不是以事不關己的態度對政府與大藏省冷嘲熱諷，就是歇斯底里地對歐美金融資本表示反彈。

日本經濟宛如逐漸步向死亡的病患般慢慢失去活力，可是卻無人追根究柢探查根本的原因，麻煩的問題經常都先被擱置。媒體雖然對此加以批判，但由於媒體本身欠缺觀察力，那些批判的效果僅止於一時宣洩而已，結果只能夠勉強讓抱著致命病灶的日本經濟維持下去。換句話說，沒有任何人真的有危機意識。

如今，包括我這種極其平凡的記者在內，大多數日本人都已經察覺這種情況。而且也很清楚，發覺的時間太遲了。除了距今大約十年前泡沫經濟崩壞是僅有的例外，任何人對此都束手無策，因為都認為一直以來的做法好歹能夠應付過去。面對危機的這種曖昧處理態度，媒體也是幫凶。我們為了滿足讀者而報導捕風捉影的名人八卦或社會事件。最近這幾年，電視綜藝、訪談節目的收視率都不斷上升。

企圖美化日本過去歷史的舉動也很引人注意。換句話說，因為大家都希望能夠忘卻眼前的現實。青少年犯罪率和中老年人自殺率，都隨著失業率的上升等比例增加。全日本都被沒有出口的苦悶感籠罩著。巴基斯坦的男孩正是在這種時刻突然出現的，不過我們都沒有察覺這件事情的重要性。因為，幾乎所有的大人都認為這只是個微不足道的事件罷了。

「那個國家什麼都沒有，是個已經死掉的國家。」

那個普什圖打扮的男孩，說出了大家心裡這麼認為，可是都絕口不提的事情。而且，那個男孩的事情，媒體根本無法參與。別說做專訪了，就連確認一下那兩個男孩是否真是日本人都辦不到。

那男孩，處於日本媒體圈之外。

費了些工夫才取得簽證，結果，我準備妥當可以動身的時候已是星期五，男孩現身後的第十天了。要做出讓那些從日本進駐當地的蠢蛋電視台人員瞠目結舌的報導，總編輯與組長如此交代。

「SEKIGUCHI（關口），簽證下來了，立刻動身吧。」

早上突然聽到這番話，幾乎來不及收拾，就趕往公司領取機票和護照。看著護照上自己的名字TETSUJI SEKIGUCHI（關口哲治），總覺得不太可靠。與Pushtun（普什圖）、Tadzhikistan（塔吉克）、Hazara（哈札拉）、Jalalabad（加拉拉巴德），或是Peshawar（白夏瓦）這些固有名詞相比，感覺平淡無味而且柔弱無力。試著想想，像SEKIGUCHI這樣的固有名詞，近幾十年來在ＣＮＮ的政治新聞中出現的機會是少之又少。比較引人注意的，要算是波士尼亞戰爭時的「AKASI」（明石，即明石康）了吧。因為長久以來，日本人已經逐漸遠離了國際政治舞台。由於這是所謂和平的緣故，也是無可奈何的事情。

經由曼谷進入喀拉蚩，然後換乘巴基斯坦航空的國內線班機飛往伊斯蘭馬巴德。到了伊斯蘭馬巴德，再讓我自己想辦法找車去白夏瓦，有許多日本媒體在那裡打轉。搭乘日本航空前往曼谷的機票竟然是商務艙，讓人嚇了一跳。你可別會錯意了，總編輯說：

「不過是前往曼谷的班機客滿，只剩下商務艙了。抵達伊斯蘭馬巴德後，十二個小時之內要發稿。」

總編輯比今年三十五的我年長約二十歲，當然也不像我只是個特約記者而是正式職員，算是比較晚熬出頭的吧。曾是文學青年的他原本想搞文藝雜誌，卻在女性雜誌與週刊間來來去去，去年終於升為總編輯。如今依然醉心於惹內與卡謬，會熱情地談論。不會令人覺得討厭，但即使我來看都覺得太古老了。我雖然絕對算不上熱情的讀者，但認為卡謬和惹內的確是出色的作家。但基本上來說，那些並非我們的作品，而是法國人的東西。總編輯談論起卡謬與惹內，就好像在談他自己的作品似的。

編輯部的校對工作已經完成，沒什麼人。有個年輕編輯蓋著毯子躺在長椅上睡覺。我用編輯部的電腦上網查了查旅遊資料。七月的巴基斯坦酷熱如地獄，資料上這麼說。絕對不可以飲用生水。除了在飯店的酒吧之外最好不要飲酒。在大都市以外的地方，女性切勿穿著無袖的衣物；在北部山區還必須以面紗遮住臉。男性也應該避免穿著短褲。千萬別忘了攜帶抗生素。陽光強烈，所以對眼睛不太好的人來說墨鏡是必需品。

這麼說來，在那段男孩現身的畫面中，陽光也是非常強烈。那些肩上掛槍男子的影子異常深黑。非得在機場買好墨鏡和抗生素不可。

放在編輯部一隅的電視正播出晨間的訪談節目。我們懷疑，那個男孩與栽種罌粟有關，一臉嚴肅的主持人這麼說著，旁邊坐著一個「專家」，據稱是個數度前往阿富汗與巴基斯坦邊境旅行的佛教美術家。從伊朗到阿富汗之間有一地區稱為黃金新月地帶，是個出名的罌粟產地。雖說東南亞的黃金三角洲也很有名，但是如今全球罌粟的栽種與鴉片、海洛因生產的中心，已經逐漸轉移到這黃金新月地帶了。

在發現男孩的巴基斯坦西北邊境省也很流行栽種罌粟，是當地重要的現金收入來源。男孩雖然自稱普什圖人，不過普什圖這個名稱是當地的說法，西歐人仍然習慣稱他們帕坦人（PATHAN）。普什圖人還可以再細分為多個部族，不過從那短影片看來，並沒有辦法判別那個男孩到底屬於什麼樣的部族。不管怎麼樣，那個男孩很可能跟栽種罌粟或是煉製鴉片脫不了關係。

「既然是個佛教美術家，怎麼會這麼清楚毒品的事情？」

總編輯說。這麼一來，這傢伙眼看就要成為英雄了嘛，熬了整夜的年輕編輯邊喝啤酒邊嘀咕著。

「時下的年輕人，都單純地認為吸毒是件很帥氣的事，如果像這樣把他當成壞人來處理，反而會招致反效果。難道連這點都不知道嗎？」

離開編輯部的時候，那個年輕編輯這麼說。

「關口兄，可別挨子彈喲。」

計程車司機也戴著圓框的深色墨鏡，跟那個男孩戴的一樣。問那二十出頭的年輕司機：這種太陽眼鏡很流行嗎？他說了個有名的品牌，然後誇獎男孩：那小子真帥氣。據說自那事件發生之後就開始流行，當聽到討厭的上司在囉囉唆唆的時候，就用namamugi（生麥）、namagomi（生鮮垃圾）、namatamago（生雞蛋）來回嘴。

基本上來說，媒體很討厭那兩個男孩。不只是媒體，在這個國家，只要不在集團裡，就必定會受到排擠。那並非地雷所造成的傷害，也有軍事評論的專家這麼表示，而媒體則像挖到金礦似的將這個專家的意見大肆加以報導。據該專家的說法，那一帶的地雷並不多，而且地雷所造成的傷害主要是腳被炸斷。

那些男孩應該跟走私有關，也有專家下此斷言。普什圖的某個部族與大規模的走私活動有關，該專家如是說。極權控制著阿富汗的回教基本教義派塔利班（神學士）政權，也是以普什圖族為主體。因此之故，普什圖族自然就控制著阿富汗與巴基斯坦邊界。由於他們的生活圈自古就建立在阿富汗東部與巴基斯坦西北部一帶，國界對他們而言從來都沒有任何意義。巴基斯坦政府根本沒有辦法控制邊境。他們就是利用這一點來進行大規模的走私活動。舉例來說，塔利班經由第三國從日本進口電器製品、自行車等到阿富汗。這些貨物都沒有抽過關稅。這些貨物會經由黑市運往巴基斯坦販售。當然，黑市商人也都屬於普什圖族支系部落。那個男孩的英語能力不正是與走私有關的證明嗎？專家這麼表示。因為媒體企圖將男孩抹黑成不法之徒。

接著，媒體企圖忽視男孩的存在。男孩現身後經過了四、五天，政府對其出乎意料的影響力感到震驚，於是透過官方管道對媒體施壓：「勿做不必要的報導。」與男孩有關的新聞一時之間都從電視上消失了。因為男孩在媒體裡成了一個禁忌。然而這種不正常的狀況只維持了兩天。橫濱市內的某私立中學出現了一批學生，準備在班會中討論那男孩的事情。由於校方加以禁止，部分學生便罷課表示抗議。這件事情，媒體沒有理由不加以報導。類似的事件，接二連三開始在全國各地的國中、高中蔓延開來。

可是，大人們仍然完全沒有察覺這件事情的嚴重性。因為那做普什圖打扮的男孩，在我們大人不知道的角落逐漸變成了偶像。為什麼那個樣子會被認為很帥呢？我試問司機。司機說道：

「就我自己來說嘛，出現在電視上的那幅景色也有影響吧，不覺得那景色挺令人懷念嗎？裸露的岩山、幾乎草木不生，說不定還會有駱駝什麼的，有種東方的感覺，不是嗎？好像小時候在畫冊上看過似的。」

在赤坂的一家旅館搭上前往機場的接送巴士，行經浦安附近的時候行動電話響起。是組長打來的，說成田機場發生了突發事件。因為接到了當事人家長的通報，說是日本航空飛曼谷班機的預約乘客中有多名國中生。

「據說那些傢伙持有前往喀拉蚩的機票，ＮＨＫ現在正以跑馬燈插播臨時新聞。你想辦法去採訪，看看能不能訪問到那些學生。知道了嗎？」

我也要搭飛機啊，我說。要是因為採訪而誤了班機的話怎麼辦？

「別擔心啦。」

組長說。

「班機一定會誤點的啦，不太可能讓那些打算去巴基斯坦的國中生上飛機吧？問題是，該怎麼樣阻止他們才好。依法律規定，只要年滿十二歲，即使沒有家長陪同，一樣可以搭乘飛機。知道了吧，也要訪問到家長，不論說些什麼都好。」

「各位旅客請注意，凡是手上沒有機票的旅客，請不要進入辦理登機櫃台。為了避免妨礙其他旅客，麻煩手上沒有機票的旅客不要進入辦理登機櫃台。」

航站大樓的某區一陣騷動。日本航空的職員正以手持擴音器喊話。日本航空飛曼谷班機辦理團體登機的櫃台圍著一大群人。看似國中生的男孩子，四下大略算算也超過二十人。飛曼谷班機的乘客，有兩、三名相約去度異國假期的粉領族、一群背著高爾夫球桿袋的中年人，其他幾乎都是隻身去出差的上班族，因此背著背包的男孩顯得特別醒目。有的男孩戴著圓框的深色墨鏡，也有人戴著伊斯蘭小帽。為什麼今天會突然出現這麼多國中生呢？大概是申請的簽證今天早上才下來吧。這麼說來，他們是在事件發生之後立刻就去申請簽證了。因為看到那則新聞之後立刻就打算前往巴基斯坦了。

他們大多進了辦理登機櫃台，但也有男孩在被電視台攝影機燈光照亮的大廳和走道上被家長攔著勸阻。對於家長和電視記者的詢問，那男孩都一概不予理會。也有家長邊喊著自己兒子的名字邊往辦理登機櫃台裡面擠，可是遭到了警衛制止。那裡也被電視台的攝影機和燈光所包圍。燈光的高熱加上擁擠的人群，使得我立刻就汗流浹背了。由於是星期五，機場原本就人多擁擠。被人牆所阻的我根本就無法靠近辦理商務艙登機的櫃台。讓開！還可以聽到其他受阻旅客氣得怒吼。警衛和警察雖然試圖將陸續趕來的媒體從走道上排開，可是電視台人員卻只是跟他們大眼瞪小眼僵持著。不僅是通道和大廳，連窗邊的長椅一帶都被人群佔據了。

「請阻止他！那是我的兒子！他正打算去巴基斯坦。請阻止他！」

一名中年婦人對日本航空的職員大聲哭喊著。怒吼和手持擴音器的聲音非常大聲，如果不湊近耳朵邊大吼根本什麼也聽不清楚。婦人沒有化妝，穿著普通。應該是接到通知或是發現離家信什麼的就立刻出門了吧。

「我們也愛莫能助。畢竟有機票的人就是客人，希望您能夠諒解。」

下巴滴著汗的職員這麼解釋。一個中年男子推開人牆，從旁邊探過頭來。然後開始用激動的語氣怒吼。男子因為熱氣與激動而滿臉通紅，整件襯衫都汗溼了。

「那孩子可是用我的信用卡買機票的喔！這樣你們還要給他登機證嗎？如果知道自己的小孩要去巴基斯坦，你們會默不作聲讓他去嗎？」

「令公子的情況我並不清楚，可是大家的機票都是飛曼谷的，這班飛機又不飛巴基斯坦，你要我怎麼去阻止呢？」

「我可沒有允許喔！他是我兒子，才十四歲喔！快把飛機攔住，只要把飛機給攔下來就沒事了！」

「那可辦不到。因為還有其他乘客啊。」

東南亞來的旅客好奇地遠望著這般你來我往。也有坐著輪椅歐美旅客被困住而動彈不得。辦理登機櫃台裡，一名身著西裝的中年男子正與警察和警衛交談，看似日本航空負責人。辦理登機櫃台另一頭的出國閘門一帶也逐漸聚集了一大群人。我根本就沒有辦法前進。背包成了阻礙，腳也數度被踩。肩上背包的帶子好像都快被扯斷了。

一名中年婦人正在接受電視台記者訪問。我一面奮力往前擠，一面從背包裡掏出錄音機，按下錄音鍵後伸向那婦人面前。

「孩子留信說現在就要出發前往巴基斯坦了，希望家裡不要找他。我一發現就立刻趕過來了。那孩子的身體很不好，小時候曾經因為小兒結核病和腎臟炎長期住院，到現在都還很容易疲倦，動不動就發燒，根本就沒辦法去巴基斯坦。更何況明年就要參加升學考了，哪有什麼時間去旅行。」

旁邊有另一婦人正對著別家電視台的攝影機說話。那名婦女的小孩若是吃了牛肉以外的肉類就會發蕁麻疹。

「巴基斯坦人又不吃牛肉，那孩子一定會因為蕁麻疹吃盡苦頭。」

不吃牛肉的應該是印度才對吧，我邊用馬球衫的袖子擦掉臉上流下的汗水邊這麼想。排在辦理團體登機櫃台那裡的男孩們似乎還沒有領到登機證。即使如此，他們仍然沒有對工作人員大吼大叫，只是默默坐在放在地上的背包上而已。

終於，機場的負責人與警察做出了決策。將來到機場的家長都請到臨時的警察辦公室，緊急填寫委託尋人的文件。此一緊急措施算是個特例，尋人委託書當場隨即受理，男孩們被視為離家出走而必須受到保護管束。

沒有家長前來的十一個男孩則順利取得了登機證。只不過到了曼谷的機場，大概所有的男孩都會被視為離家出走而被強制遣返日本吧。因為，只要家長們看電視得知此一訊息後去填寫尋人委託書就可以了。日本航空以廣播宣佈：機票費用恕不退還。

男孩們一個個被帶出辦理登機櫃台交給家長。沒有任何人反抗。每個人都很溫順，乖乖地來到家長等待他們的大廳。剛才一直對工作人員和警察大吼大叫的家長，這時非常有禮貌地不住向周圍所有的人鞠躬道謝。一個被家長拉著手的男孩被電視攝影機給圍住了。你為什麼想要去巴基斯坦呢？電視記者纏著問問題。男孩默默不語。母親責罵男孩：人家在問你話，快點乖乖回答。在我看來簡直就像被當成犯人一樣。

「因為那裡不會有人霸凌。」

男孩低聲這麼回答。

飛機遲了兩小時又二十分鐘才從成田機場起飛。座位並不靠窗，可是旁邊的座位空著，除了襯衫被汗溼透了這點之外都很舒適。一個令人想到媽媽、徐娘半老的空姐走了過來，說道：由於飛機誤點造成您的困擾非常抱歉。我盡量不去看那濃妝豔抹的臉，向她點了杯血腥瑪麗，然後邊啜著酒邊瀏覽從編輯部帶來的巴基斯坦西北邊境省資料。那是瑞士的非政府醫療組織所製作的資料，日文譯本。

「在巴基斯坦的西北邊境省，有大約一半的新生兒因為營養不良而夭折。」

一看到這樣的文章，我不知為什麼竟想起了由美子。登機前通電話時，由美子雖然已經在電視上看到機場發生的騷動，卻只是冷冷地說：我可沒空管那些。因為目前正是大藏省稅制審議會即將對公債利率與是否取消證券買賣相關基本稅做出結論的關鍵時刻。那可是未來十年左右日本以及亞洲的重要問題喔，由美子說。聽起來，好像眾多國中生聚集在機場的事件就不是今後十年會影響日本與亞洲的重大問題似的。公債、證券、稅制等題目都令我頭疼。我確實也曾採訪過經濟評論家也曾整理過報告，但是實際談的主題都只是傳聞某家銀行將要倒閉，或是避險基金（hedge fund）可能是猶太金融資本企圖征服亞洲的第一步棋，這類並沒有真憑實據的東西。相關的含糊知識，也多半是從由美子那裡現買現賣的。由美子在大學並沒有修經濟的學分。起初，她在出版業界的工作是助理。直到某一天，就好像接到神的啟示般，她突然對經濟著了迷。

沒有任何直接的理由，由美子這麼說。那個神的啟示，是在我們協議她墮胎後兩、三個禮拜發生的事。她沒跟我商量就自行休了半年假，開始往返大學的圖書館攻讀馬克斯與凱因斯，接著還去參加各智庫所辦的付費研究會等活動。

由美子對經濟問題著迷，我覺得沒什麼不好。會對某種有系統的學問感興趣，以作為自己身體裡所懷的生命的補償，這我也不是不能夠理解；面對墮胎這個事實，以及對所謂流行這種商業世界抱持懷疑，我也很能夠體會。這個樣子是否正確，我覺得無所謂。因為，這對她而言是必要的。而且說起來，成為經濟學門生之後，由美子並沒有改變。

對於人際關係，不論去黏人或被人黏著，我都不喜歡。並非因為我幹的是週刊特約記者這種流氓買賣，絕對是個性上就厭惡。所以，與其聽到「欸，拜託你一定要平平安安回來喔」這種話，我還比較喜歡由美子那種乾脆的道別法：「我正在忙，有空再說。」

雖然由美子與總編都經常唸我，但是我覺得自己實在是不行。要八面玲瓏去應付人際關係，我只覺得是件麻煩事。

「不好意思，可以打擾一下嗎？」

聽到人家這麼說，我便反射性地回答「請說」。由於坐的是商務艙，於是大腦似乎便判斷必須對一切事情都表現得大方。那聲音的主人說了聲打擾，然後在旁邊的座位坐下。令我訝異的是，他是沒有被家長帶回去的十一名國中生之一。

「不好意思，可以跟您聊聊嗎？」

一個非常有禮貌的男孩子。可以是可以，不過，你是商務艙的乘客嗎？我原本打算這麼問，但又覺得這樣實在太失禮了，想想又作罷。

「您要去巴基斯坦嗎？」

男孩以視線比比我剛才讀著的小冊子這麼說。是啊，我回答後，男孩就報上自己的姓名並自我介紹。他的名字是中村秀樹。國中二年級學生，參加桌球社。他就讀的是橫濱市內一所出名的私立升學學校。身穿剛洗過的白色馬球衫與牛仔褲，深色的麻質夾克。容貌端正，長睫毛，一雙靈活的眼睛。出身應該很不錯。

我遞給他一張名片。知道我是媒體人，他表示有事情想請教。我原本打算開錄音機，想想又作罷。機場事件暫時已告一段落，錄有家長與幾名男孩談話的錄音帶也請快遞送回編輯部了。如今我的工作，就是做出令那些在當地進行採訪的蠢蛋日本媒體瞠目結舌的報導。但撇開這點不談，中村秀樹君有種高貴的氣質，令人不敢毫無顧忌做出錄音這種暴露記者本性的舉動。

「關口先生，想要表達出有事情想要表達，這種情況您了解嗎？」

不了解，我回答。可能會是段煩人的談話，念頭一閃而過，但是中村君的眼神是認真的。

「所謂溝通，是將某種事情傳達給他人，對吧？」

「一般來說是的。」

「談這些事情，真的不會造成您什麼困擾嗎？」

沒什麼困擾，我說。為什麼這個年紀的孩子會如此有禮呢？在機場被家長領回的孩子們，絕大多數都曾在回家之前向工作人員鞠躬道歉。

「那我就繼續說了。我認為，有事情想要傳達給別人的時候，首先必須將有事情想要傳達這件事傳達出去才行。舉個例子來說，在受到嚴密監視的集中營，如果有事情必須傳達給禁止交談的俘虜夥伴，這個時候，俘虜必須將自己有事情想要傳達，傳達給另一名俘虜知道，是這樣沒錯吧？」

「電影裡經常可以看到的鏡頭嘛。」

「沒錯。在電影裡面，都是用敲鐵欄杆、丟石子或是吹口哨等方式來吸引對方注意，在溝通之中，首先，必須傳遞訊息給對方，讓對方知道將有訊息要傳遞給自己，這您明白吧？」

明白，我回答。中村君的談話令人相當感興趣，但撇開這點不談，他的說話方式也有種奇妙的說服力。像在選擇措辭用語似的，同時，又像是審慎使用所選的語彙似的，以緩慢而低沉的聲音說著。這個男孩一定很受女孩子歡迎吧，我心裡想著輕浮的事情。

「請想像一下有這麼一個學生，他是中村同學。中村同學像往常一樣去上學，在校門口遇到朋友關口同學。早安，中村同學說。可是關口同學卻是相應不理，彷彿中村同學根本就不在那裡似的裝作沒看到。中村同學覺得很奇怪。走進教室，全班沒有一個人看他。習題都寫好了嗎？像往常一樣，中村同學問鄰座的山田同學。可是山田同學卻瞧也不瞧中村同學一眼，彷彿中村同學根本就不在那裡似的。中村同學以為人家可能是沒有聽到，於是拍拍山田同學的肩膀。明知道那是中村同學，但是就和剛才一樣，山田同學裝作面前沒有任何人似的，視線望向遠方。這就叫做SIKATO（註：鹿十，日本花牌中十月圖案爲一隻撇開頭去的鹿）。」

我似乎可以明白中村君想要說些什麼。很不可思議的，感覺有點緊張。好像很久沒有聽到這麼嚴肅認真的談話了。

「在談話之前，我們首先得引起對方注意，拍拍肩膀，露出微笑，或是問對方有沒有空等等，都是有事情想要傳達的信號。這信號被接受後，雙方就會面對面，視線相對，這才開始進行溝通。所謂SIKATO，就是不理會那最初的信號。並不是不理會中村同學所說的事情，而是對他所發出有事情想要表達的訊號視而不見。做出SIKATO這種事的人很清楚，這樣可以讓對方非常難受，所以才會這麼做。我認為SIKATO是校園霸凌方式中最惡劣的一種了。」

我忽然想起那個被記者追問為什麼要去巴基斯坦，小聲回答「因為那裡不會有人霸凌」的男孩子。

「中村君曾經被人霸凌嗎？」

於是我這麼問他。

「沒有。」

中村君搖搖頭。

「是我在霸凌別人。」

說著他低下了頭。我試圖說些什麼，可是想不出該說什麼才好。

「遭到SIKATO的，甚至還有人後來自殺了，您知道嗎？」

我不敢說自己知道。我好像並不知道。

「生麥很清楚地告訴我們，那裡不會有人霸凌。您知道嗎？」

我愣愣地點點頭。這才知道，原來電視上那男孩，在國中生之間被稱為生麥。

「我要說的就是這些了。非常感謝您抽空跟我聊。」

語畢，中村君禮貌地一鞠躬，回自己的座位去了。聽他道謝，我只是愣愣地回答「不客氣」，其他什麼話也說不出來。中村君有種很不可思議的氣質，而且，他的談話也令我很感興趣，有許多事情想問問。飛機票錢怎麼來的？父親從事哪一行？在學校，那個巴基斯坦的男孩，是否真的被視為英雄呢？諸如此類。可是我什麼也沒有問。任何人都會有不希望別人提起的事情。以我自己來說，就是「為什麼還不把由美子娶回家呢？」「上次的婚姻為什麼會失敗呢？」這一類的問題。這些問題裡，有很多只有我個人知道的事情，還有些狀況甚至連我自己都搞不清楚，而且，是嚴肅而且真實的。中村君對我說的事，正是屬於這一類。我覺得不論問什麼都很失禮。此外，我認為由美子的看法可能並不正確。與公債、證券或是稅制相比，我覺得或許國中生事件才是一個會在未來十年對日本與亞洲造成影響的問題。

瑞士的非政府醫療組織所編輯的西北邊境省資料一點也不有趣。我沒多久就丟開不看了。當地部落仍過著如何不衛生、落後的生活，我們又是如何努力去幫忙改善……裡面只寫著這些事情而已。普什圖人實際上到底過著什麼樣的生活，卻是隻字未提。其中還有多處似乎意味著人人都應該過著如歐美那種水準的生活才行，令人看了很不愉快。

日本人在戰敗之後的美國情結，到了二十一世紀的今天，已轉化成以歐美為中心的「市場」情結。目前在市場上，似乎任何人都比日本政府了不起。日圓受到美元與歐元夾攻，已經完全失去力量。像由美子這樣的人認為錯不在市場，而在於被老舊體制縛手縛腳的日本，這我當然也知道。撇開對人類而言是否真是必要的東西這一點不談，市場應該是中立的吧。不過，這件事，與日本人對新興「市場」的情結，是不一樣的問題。

若是十年前看到瑞士非政府醫療組織的這份資料或許會感動吧，我想著想著，決定睡一覺。若是不睡個覺，再看到那個徐娘半老的媽媽空姐只會讓我全身無力而已。在曼谷轉機必須等上十個小時左右。非保持體力不可。

睡前我望了望整個商務艙，沒看到中村君。因為中村君是特地從經濟艙過來找我談話的。

黃昏時分抵達曼谷。從停機坪前往入境大廳的長廊中，已有日本航空職員與泰國機場警察等候著。職員檢查所有旅客的護照，並且核對手中的名單。

我看了好一會兒，見到國中生一個個受到了「保護」。他們應該都會被帶進轉機候機室，等待回日本的班機。我尋找著中村君的身影，可是他一直還沒出來。終於，他現身了，幾乎是最後一個出來的旅客。只不過，中村君卻順利通行了。因為沒有找他的尋人委託書。

「您好。」

中村君說，並對我點頭致意。

我帶著中村君離開機場。因為轉機必須等上十個小時，所以我們決定搭計程車到曼谷市內吃飯。雖然已是黃昏，但是一走出機場就被溼熱沉重的空氣包圍，好像在洗三溫暖一樣。

要不要一起去吃個飯？開口邀約的人是中村君。中村君背著背包，我則帶著小行李箱。原本我打算找找看哪裡有地方可以寄放行李，但是中村君卻說還是帶著比較好。本想找投幣式寄物櫃，可是聽到中村君說應該沒有吧，我不由得面紅耳赤。這麼一說我才想起來，夏威夷、韓國、塞班或是澳洲都沒有投幣式寄物櫃。

「在開發中國家的機場，我覺得還是不要寄放行李比較保險。尤其是在像泰國這樣經濟發展一直不太穩定的國家，太危險了。」

這孩子到底什麼來頭啊？我心裡想。

大河映著夕陽，曼谷的煙霧名景變成了橘紅色。我們在一家知名飯店後面的巷子下了計程車，走進瀰漫著香辛料香味的地下美食街，找了家餐廳。不是多高級的店，但也不太髒，是家中等程度的餐廳。或許是時間還早，店裡並沒有其他客人，過了一會兒之後，有一夥年輕女子上門來。濃妝豔抹的，令我懷疑是不是稍後要去上班的酒廊小姐。邊談天調笑邊合吃裝在大盤子裡的麵。進來店裡時，女子們很好奇地打量著我們。年紀說是父子太相近，說是朋友又差太多，真是一對奇怪的拍檔，我覺得女子們有這樣的反應。

我們點了酸辣湯、鮮蝦椰子咖哩和胡蘿蔔沙拉。並不特別美味，但也不至於難吃。我喝啤酒，中村君喝可樂。吃飯的時候我們鮮少交談。只是互相交換：真是好吃啊，或是：沒那麼辣嘛，這樣的意見，點頭回應而已。店裡的空調發出轟隆隆的聲音，卻完全不涼。由於是地下街，空氣循環不良，感覺熱氣一直悶在裡面。吃著鮮蝦咖哩喝著酸辣湯的時候，汗水都從額頭滴到了桌子上。

我和中村君的英語能力在伯仲之間，菜單上面的湯、咖哩或是沙拉等英文還看得懂，可是想要叫甜點來嘗試一下的時候卻弄不清楚是些什麼樣的食品，只好隨便點。結果送來的是非常甜、薄荷味的糯米糰。我還是第一次吃到這種味道的食物，我皺皺眉頭說，中村君不禁笑了。這還是第一次聽到中村君的笑聲。聽到笑聲，我才真正感覺到眼前這男孩是個才十四歲的孩子。聽到小孩子的笑聲，令人覺得心情很好。

「關口先生，您果真要去巴基斯坦吧？」

中村君邊用湯匙將糯米甜點往嘴裡送，邊這麼問我。畢竟是工作嘛，我嘴上回答，但是心裡卻有些在意中村君話中的意思。他應該會跟我搭乘同一班飛機前往喀拉蚩才對，可是語氣聽來卻像是想放棄巴基斯坦之行似的。中村君望著店外，一副若有所思的模樣。中村君視線的前方，是酒廊與卡拉ＯＫ的霓虹閃爍的曼谷地下街。

「我在想，是不是應該放棄了。」

中村君說。我仍惦記著沒有他的尋人委託書這件事，可是一直沒問原因。輕率的追問可能會令對方產生戒心。我覺得自己是個沒有任何優點的記者，不過，經年累月面對形形色色的人進行採訪之後，多少還是掌握了一些訣竅。營造出讓對方願意說話的氣氛，然後等待對方自己把事情說出來。這就是我抓到的採訪訣竅。

「我有點猶豫。並不是還沒有做出決定，可是又懷疑自己是否應該去巴基斯坦。」

咦，這樣啊，我說，然後不置可否地點點頭。

「先別說這個了。關口先生，您認為什麼叫做普通呢？」

中村君這麼問我的時候，那些等一下要去上班的酒廊小姐已吃完飯付了帳，正好站起來。店裡飄著廉價香水濃烈的氣味。其中一人朝著我們問道：「Japan?」聽我們回答：「Yes」之後，又用生硬的英語說了些Japanese boy、your country什麼的，並且用手比出手槍的模樣，砰砰，假裝朝著我們射擊，似乎要告訴我們什麼事情，可是實在是不了解。「那是什麼意思呢？」中村君問那女子，可是對方像在表示不太會說似的雙手一攤，和同伴笑著走出店外。

「到底要說什麼呢？」

中村君望著仍飄著濃烈香水味的門口說道。

「或許是這一帶的治安不好，在提醒我們要小心吧。」

「誰知道，總覺得怪怪的。」

真是怪事，中村君數度歪著頭唸道，然後又回到自己的話題上來。他要談的主題是所謂的普通。

「從小到大，我就一直被叮嚀要做個普通的人。關口先生認為我很普通嗎？」

聽中村君這麼說，我想起最近似乎聽某人說過類似的話，可是忘了是什麼人。若是這麼說的話，我覺得還算普通吧，我說道。

「不過，若是問一個單槍匹馬前往巴基斯坦的國中生是否普通，我就不這麼認為了。」

「生麥普通嗎？」

「在巴基斯坦和阿富汗邊境處理地雷的十六歲日本人，可一點也不普通吧。」

「可是在那一帶的人們之間，生麥不是也很普通嗎？」

「那我就不知道了。因為那一帶的情況我並不清楚。」

「怎麼說呢，看過電視就知道，生麥已經被居住在那一帶的部落接受了。」

我慢慢了解中村君想要說什麼了，也想起了是什麼人對我說過類似的話。那是我今年年初所訪問的一位日裔女性芭蕾舞舞者。她隸屬於倫敦某著名芭蕾舞團，是個出色的舞者。「各方面都很辛苦吧？」開始進行採訪時我這麼問，卻令她不太高興。沒什麼大不了的，她說。雖然在熟練語言、習慣食物、和其他舞者及編舞老師打成一片之前有些辛苦，可是之後就很普通了。在變得稀鬆平常之前會很辛苦。這種事情，我覺得日本人很難理解。雖然倫敦也有很多日本人，可是大部分仍然背負著日本。若能拋開日本融入當地生活的話，就能夠過得很普通了。

「在關口先生的觀念裡，普通的國中生會是個什麼樣的國中生呢？」

這個問題我不知該如何回答。很難回答吧？中村君說道，我點點頭。

「我一直被這麼叮嚀。父母親的談話，我記憶最深刻的就只有這個而已。可是我根本就不明白什麼叫做普通，到今天仍然不明白。父母親也曾告訴我，就是要和大家一樣，可是我們每個人都不一樣，不是嗎？」

的確是這個樣子，我說。

「你的父母所說的普通，該怎麼說呢，我覺得應該有遵守共同標準的意思吧。而所謂每個人都不一樣，則是指性格或是個性等方面不一樣吧。」

「所謂共同的標準，是指法律嗎？」

「那也是吧。還有道德等等。」

中村君想了一會兒，然後又問：所謂普通的道路，是指什麼樣的道路呢？「道路？」我反問他。

「就是道路。還有家庭，普通的家庭。什麼是普通的家庭呢？」

「那應該是房子不大也不小，不貧窮也不富有的家庭吧。」

「那麼，普通的長相又是什麼樣的長相呢？是不太醜也不太美的長相嗎？」

「應該是吧。」

「普通的日本人與普通的美國人，長相不一樣喔。」

「是不一樣。」

「東京都港區的普通人家與青森鄉下的普通人家一樣嗎？」

或許不太一樣，我回答。

由於和中村君聊得太專心了，沒注意店裡已經進來了好幾批客人。有數名看似道路工程人員的男子、有兩個和剛才一樣像是酒廊小姐的女子，也有下了班的年輕情侶。雖然同為東方人，可是他們的長相與我和中村君明顯不同。隨著客人的增加，感覺店裡的溫度好像比剛才又高了些。我的額頭和腋下都流下了汗水。

「我覺得，所謂普通，應該並不是一個固定不變的概念。」

中村君這麼說。

「所以，我根本不明白如何去當個普通人。」

這頓飯由我請客。原本中村君堅持各付各的，可是我表示採訪費很多，他這才接受。

一走出地下街，行動電話立刻振動起來。是組長。

「你在哪裡？關機了嗎？我一直找不到你人。」

「去吃飯了。」

馬上回來吧，組長說。

「那個巴基斯坦男孩對日本攝影師開槍了。所以，你也進不了巴基斯坦了。」

據說日本的電視台所委託的特約記者與攝影師，繞過了白夏瓦郊外的檢查哨進入西北邊境省，花錢雇了個嚮導帶領他們去找生麥的部落，企圖強行採訪。雖然生麥數度表示未取得許可證擅自進入西北邊境省是違法行為，但是記者卻充耳不聞；生麥要求停止拍攝，攝影師也沒停下他的攝影機。於是生麥就對記者和攝影師開槍了。攝影師的腳背被擊中，記者則是臉部遭到槍托毆打。攝影機被生麥破壞了，但是已拍攝的錄影帶則被送往巴基斯坦的國營電視台，作為日本媒體違法的證據。巴基斯坦政府除了嚴重警告日本政府停止不當採訪之外，也當場決定停止核發新的採訪簽證。對於不聽從勸告與指示的媒體，巴基斯坦政府已命令他們離境，並且嚴格管制持採訪簽證的日本人入境。有多名無法入境的日本記者被困在喀拉蚩……

我把聽到的消息告知中村君，「太帥了！」中村君眼睛一亮。我們決定先回機場去。

在曼谷機場大廳的電視上，看到了生麥開槍的畫面。畫面是由巴基斯坦國營電視台所提供，出現在泰國的晚間新聞中。

以荒涼的岩石山為背景，戴著墨鏡的生麥站在那裡，肩上背著ＡＫ步槍。你是日本人嗎？應該是採訪記者的日本中年男子的聲音問道。生麥的周圍站著一群看起來是同一部落的男子。構圖與介紹事件開端的ＣＮＮ畫面一模一樣。生麥身旁站著一位白色長鬚老人，以當地語言不知在說些什麼。畫面下方有英語翻譯字幕。

「剛才逃走的阿富汗嚮導，可能會被處以死刑。」

記者繼續追問生麥：你是日本人嗎？你是日本人嗎？你是日本人嗎？你是日本人嗎？在各色人種雜處的曼谷機場聽到這樣不斷重複的日語，不禁有種奇妙的感覺。好像是異國的咒語似的。生麥沒有使用日語，而是以英語回應。若是沒有許可證，任何人都不得來到此地，我要求你們立刻離開。

中村君在一旁踮著腳看電視。生麥又沒有做什麼壞事，他說道。

「日本的媒體好像把生麥當成了犯人，他怎麼都還忍得住呢？」

因為生麥是來自日本的啊，我回答，當然這根本算不上回答。雖然資訊不足無法確定，但正如同中村君所言，生麥並沒有觸犯日本的法律。生麥獲得部落人們的認同才居住在當地的。那是依據巴基斯坦的法律，違法的人是電視台所委託的記者與攝影師。但很明顯的，記者與攝影師並沒有那種自覺。拋棄日本的人，或是不依從日本式共同體價值觀的人，都會被日本的媒體視為罪人。當然，該負責的不只是媒體而已。可是媒體會辯稱那是順應國民的期望吧。

畫面中的生麥戴著圓框墨鏡，蓋到腳踝的民族服裝隨風飄動，以冷靜的態度應對。那影像與聲音竟然令我有種詭異而不安的感覺。機場大廳的電視畫質很差。粒子粗，色調又偏紅，但是令我感覺詭異不安的並非電視的緣故。影像與聲音的整體印象似乎會令人心悸。有如無意義咒語般的日語「你是日本人嗎？」與那風景完全不搭調。圍在生麥四周直盯著攝影機與日本記者的普什圖男子，他們的眼神與那句日語「你是日本人嗎？」更是不搭調。我已經從組長那裡得知生麥會開槍了，確實也有點緊張，不知道生麥何時會開火。可是，光是這一點並不足以說明我從那影像中所感覺到的心悸感覺。在看到示威抗議、恐怖活動或是內亂鏡頭的時候，我必定會產生同樣的心悸感。例如戴著防毒器具的武裝警察要衝進示威隊伍中的時候，或是全身淌血在黑暗中呻吟的恐怖活動遇害者突然出現在燈光下的時候，還有，畫面隨著突如其來的砲聲搖晃建築物陷入火海的時候，我都會從畫面中感覺到令人不安與心悸的成分。正確地說，是發生暴力與流血事件之前的畫面。戴著防毒面具揮舞警棍的武裝警察、浴血的人們、陷入火海的建築物，並不會令我心悸不安。是既定的暴力事件即將發生前的風景才會令人心悸不安。感覺就好像看著平衡已經破壞卻仍然保持平衡的翹翹板似的。某一邊坐了好幾個人，但不知為什麼仍然保持平衡的翹翹板。雖然已經發生了無可挽回的事情，翹翹板卻依然保持平衡。能量已達飽和狀態，均衡已然破壞，然而風景卻還沒有改變。每次看到這樣的畫面，都會覺得遲早要發生事情。會期待翹翹板激烈巨幅傾斜而使坐在上面的人都摔到地上。雖說事態的發展是既定的，但是尚未發生。生麥身旁的ＡＫ自動步槍，周圍男子的眼神，一起風就在腳邊飛揚的黃色沙塵，遠方騰騰熱氣下朦朧的岩山，在在都往暴力與流血傾斜，但是翹翹板仍然保持著平衡。

「你擺什麼架子啊！」

記者的語氣突然一變。

「幹嘛裝模作樣說什麼英語啊！告訴你，我知道你是日本人！父親母親都還在日本吧，知道他們有多麼擔心嗎？既然是日本人就好好說是日本人嘛。我叫你別裝模作樣，好好說啊！」

記者似乎企圖激怒生麥。因為認為激怒他的話，就能讓他說出有關身家背景的話來。開槍打他，一旁的中村君喃喃說道。

「生麥，開槍打他！」

不過生麥並沒有理會記者的挑釁。除了我們族人之外，這個區域嚴禁外人進入。我再次警告你們。停止攝影，立刻離開。他以沉穩的英語這麼說。不論在吵架或是鎮壓示威抗議的時候，會沉穩發出警告的傢伙最可怕了。如果是我的話，一定立刻就逃走了吧。畫面一度大幅搖晃。攝影師顯得有些不安。可是，記者似乎並不打算離開。就在記者正要開口的時候，生麥將肩頭的ＡＫ步槍滑下，同時從攝影師身旁竄了過去。當攝影師將攝影機掉頭打算去追從鏡頭前消失的生麥時，麥克風傳來雞蛋掉到地上摔破的聲音。記者倒在紅褐色的沙地上，畫面隨著鏘一聲整個傾斜，正覺得是不是會拍到青空的時候，畫面突然結束了。

「太帥了！」

中村君低喃著。

我們在機場大廳待了好幾個鐘頭，等待回日本的班機。中村君看了生麥的新聞畫面之後相當困惑。中村君拿的是觀光簽證，可以入境。前往喀拉蚩或是回日本的班機，都要等很久才會起飛。雖然中村君有很充裕的時間考慮，可是他卻選擇回日本。家人可能會擔心，打個電話回去比較好，我說著借給他行動電話。講完電話後，中村君紅了眼睛。

我們吃了三明治，做體操，望著三個以掉包方式行竊的小孩遭到逮捕，閒聊各種話題打發時間。

聽到的時候我感到有些意外，中村君竟然是個平凡家庭的小孩。在汽車公司擔任工程師的父親，因為在圖書館兼職而開始喜歡閱讀的母親，小學五年級卻有些早熟的妹妹；機票是用十年來存下的壓歲錢買的；之所以沒有他的尋人委託書，是因為雙親認為他根本不會去巴基斯坦。我從小就很討厭旅行喔，中村君笑著說。

「小時候去迪士尼樂園，我曾經因為排隊太久而中暑昏倒喔。從那之後就很討厭旅行或是出去玩，即使像未來港、山下公園那些離家很近的地方都不願意去，變成一個哪裡都不想去的小孩。所以就算我失蹤了，家人也根本想像不到我會跑去巴基斯坦吧。」

除了討厭旅行和外出之外，還受到母親的影響，在家裡經常會看書，中村君說。後來還喜歡上了拼圖與電視遊樂器。

「既然如此，為什麼會想要去巴基斯坦呢？」

我邊問心裡邊想，若是將這對話記錄下來，或許會成為一篇獨家報導。

「第一次在電視上看到生麥的時候，我就感覺到了什麼，但不知道什麼原因，那種感覺並不會持續很久。雖然我會對各式各樣的事情有感覺，但是都很快就會忘記了。所以才想，如果實際到生麥所在的地方去走一趟，或許就會不一樣了吧。」

接著，中村君的話題轉到了小學同學因為遭受霸凌而試圖自殺並隨後轉學的往事。

「雖然我們從二年級就成了朋友，我竟然也對他『SIKATO』，想到自己做出了這麼過分的事情，他是不是就不會去上學了呢？這麼一來，大家似乎都忘記了那傢伙的存在，感覺很不好，可是，我自己也不太願意去想那傢伙的事情，也沒有去找其他朋友談。結果，自從那傢伙轉學之後，有一段時間，一到晚上，我就擔心那傢伙會到家裡來找我，越想心裡就越害怕。害怕得不得了喔。可是，很快就不害怕了，經過一陣子之後就什麼事也沒有了。感覺就好像以前曾經流行過將健怡可樂對水喝，不但味道變得比較淡，而且可以喝到兩倍的量。我很清楚那傢伙的事情會漸漸淡去喔。就連原本認為絕對不能夠忘記的事情，都會因為時間而逐漸淡化。我想，即使是生麥的事情，一定也會那樣逐漸淡去吧，那麼，這個世界上難道沒有不會淡去的事情嗎？想到這裡我反而非常恐懼，難道我得抱著這樣的心情老死嗎？可是生麥所在的地方非常遙遠。我知道那個地方非常非常遙遠。」

說到這裡，中村君暫停了一下，喝了口溫的可樂。

「我覺得，要和生麥一樣在那種地方當個普通人，是一件困難的事情。而且在變得普通之前，想必會對很多人造成困擾吧。」

接下來，中村君沒再提霸凌的往事，說起了棄學的案例異常增加的情況。據文部省公佈的資料顯示，去年棄學的青少年學生合計約有一百二十萬人，佔全體的百分之三強，但是那根本就不正確。因為那些每兩個禮拜只有一天早上會去學校晃一晃，也沒上課就又回家的學生，並沒有列入統計。自從生麥出現之後，我也不去上學了，中村君這麼說。

大廳裡滿是人，真的是形形色色都有。有穿著橘紅袈裟的佛教僧侶，有以黑紗遮面的回教婦女，有裹著頭巾的印度人，也有枕著背包睡覺的白種人情侶；可以聽到多國語言，香菸的煙霧繚繞，香辛料、體臭、香油、香水、送禮用的蘭花的香味等味道瀰漫；去買可樂和三明治的時候，必須一路排開擁擠的人群才能夠走到販賣部那裡。而且，只要稍不注意，座位就會被搶走。想要上廁所什麼的時候一定得輪流去，還必須以強硬的語氣趕走那些企圖搶座位的人。

在這麼一處混雜的場所與一個十四歲的日本人談話，是個新鮮的經驗。而且我覺得，如果不是在這樣的場合，這孩子或許不會說出這些真心話來。正如中村君所言，在日本，人與人的溝通不知為什麼已變得淡薄了。談話幾乎很少被視為代表個人。在日本，比如說在公司旁的咖啡廳聽到同樣的談話，或許我並不會視為中村君個人的談話，而是當成國中生的談話隨便聽聽吧。中村君的內心話，事實上是在日本已經快被談爛了的事情。小學的時候霸凌同學，對方因而試圖自殺，後來轉學了。平常在日本聽到這樣的故事，很奇怪的，我們並不會當成談話者個人的事情來聽，而是當成整個國中生集團中的一個插曲。因為大家會認為在一個這樣的時代，又有這麼多國中生，所以這類的案例才會越來越多吧。

我們緊緊抱著行李睡了兩、三個小時，不時喝喝溫可樂。

好不容易辦理好登機手續，進了機艙坐定，「回去之後也會重回學校吧？」我問道。

「我不知道。」

中村君如此回答。

雖然我覺得生麥可能會再度成為日本媒體的寵兒，可是猜錯了。由於開火事件，大家反而決定要把生麥忘掉。巴基斯坦政府要求媒體自制採訪不得過火，這一點日本政府很乾脆地答應了，並且經由郵政省次長傳達了這個訊息。各電視台、報社、雜誌社也都將採訪小組從巴基斯坦召回作為回應。生麥被當成完全脫離日本的人物而不被理會。受傷的記者與攝影師離境之後隨即返國，但是既沒有成為罪犯也沒有變成英雄。只有幾份八卦雜誌把他們當成搞不清楚狀況的笨記者加以報導，兩人就和生麥一樣被忽視了。

即使去編輯部露個臉，也沒有人來問我是否有什麼收穫。大家似乎都想把生麥事件當作已經解決的案子，我這麼認為。因為生麥以簡單易懂的方式展示了不願馴服的意志。

一來我買了泰國絲巾，二來又沒有入境巴基斯坦就打道回府，由美子自然很高興。從曼谷回來後的那個星期天，我們一同外出用餐。好久沒這樣了。

由美子所挑選的，是西新宿一棟大樓裡的泰國餐廳，香辛料的味道令我想起與中村君在地下街吃的那餐飯。店裡滿是年輕人。十幾二十歲的情侶或團體，邊欣賞副都心的夜景，邊吃著價格是曼谷三到四倍的菜餚，大聲談笑。有些人露骨地談著性方面的話題，也有男孩高聲向女孩示愛。在這些人之間，生麥的事情大概已經被遺忘了吧。這樣的傢伙是否已經沒救了呢？我突然這麼想。因為中村君的事情仍殘留在腦海裡。我覺得，這些傢伙可不會想到要用存了十年的錢跑去巴基斯坦確認某種想法吧。

我喝著泰國的啤酒，吃著改良過帶著幾分日本味的椰汁雞肉鮮蝦咖哩，邊問由美子經濟大恐慌是否真會到來。大約從三年前開始，就不斷有人懷疑經濟大恐慌可能就快來了。的確，日圓不斷下滑，經常收支也轉為短差，不少銀行倒閉或是被外資收購，可是一看到來這種絕對不便宜的異國風味餐廳享樂的年輕人，經濟大恐慌一詞就漸漸失去了真實感。還在謠傳的時候，經濟大恐慌是不會來的，由美子說。

「老實說我並不清楚。目前這個局勢，如果把日本搞死了，美國也沒有任何好處，而且我認為，美元、歐元與日圓所構成的體系，可能會持續慢慢地轉換成美元、歐元與人民幣吧。當然，這並不是什麼猶太金融資金的陰謀，而是世界經濟的自然趨勢。因為，即便像是羅馬、大食或者蒙古，都在全盛時期之後垮掉了。而且並不是突然間就消失的，是經過好些時間才漸漸從世界史上消失了，所以就算日本自然而然慢慢地垮掉也沒有什麼好大驚小怪的。不過垮掉歸垮掉，日本人並不會因此而滅絕。反正原本擁有的就只有金錢而已，既沒有影響力也沒有發言權，我覺得這樣也不壞。就算在經濟上淪落為二、三流的國家，好像也沒有什麼大不了的嘛，不是嗎？」

「說到一流的經濟強國，那一直全仗此為傲的傢伙會怎麼樣呢？應該沒有辦法忍受吧。」

真希望那些人快點衰老死去呢，由美子這麼說了之後又問，阿哲好像並不喜歡這家餐廳喔，並看看我又看看四周。沒那回事啦，只是有感而發罷了，我接著談了一下中村君的事。

「那孩子說，還不知道回日本之後自己要不要去上學？」

由美子這麼問。我點點頭，然後提起國中生棄學案例激增的情況，這件事還沒有任何媒體提及。

「或許是因為只有學校的法規仍然無法鬆綁吧。基本上，還是以類似明治時代那一套富國強兵的價值觀來營運的。靠的是一套現代化途中或現代化之前的體制。感覺好像仍然是一塊黑暗大陸似的。企業和銀行若是這樣下去的話就會倒閉，終究必須進行體制改革，但因為教育並不會崩解倒閉，所以就一成不變繼續保留下去了。」

「那孩子也曾經說過，教師員額雖然增加了，可是問題並不是出在那裡。」

一聊到教育問題就令人鬱悶。體制改革的問題，最後的關鍵還是在於修法，這是由美子一貫的主張。若是以電腦為例來說明，法律就如同作業系統，若是想要更新整個系統，首先就必須更換作業系統才行。但是要進行教改的時候，卻不知道該修改哪些法律才好。於是，日本的教育就漸漸從社會整體中脫節了。越聊就越覺得沉重。

於是，話題又轉回經濟上面。你知道嗎？日本人的儲蓄如今有八成都運用在海外投資，由美子問道，我答說不知道，眼睛一面在菜單上尋找薄荷味的糯米甜點。沒有那一道甜點。

二〇〇一年秋天，到了九月中旬，媒體終於注意到了國中生的異常狀況。雖然想要舉行有關生麥的討論會而遭學校阻止的事件一直在各地零星發生，但是令媒體吃驚的是，新學期開學之後，以都市地區為主的集體棄學行動。關東所有的縣，長野、大阪、兵庫、福岡與熊本，還有札幌等地都會區的部分中等學校，都有三到四成的學生棄學，甚至還有學校的二年級某些班級全班都不見人影。

媒體是在幾個國中生設立的網站上得知這件事情的。自一九九九年文部省指導全國各中小學進行電腦普及化至今，各學校、班級單位製作的網頁已經非常普遍。二〇〇〇年夏季，定價低於八萬圓的電腦上市，同一時期不但各銀行開發出電子錢包，修改後的著作權法也讓大家可以在網路上以低價提供音樂軟體，很容易就可以用手提音響編輯ＭＤ，於是自己開設網站做生意的國中生越來越多。由於國中生們已經弄到了發信用的硬體，販賣猥褻圖像、將電子錢包用於非法交易、侵犯網路隱私權與各種駭客的犯罪行為也日益增加。

不過，媒體的報導卻非常審慎。一來是因為文部省與各地教育委員會仍然無法掌握實際狀況，二來更害怕集體棄學的事態波及其他地區。

就連我簽約合作的編輯部，都為該如何處理國中生集體棄學事件開了個簡單的會議。應該徹底去做，我提議。在整個日本都逐漸走向死亡的現狀之下，說不定只有國中生還有話想說，我這麼表示。在編輯會議中如此發言，這還是頭一遭。

難得有人這麼熱情喔，組長潑了我一桶冷水，並且將這個問題交由我負責。我和一個名叫後藤的年輕記者搭檔，還有從攝影部調人的優先權。後藤二十七歲，由於父親工作的關係，曾在南美的祕魯住過許多年，英語和西班牙語能力都很強。高個子，五官輪廓很深，國中的時候從祕魯返國，因為被班上同學嚴重霸凌而心理受創，給人一種陰鬱的印象，有傳言說他一喝酒就會發酒瘋。編輯與其他記者似乎也都對後藤敬而遠之，但之所以會和他搭檔，並不是我指名的。是後藤毛遂自薦，希望自己無論如何都能夠參與。

我們決定依照後藤的建議，從調查國中生製作的網頁著手。就算去文部省或是教育委員會採訪，橫豎也只會被敷衍過去而已。可以的話，最好是訪問到棄學的國中生，可是我們並沒有既定的對象。

生麥，我們以此作為關鍵詞去搜尋，列出的結果超過了十六萬件。由於網頁中只要出現生麥一詞搜尋引擎就會有所反應，舉凡聊天室、留言板、ＢＢＳ、個人日記或散文等等中出現的「生麥」，都會被列出來。全部瀏覽一遍得花上半年喔，後藤說。

接著，我們用生麥、國中生、棄學作為關鍵詞去搜尋，找到了將近兩千個網頁。有各式各樣由國中生所製作，關於生麥的網頁。自從開火之後，媒體一直對生麥採取視而不見的態度，原以為要將集體棄學的原因歸咎於生麥還得有所顧忌，但是在查證的過程中才逐漸明白其影響之大。

「生麥通信」同標題三十一件。

「生麥的影響」同標題五件。

「生麥是什麼人」同標題十四件。

「談生麥」同標題七件。

「給生麥的留言」同標題四件。

「扮生麥」同標題二件。

「接下生麥的棒子」同標題三件。

除了這些直接相關的網頁之外，學校與班級單位網頁上有關生麥的討論紀錄與意見也多到數不清。我請後藤將這些全部列印出來，準備一同花幾天時間來讀。

生麥並不是全然被當成英雄。根本就只是個搞不清楚狀況、裝腔作勢的笨蛋；一個在日本混不下去的懦夫；是個與走私毒品有關的壞蛋；只會訴諸暴力，與恐怖分子沒有兩樣……諸如此類的意見也有。

讀著讀著，我的想法是，生麥已經成了國中生之間的觸媒。國中生的網頁上面除了生麥的事情之外，還留有許多與動畫、漫畫、電玩、考試，以及偶像等等有關的東西，越讀越令我覺得可怕，彷彿身陷一個沒有出口的黑暗迷宮之中似的。雖然不知道嚴重的不景氣到底造成什麼程度的影響，但是似乎絕大多數的國中生都感覺到，自己彷彿被禁閉在一個沒有出口的洞穴裡。而生麥，卻向國中生展示，還有另一個世界存在。

「關口兄，電話。」

後藤說著將聽筒交給我。這是我們開始讀列印出來的資料的第四天。

「喂，請問是關口先生嗎？」

一聽聲音我就知道，是中村君。

「不好意思，打電話到公司來。因為我沒有其他人可以找了。」

我有種不祥的預感。因為中村君的聲音有點激動。

「沒關係啦。有什麼事嗎？」

「我是在學校旁邊的電話亭打的電話，請問，您方便過來一趟嗎？」

話筒裡傳來像是怒吼的聲音。我問了校名和大概的地址，立刻就和後藤離開了編輯部。

組長為我們準備了包車。坐進停在地下停車場的黑色包車裡時，後藤讚嘆道：嘿，這就是傳說中的包車啊。四年前，後藤因為語言能力而被編輯部採用，成為記者。由於後來採訪費日益緊縮，後藤從不曾坐過包車。

「好像有示威抗議什麼的吧。」

後藤說道，邊像在試試墊子軟硬似的壓壓座椅。從話筒中的確可以聽到像是群眾在示威抗議的吵鬧聲。有人正用擴音器喊話，還傳來大批群眾怒吼的聲音。

由於我還沒和後藤提過中村君的事，便在車上做了簡單的說明。後藤一面不時點頭聽著我說，一面敲著擱在腿上的筆記型電腦鍵盤。他把中村君所說的高中校名輸入電腦，看看能不能從國中生的網站中找到什麼資料。

「橫濱市港北區的明和第一，沒錯吧？」液晶螢幕上浮現出「生麥通信」四個綠色字。之前看過的國中生網頁，不知道是不是經過統一，經常會使用綠色，感覺很清爽。調查過數十個國中生經營的網站的我們，連這點都很有好感。可以感覺到一種僅僅十四、五歲的清新，後藤說道，而且國中生們對於不知道的事情就寫不知道，只有確實知曉的事情才會當作資訊拿出來介紹。據情報通信省公佈的數據顯示，日本的網路人口，在二〇〇一年三月底突破了兩千萬人。國中生們已經擁有向兩千萬人發信的手段。這是個前所未有的時代。

令人不舒服的悶熱天氣，厚厚的雲層遮蔽了天空，從首都高速公路進入東名一帶的時候雨點落下來了。多摩川的河川地及其周邊地區的停車場，可以看到停著數十輛四輪驅動車。是那些稱為休旅車流浪漢的傢伙的家當。他們沒有自宅沒有租屋，而是在車上過日子。失業率由百分之七升到百分之八，有人說突破百分之十大關也只是遲早的問題。休旅車流浪漢中有失業的人，也有飯碗穩定的人。有工作的人，會在車裡換好西裝去上班。也有人開著車去上班的。至於那些失業的，主要是靠肉體勞動的零工或是色情行業，想辦法賺取維持生活所需最低限度的收入。

即使對經濟和金融生疏如我，都認為這個國家變得很莫名其妙。若是依照由美子的說法，則是可以嗅到有什麼陰謀的味道。這些年來，政府一個勁兒在拯救銀行，換句話說，就是用納稅人的錢去填補各銀行資產負債表的虧損。進行這種治療之後，接著就是被稱為大爆炸（Big Bang）的經濟改革，開始了一連串包括外資與跨產業的合作與合併措施。不論當時或現在，一般企業的巨大貸款卻一直沒變。唯一受到矚目的是營建業，不過營建業在所有融資中所佔的比率也不到百分之三。此外，當支撐日本經濟成長的一般企業被貸款、設備過剩以及供給過剩壓得喘不過氣來的時候，政府、責任官署或金融界卻都沒有任何作為。就算再怎麼外行的人都看得出來，製造業、通路以及零售業等等都日益萎縮。如此自然無法創造就業機會，失業人數持續增加，日圓與平均股價指數也確實一路劇烈震盪走低。即使如此，政府唯有對金融界沒有停止援助。就好像一個只靠注射葡萄糖而變得癡肥的人，由美子如此評論日本。萬一沒了注射液，心臟停止跳動的話，這個人就會在癡肥狀態下死去。難道沒有什麼人企圖利用他的內臟嗎？難道不是有什麼集團在策劃，打算將資金從死去的日本吸走嗎？這些話，由美子經常掛在嘴邊。

「啊，找到了。」

後藤提高了音量。

「找到了從明和第一發出的訊息。咦？關口兄，上面寫著要大家回學校去哩。」

後藤將筆記型電腦螢幕讓給我看。生麥通信的「聯絡板 in 橫濱」的網頁上，刊載著以下的訊息。

「致明和第一全體同學

目前，明和第一初中部整個二年級都罷課了。一年級、三年級也有越來越多的班級關閉了。在此，我有個提議。**回學校去吧**。我知道，大家的心裡都想著很多事情，也都有很多話想要說。但說老實話，拒絕學校，雖然可以去做很多想做的事，但是並不如想像中那麼快樂。大家或許認為，在沒有了學校，不必唸書也沒關係的情況下，可以盡情去打電動或是唱卡拉ＯＫ，可是一個禮拜之後，說真的，就覺得非常無聊了。在此，有一點必須先鄭重聲明，這個提議並非出自我們想要參加升學考試的自私想法。大家都知道，學校關閉了，對於背負考試十字架的學生們來說是一件喜事。為了升學，大家從早到晚都在補習班的地獄中煎熬。那麼，為什麼還會有這樣的提案呢？因為我們想靠自己來改變學校。**大家來改變學校吧**。明天，上午九點，在學校中庭，我們將為此舉行集會。請大家踴躍發表各自的看法。那麼，明天，**九月二十五號星期二，上午九點，中庭見**！

明和第一初中部二年D班　藍幫代表　楠田『小砰』讓一」

這個藍幫是怎麼回事？我問後藤。後藤很清楚混澀谷和新宿那些年輕人的事情。他自己曾經多次採訪取材，為那些人企劃了一個專題，可是在編輯會議中卻被一腳踢開了。在這不景氣令人越來越不安的時候，還有誰會對年輕人的生態感興趣啊，組長和總編輯都這麼說。事實上，就連高中女生援助交際的話題，都漸漸上不了週刊雜誌了。因為大人們把全副精力都放在自己的事情上。

「繼Teamer之後，就出現了一些所謂Gang的傢伙。大概是模仿這些的吧。咦？請看看這個。有相當多同樣的訊息呢。」

聯絡板依照縣分開，其他各地區都有呼籲回到學校的訊息。不只是大宮、新宿、千葉、立川、上野、宇都宮、甲府、松戶、板橋這些東京附近的縣，就連九州、關西和北海道都有訊息傳來。

國中生棄學的情形以生麥登場為契機而大增，後藤覺得一點也不奇怪。記得第一次打照面的時候，後藤曾經這麼說：

「生麥只不過是個觸媒。任何事物都有可能成為觸媒。因為他們已經被逼得走投無路了，任何時候發作都不足為奇。相較之下，要了解在新宿或澀谷混的那些傢伙還比較容易。這種情形二十年前就已經有了。我是說聚集在鬧區混的不良少年。最糟糕的是在郊外的新興住宅區，例如町田、八王子或是橫濱市港北區。雖然沒有任何一家雜誌報導過，可是我告訴你，青少年在町田犯下的強暴案，如今高居日本第一。最近這四、五年，有許多原本堪稱一流的企業與銀行倒閉了不是？東大畢業步入中年的人，出現了貪汙、因為失業而自殺的情況。可是到了今天，大家還是要求孩子們想辦法進入好大學，很明顯是在說謊嘛。蹲在車站前抽菸的國中生，噘著嘴說我受不了啦，那才是正確的。每一天每一天聽到的都是謊話。真的是受不了啊。」

途中經過了橫濱市港北區，一個在泡沫經濟破滅之後陷入半蕭條狀態而停止整地、開發、建設的區域。雖然三線道馬路兩側的住宅區林立，但是有部分並未完成就被棄之不顧了。即使在地下鐵通車之後，進住率也不過三成。

「真是個冷清的地方啊。」

後藤四下打量後喃喃說道。專門買賣進口車的中古車行、小鋼珠店、郊區式大型書店、錄影帶出租店、色情俱樂部，西服、電器、酒類的大賣場等等櫛比鱗次，不過大半的店門都關著。行人稀少。包車司機將車停了下來。原來是要問路。地圖派不上用場。因為終止鋪設的道路與拆毀的建築物太多了。向幾名穿著工作服的男子打聽明和第一該怎麼走。男子們說，就從入口的門用鐵鍊纏著的那一處餐廳的工地進去。據說建築物的周圍用鐵絲網圍著。兩層樓建築的餐廳，裝飾著燈泡的「威尼斯義大利海鮮餐廳」招牌已然傾斜，玻璃窗幾乎都破了，屋頂上停著一大群烏鴉。那家餐廳旁邊有一面大看板。上面用粉紅色和綠色書寫的「構築未來美夢的港北新市鎮」的巨型看板，在風吹雨打之下已變得斑駁，上面還有用噴漆塗寫的下流塗鴉。看板上畫著擁有五家電影院的購物中心、利用焚化爐熱力的公共室內游泳池、以足球場為中心的綜合運動場、體能訓練場、擁有巨型迷宮的公園、圖書館、劇場、超級市場等設施的完成預定圖。還畫有笑咪咪抬頭看著這一切的一家人。父親指著預定會完成的各種設施。望著看板上描繪的景象，孩子們的眼中都泛著光芒。但如今由於油漆剝落，孩子們的臉看起來都龜裂了。就是這麼回事，我心裡想。經濟發展出現問題，具體來說就是這麼回事。

前往學校途中，馬路被攔住了。警用機車擋在路中間，連當地居民的車輛都必須繞道。我們亮出有公司名牌，以免警察檢查身分證。我們決定在距離學校正門還有相當距離的地方下車。遠遠可以看見奶油色的校舍。明和第一原本位於橫濱的中區，是一所小學、初中、高中一貫的著名私立升學學校。大約在十年前，初中部單獨遷來港北區。原本預期開發中的港北市鎮會順利完成而搬遷的，但由於泡沫經濟破滅，加上隨後長期不景氣，開發便中途喊停了。學校位於遭到放棄的大片整建地正中央。雨水將紅土從裸露的整建地上沖到了馬路上來。

「聚集了相當多其他學校的學生喔。不知道在搞什麼。」

後藤邊走邊說著。大批的國中生，就如同後藤所言，的確像是其他學校的學生。看起來，在網路上看到聯絡板的他校學生，像是預期會鬧出什麼事才過來看看的。有許多學生的屁股都還沒離開自行車或小綿羊機車的座墊。圍觀的群眾不全是孩子，還有出來收帳的酒鋪老闆、外務員、住在附近的家庭主婦、麵店外送員等等。沒有辦法估算出總共聚集了多少人。聚集的群眾並沒有不斷增加。並不是在舉行政治性的示威或集會遊行，也沒有發生大規模的衝突。不過，現場氣氛也和演唱會或宣傳造勢活動不一樣。這裡聚集了多少人啊？我問。大概兩千人左右吧，後藤四下看看後說。我覺得大概是兩千到三千人之間吧。大概是可以將日比谷野外音樂堂擠滿的規模。聚集在此的人們並沒有共同特徵。住在附近過來看熱鬧的人，有的笑嘻嘻，有的則在怒吼。看起來與火災時圍觀的群眾最像，但是其中孩子要佔壓倒性多數，氣氛看起來很詭異。

有一群人用擴音器在喊話。警察試圖將群眾驅離，但由於人手不足，在越來越大的雨勢中，四處可見小規模的爭執。全身溼透的國中生有些聚在一起發出怪聲，也有些國中生撐著傘向警察靠過去。人實在太多，沒辦法撐傘。我們淋著雨繼續朝校門口前進。完全搞不清楚發生了什麼事情。後藤亮出證件，向一名警察打聽狀況。我也不清楚啊，那個年輕警員說道。

「過來一看就這麼多人了。」

一路上都沒遇到電視台或其他媒體的人。聚集了這麼多群眾，難道沒有任何人打電話通知報社什麼的嗎？我不由得感到不安。印象裡似乎從來沒有見過這樣的狀況。今天並非週末例假日。平常日的上午十一點，卻有兩千個孩子聚集在這偏遠的整建地。為什麼沒有其他媒體過來採訪呢？難道這種事件，如今在這個國家已經司空見慣了嗎？

一路推開人群走了五分鐘之後，看到了像是校門的地方。校門附近擠滿了人。我一開口要求孩子們讓路，就聽到「喲，是媒體記者啊」的聲音。我們倆都穿著雨衣，後藤脖子上還掛著數位相機。好像僅靠這些特徵就可以認出是媒體人。學校裡發生了什麼事呢？後藤問其中一人。不知道耶，他靦腆地笑著回答。後藤一拿起照相機對著，他立刻比出了勝利的手勢。今天不必上學嗎？我問道，但周圍立刻響起一陣笑聲。像是在笑：這個阿伯真是搞不清楚狀況啊。他們戴著毛線帽或是棒球帽，身穿牛仔夾克或夏威夷衫，一樣稚嫩的臉龐。也有人戴著生麥的那種墨鏡。雖然被雨淋溼，卻不會給人邋遢的感覺。

關口兄，你怎麼啦？走向校門的途中，後藤這麼問我。大概是見我一臉奇怪的表情吧。這些小子聚集在這裡到底想幹什麼呢？我說。

「什麼意思？」

後藤邊繼續拍攝周遭的情況，邊防著照相機被雨淋溼。

「不覺得有什麼地方不太尋常嗎？大家都笑嘻嘻的。看起來又不像什麼集會。如果說什麼事也沒有，為什麼又會聚集了這麼多人呢？」

我不知道，後藤搖搖頭。

「關口兄去過町田或是八王子車站前面嗎？」

沒有，我回答。

「車站前面會有大批國中生、高中生聚集，感覺就跟那一樣。此外，那一帶也是販毒與恐嚇勒索的溫床。即使是大白天，也不要一個人去走地下道。祕魯的貧民窟雖然也很可怕，但是只有有錢人會被當成肥羊，很容易理解不是嗎？反正就是餓了一整天的傢伙拿了刀，很容易理解。可是這些傢伙不一樣。不過，我比較怕這些傢伙。因為根本搞不清楚這些傢伙會做出什麼事來。而且就連他們自己也不知道該做些什麼好。我雖然並不是很清楚，可是這種情況說起來應該很普通吧。顯得異常的，難道不是媒體方面嗎？我沒辦法解釋清楚，可是我覺得這些傢伙似乎還在尋找什麼。媒體卻根本什麼也不去找，不是嗎？只會就一些雞毛蒜皮的小事，做出可有可無、看熱鬧式的報導，不是嗎？報導裡盡是些與現實脫節的東西，不是嗎？」

我正想開口的時候，行動電話振動起來。

「喂，是關口先生嗎？」

中村君的聲音聽起來很緊張。我必須把行動電話緊緊貼著耳朵才聽得清楚聲音。

「我是。中村君現在人在哪裡？」

「我在學校中庭。請問關口先生現在人在哪裡呢？」

四周很吵，我必須多次詢問確認才行。擴音器傳出來的聲音擾人。除了警察使用擴音器之外，停在校門前的箱型車旁，也有些人拿著擴音器在喊話。插著寫有「憂心中等教育的退休教師聯合會」的旗子，中年男子喊著：「如今正是要求國中生培養公德心，實現真正教育的時刻！」他的同伴們則在分發傳單。周圍的國中生沒有任何一個接過那傳單。大半的傳單都被雨水打溼而破損，貼在流著紅土水的馬路上。好像有電視台的人來了，後藤說。我們剛走過的馬路對面停著轉播車，扛著攝影機的男子朝我們這邊跑了過來。

「請看看，這就是教育荒廢的結果。學校這個地方，已經無法再為孩子們做什麼了。這個問題，並不是政治家、文部省、某人，或是什麼特定團體的錯。是我們所有人的責任。問題在於，戰後的教育灌輸孩子們個人主義的價值觀，公眾利益，也就是說，公共這個重要的概念已經喪失了。曾經，日本人是有公共精神的，願意為公眾效忠的。由於這部分喪失殆盡，一切就開始荒廢了。」

這些人真噁心，後藤喃喃說道。由於擴音器的音量調到最大，喊出來的聲音都破了。搞不清楚中年男子們到底在對什麼人喊話。他們好像也並不是在呼籲聚集在此的三千名國中生回到學校去。

「我在校門附近，可是人太多了，進不去。從校門口可以進去裡面嗎？」

什麼？喂喂？我聽不清楚，中村君連問了好幾遍。我蹲在地上，用手摀著行動電話。一個頭戴棒球帽的國中生從我面前跑過，將一個塑膠袋朝憂心中等教育退休教師聯合會的箱型車扔過去。塑膠袋裡裝著不明液體，看起來就像是一包中國餐廳外送的湯。塑膠袋重重砸中了箱型車爆破，水花四濺。一股臭味傳來，原來是尿，只聽到後藤笑著說：真爽！一個發傳單的男子要去追那個扔塑膠袋的國中生，結果撞到了後藤。什麼公眾啊，白癡，後藤朝撞到他的男子背後喊道。有那種只在自己國內展現的公德心嗎？出國買春卻又那麼不當回事。

「從校門口進得去嗎？」

我數度這麼問中村君。

「我過去接你，請到校門口等我。聽得到嗎？」

「聽得到。我知道了。」

還有其他人在發傳單。是一群掛著橫濱自由學苑（註：Free School，由民間組織設立，隨著霸凌與棄學等問題的嚴重化而在全國急速增加。目前在自由學苑中上課的時數已經可以視同原籍學校的出席時數）聯絡協議會徽章的人。學校已無法發揮功能，傳單的標題寫著這幾個大字。後藤向其中一個人打聽，校內到底發生了什麼事。你們是媒體記者嗎？一個滿頭亂髮，髮梢滴著水的中年婦人這麼反問後藤。聽後藤回答是，中年婦人便大聲說道：不要光會開口問別人，去用自己的眼睛看看啊！別說些沒大腦的話，自己進去裡面親眼確定一下就好了嘛。中年婦人這麼對後藤嚷著。

「喂喂，關口先生，我現在正往你那邊過去。」

「知道了。我現在就到校門口。」

鐵製的校門關著，後方有個像是老師的男子，門前站著四名警察，雙手背在後面。他們的四周聚著外校的國中生和看熱鬧的人。我向其中一名警察出示證件，報上公司和雜誌名稱，詢問是否能讓我們進去，可是那傢伙只是把臉撇開，並不回答。周圍很吵，我們的聲音似乎無法傳到門那一側的老師耳朵裡。就算聽得到，我猜他也不會讓週刊記者進入校內。這道門難道從早上就關閉了嗎？如果這樣的話，學生們是怎麼進去的呢？中村君又打算用什麼方法讓我們進去呢？

來到校門口的時候，後藤的行動電話振動起來。是組長打來的。組長找你，後藤說著便要將行動電話交給我。我跟中村君說明了情況，接過電話與組長通話。聽我說這裡聚集了兩、三千名國中生，他很不帶勁地應了聲是喔。

「那麼，情況怎麼樣？」

組長的聲音聽起來很可笑。報導裡盡是些與現實脫節的東西，我突然想起後藤所說的話。

「目前還搞不清楚。還沒有發生什麼狀況。總之，我們先進學校裡再說。」

「聽說浦和的事情了嗎？」

「沒有。發生什麼事了？」

「浦和有一個國中生死在學校裡了。是一所公立學校。」

「什麼？」

「出人命了。死了一個學生。所以我們這裡也人仰馬翻。」
「怎麼死的?」
「學校由於缺席人數過多而關閉,可是有一個學生想回學校,結果被老師從樓梯上推了下去。」
「怎麼回事呢?」
「詳細情形我也不清楚。總之和久井已經趕去浦和採訪了,你要留在那裡嗎?」
是啊,我回答。組長覺得浦和的事情比較重要。畢竟死了一個學生。雖然組長希望聽我說這邊也會出狀況,卻沒聽說學生會不會鬧出人命。除此之外,據說各地的國中也都發生了各種狀況。如果有什麼狀況就立刻回報,組長說完掛斷了電話。
關口兄,在那邊,後藤指指校門口。中村君到了。跟幾個朋友一起。見中村君他們出現,老師們顯得很緊張。中村君指指我們,然後跟老師交涉。從這邊聽不見談話的內容。一個老師說了些什麼,中村君搖搖頭。他的一個夥伴對老師大吼。那吼聲連我們都聽到了。
「去死啦,混蛋!」
老師走向鐵門,召喚警察。老師指指我們。一個警察對我們招手,說道:
「校方請你們進去。」
於是門打開,我們進去之後又關了起來。我向一個老師打聽到底發生了什麼事。不知道,那個老師回答。

「我們什麼也不知道。要不要去問問校長？」

一進校門，是一棟有鐘樓的奶油色校舍。走進校舍之前，必須穿過一段有花壇和植木的前庭。校舍的右手邊有個比賽用的游泳池，再過去是一塊低地，可以看到一個擁有四百公尺跑道的運動場。校舍呈ㄇ字形，有好幾個老師從窗口望著走在校園裡的我們。那些老師在那裡做什麼呢？我心裡想。道過早安後中村君邀請我們去見他們的代表，然後就一言不發在前面領路。服裝當然是馬球衫配牛仔褲。中村君的夥伴們的穿著基本上也相同。不是牛仔褲就是卡其褲，只有這種程度的差別而已。不過，和同伴在一起的中村君，給我的印象與在飛機上和曼谷時不大一樣。

「注意看。他們已經武裝起來了。」

後藤說著悄悄指指中村君的一個夥伴。那穿著藍色棉褲的男孩，口袋裡露出半截像是噴霧器的東西，沒打開。是防身用的昏迷噴霧器。在校門口罵老師混蛋去死的那個男孩。

從穿堂通過校舍，有個探出一截橘紅色屋簷的中庭。被屋簷遮住的部分設計成露台，排放著長椅。那裡有好幾百個男學生和幾位老師，一齊望向我們。

有沒有想到《現代啟示錄》那部電影呢？後藤問我。想到了啊，我點點頭說。後藤所說的，是《現代啟示錄》中，主角的特種部隊進入馬龍・白蘭度飾演的寇茲上校在叢林中建立的瘋狂王國的鏡頭。氣氛的確很相似，我心想。寇茲上校的瘋狂王國裡吊著人頭，這個中庭露台的長椅上則坐著面無血色的老師。瘋狂王國是個完全不與外界接觸、封閉的共同體，可是佔據中庭的國中生們卻擁有連接ＰＤＡ的筆記型電腦與好幾十支行動電話，甚至還有超小型的無線電截聽設備。還有，瘋狂王國的子民擁有Ｍ16武裝，令人難以置信的，包圍住老師的幾個學生竟然手持十字弓。雖然只是郵購買來的廉價塑膠製十字弓，但是在極近距離下射擊還是可以殺人。若是當場檢查攜帶物品的話，一定還可以從書包裡找到其他諸如刀子、電擊棒、瓦斯槍之類的東西。事情鬧大啦，後藤對我耳語。

「不是說中村君是個好孩子嗎？」

這到底在幹什麼？我問走在前面的中村君。正在研究該如何改變學校，中村君回過頭來說。我發現中村君的神情似乎變了，令人無法想像和在曼谷機場流著淚打電話回家的是同一個人。

六把十字弓圍著坐在長椅上的四位老師。老師們都穿著樸素的西裝，四個人都戴眼鏡。悶熱的天氣下根本不適合穿西裝。四人的襯衫都汗溼了。長椅兩端的兩人年紀輕，中間兩人則上了歲數，我覺得右側那位中年男子可能是校長。因為看起來最為憔悴。貌似校長的中年男子呼吸急促，頻頻抹去臉上冒出的汗水。四位老師擠在三人座的長椅上，似乎象徵著學生們剝奪了老師的權威。你們到底在搞什麼啊！我真想大吼。想要對學生吼，也想對老師吼。這是個令人怒氣上升的異常狀況。聚在周遭的幾百名學生，怎麼看都還是小孩子。尤其是那六個手持十字弓的孩子，看起來特別幼小。和學校外面的那些學生一樣，肌膚光滑而且清潔。想必他們來學校集合之前，都先洗過澡洗了頭才出門的吧。

看著他們的臉龐，我真想一個巴掌打過去。可是，這些傢伙其實是最可怕的了。我不禁想起幾年前一連串的少年持刀傷人案。有種就動手啊，有個老師對持刀恐嚇的學生這麼說，結果真的被刺傷了。如今，在這個地方，如果有人敢對手持十字弓的學生開玩笑挑釁，說出有種就射啊這種話，他們百分之百會動手。一個令人不舒服到快要反胃的狀況。可是，我完全無計可施。其他老師為什麼不趕快打電話報警呢？事後一定會有人這麼問吧。因為他們完全不了解現場狀況，才會說出這種話來。

我的腦海裡浮現出後藤以前提過的，祕魯青少年反政府游擊隊的事情。Sendero Luminoso，也就是所謂「光明之路」的游擊隊，曾經也做過不少好事。尤其是在成軍之初，因為解放農地而獲得廣大貧窮農民的支持。可是也做了很多壞事。最令我看不過去的，就是十四、五歲的年輕游擊隊員帶著武器回到村子裡，到處作威作福的情形。他們並沒有什麼人生歷練，不知道後果。如果用槍威脅別人會怎麼樣呢？隨便開槍的話會怎麼樣呢？開槍打死村民又會怎麼樣呢？這一切他們都沒有想過。這些事情，若非實際在人生中冒著風險反覆模擬演練，是絕對不會明瞭的。看到他們恐嚇村民、用槍托揍人的時候，真的是感覺非常不舒服。雖然覺得這很不公平，可是到底對什麼來說不公平，我到現在還沒有想出來。

「關口先生，這位是我們的代表，小砰。」

中村君向我介紹一個染了一頭金髮、個子非常小的學生。這個叫做小砰的學生，就坐在貌似校長的中年男子面前的木地板上。我實在不知道該怎麼打招呼才好。幸會，後藤說，我也輕輕點頭致意。這個叫小砰的學生穿著寬鬆的紅襯衫，配上像是女生款式的黑色貼身長褲。左耳戴著一個大耳環，雙手拇指都戴著嵌有晶瑩寶石的銀戒指。他的大腿上放著筆記型電腦，就連跟我和後藤問好的時候，也一直在敲著鍵盤。除他之外還有不少學生在操作電腦，也有幾個學生將無線電截聽設備貼在耳朵上。小砰的小屁股旁邊放著保護電腦的棉布套，還有個薄紙袋。紙袋上印有GIORGIO　ARMANI的標誌，令我有點訝異。因為我覺得小砰的氣質和穿著打扮，與那個商標並不相稱。

「嗯，這個嗎？」

注意到我的視線後，小砰看看紙袋說道。尖銳的聲音。我覺得他好像還沒有完全變嗓子。不過，聲音非常嘹亮。小砰的聲音響徹了整個中庭。聲音具有明顯特徵而又嘹亮，也是領袖魅力的必備條件之一。

「討厭亞曼尼嗎？」

並不會啊，我說。可是我會，小砰面露微笑說道。

「這是用來作為一種象徵的。今天早上帶來的。象徵我們的日常生活。在與老師對決的時刻。我打算把它放在旁邊。用來顯示我的覺悟。先別說這些了。有沒有帶錄音機呢？」

帶著，我回答。

「今天，我們將與校方做出重大的決定。現在要讓前校長來發表這個決定，麻煩你錄音之後刊登在雜誌上。」

慢著，我說。

「雖然我還搞不清楚狀況，可是以這種方式脅迫，就算達成任何協議也沒有效力啊。一般來說是這樣的。」

「這種說法完全正確。不過，我們想要說的話，根本就沒有人要聽。因為在角力關係上的差距實在太懸殊了。」

坐在中庭的學生個個都沉默不語。他們並沒有逐一應和小砰所說的話。畢竟是著名的升學學校，並沒有一看打扮就是不良少年的孩子，也沒發現天天在路上打架鬧事那種類型的孩子。但是話說回來，也感覺不到嚴格的統治氣氛。中村君找我來這裡，到底是為了什麼呢？我從背包裡拿出錄音機，放在小砰和校長之間，說道：

「現在開始，我會把你們的對話記錄下來。首先我想要問的是，為什麼要把我們媒體記者找來這裡。就是照這樣的感覺進行下去，可以吧？」

「能不能簡潔一點？」

「我原本就打算盡量簡潔的。」

「那好吧。一開始，我並沒有找媒體的打算。不過，中村跟我提起你的事。雖然你遇到中村並且聊了很多事情，可是並沒有做成報導，對吧？換成別人，一定很想趕快做成報導吧。就因為這樣。應該說，可以相信你吧。基本上是這麼回事。我們很討厭把事情處理成簡簡單單的。也不喜歡被彙整成簡單明瞭的模樣。雖然進度很慢，但是我們正在一點一滴學習現實的複雜。可是，這些人卻說不是這麼回事。」

小砰說著看看老師們。

「聽了中村所說的，我認為你是個明瞭現實複雜的人。所以，我才會想找你來採訪。」

「原來如此。那麼，是否可以簡單說明一下今天從早到現在的經過？我們看到了生麥通訊上面的訊息。」

「由於蹺課已經令我們覺得無趣了，才會計畫要來改造學校。如果我們規規矩矩來，這些人根本就不會聽。想要以對等的立場談話，就必須使用暴力。反正這些人一直以來用的就是這一套，這麼一來我們就對等了。因為學校裡也沒有幾個老師留下來，要制伏他們非常簡單。這個集會，我們並沒有強制還在上課的部分一年級與三年級同學非參加不可。可是幾乎全員都到齊了。」

可以問老師問題嗎？我問小砰。沒關係啊，你問，小砰說。

「是沒有什麼關係啦，不過別浪費時間了。這些人自己不會說什麼的，因為他們無法用自己的腦袋思考。」

有沒有什麼話要說呢？我把錄音機拿到那位貌似校長的中年男子面前。像是校長的中年男子沉著臉問，你是什麼人？我亮出證件，報上公司和雜誌名，還有自己的名字。

「請問您是校長嗎？」

我這麼問那中年男子的時候，學生們突然笑了起來。有什麼好笑的呢？我只覺納悶。那傢伙從今天起變成工友啦，小砰說。

「所以再也沒法囂張了。」

像是校長的中年男子氣得滿臉通紅，但還是低頭忍耐著。坐在長椅邊的年輕老師簡單說明了事情的來龍去脈。大批學生大約在上午九點左右到校，沒進教室，卻聚集在中庭。老師令他們解散。學生們要求舉行集會。老師下達指示先回教室，但是學生們並不聽從。一位老師氣得衝過去大罵，結果遭學生攻擊。他們用昏迷噴霧器將那老師撂倒，別的老師甚至還挨了電擊棒，不依學生的老師全都被撂倒。這一切都發生得太突然了。學生們首先要求我們承認目前的教育是不正確的。拒絕這個要求的老師就又被撂倒。我們知道，只要露出了反抗的意圖就會遭殃，於是大家就不再反抗了。老師完全任學生擺佈。

「那麼，你們的目標是什麼呢？對學校有什麼具體的期望呢？」

我正這麼問的時候，一直掛著無線電截聽設備的學生舉起了手。什麼事？小砰問。

「機動隊好像快到了。」

那舉著手的學生這麼說。

速度快得有些令人意外啊，小砰喃喃說著，雙手離開鍵盤站了起來。

「我們別再來上學了吧。」

他對著中庭裡的學生這麼說。聲音並不大，可是很響亮。鏗鏘有力。

「這是我的想法。大家的意思呢？」

小砰這麼說。那接下來該怎麼辦呢?中庭盡頭隨即傳來一個聲音問道。那是三年級的同學,一旁的中村君對我說。

「所以說,想來上學的人就來,不想來的人就別來。沒有必要同進同退嘛。」

我們還有考試啊!

「所以我說想來上學的人就來啊。」

你們不是宣稱要改變學校嗎?

「要改變可不是那麼簡單的事喔。」

一聽到機動隊要來就想逃嗎?

「這又不是小孩子在鬧著玩!」

說著說著,小砰走向一個控制著老師的學生。見小砰接過十字弓,學生們一陣騷動。如霧的細雨落在中庭,感覺溼氣從腳下往上冒。關口兄,不妙了,後藤對我耳語。那傢伙似乎要採取什麼行動了。

「我們的對手很強大。明明知道會輸還往前衝,那就太蠢了。避開機動隊一點也不可恥。所謂的戰鬥,並不是以這種方式進行。我們確認過了。之前不就確認過了嗎?難道大家忘了嗎?」

可以聽出小砰的聲音逐漸加熱。說話速度沒有變快,也不是單純提高音量,聲調也沒有變高。聲音變得更為圓滑,韻律起了微妙的變化,話語和話語之間產生出緊張感。沒錯!學生們大聲說道。

「這個傢伙,」

小砰指著校長說道：

「不論我們提出任何請求都說不行。請求那樣，請求這樣，拜託那樣，拜託這樣，不論怎麼拜託他都說不行。這不是已經確認過了嗎？所以我們要搶。非得戰鬥，非得搶不可。必須去搶。知道嗎？要去搶。大家明白了吧。我們要去戰鬥！要去搶！」

看得出來，中庭的學生都被某種情緒感染了。學生們並沒有喝采回應小砰的煽動言詞。小砰的聲音與說話方式依然冷靜，與政治人物或選舉時候選人的演說完全不同。可是聽著聽著，我的五臟六腑也隨之開始翻攪。

「可是，他們並沒有遵守承諾，居然敢報警。現在，我要來行刑。這是前校長，如今是工友的今村的責任。行刑結束後大家就撤退，不要慌張。慢慢地，從正門出去。不准使用後門或是東門。正門打開之後，大家就像平常放學的時候一樣，慢慢走出去。要先逃的是A組同學。」

在說什麼行刑啊，後藤輕聲說道。學生們團團圍住校長。一個年輕老師站了起來，但立刻遭催淚瓦斯攻擊。一股刺鼻的味道傳來，眼睛也感到刺痛。我立刻閉起眼睛，把臉轉向一旁避開那味道。仔細想想，我這還是第一次聞到催淚彈的味道。情緒莫名地亢奮。一種具有迫切感的味道。我雙手摀著眼睛時，關口兄，快看看，後藤碰碰我的手肘說道。校長被翻過身去，長褲被褪到膝蓋處。整個屁股都露出來了。看到淒慘的姿勢，我差點笑出來。雖然有相當年紀了，可是校長的屁股卻異常白皙，沒有黑斑疙瘩也沒有長毛。校長大聲嚷著，但是手腳被好幾個學生壓住，無法動彈。皺紋真多！小砰說著用拿起紅色麥克筆，在校長的白屁股上畫了個靶子。

「愛神邱比特！」

說著，在極近的距離下，將校長的屁股肉揪起，用十字弓對著靶子的正中央射擊。十字弓的短箭射穿了畫在屁股上的紅靶子。好像經常可見的塗鴉圖案。

「行刑結束。」

小砰一這麼說，中庭響起了笑聲。由於僅僅貫穿了揪起的皮膚，並沒有傷到校長的內臟。酷！後藤說著，用數位相機對著校長插著短箭的屁股拍照。學生們一齊緩緩開始動作。沒有任何一個人慌張亂跑。

「什麼叫做A組同學呢？」

我問中村君他們。這裡是中村君他們的聚會地點，位於田園都市線江田車站後面。一樓是進口雜貨鋪，二樓是咖啡廳，小砰與中村君帶領我跟後藤來到的，是這棟建築物三樓的一間雜亂房間，好像是辦公室兼倉庫。屋裡也有好幾部桌上型電腦。除了小砰與中村君之外，另外還有三名國中生同行。

「所謂A組，就是持有電擊棒或是催淚瓦斯的同學。所謂特A組，則是那些擁有十字弓的人。」

回答我的，是個相貌秀麗的高個子男孩，叫做KONDOU（近藤）。另外兩位則是HATTORI（服部）君以及YOSIDA（吉田）君。他們叫中村君NAKAMURA。不論KONDOU君、HATTORI君或是

YOSIDA君，都是皮膚細嫩，衣著整潔。剛洗乾淨的牛仔褲或棉褲，配上馬球衫、夏季的套頭或開襟毛衣或是夾克，這樣的打扮。中村君穿著夾克。與在曼谷穿的夾克相同款式，但顏色不一樣。他們都帶著後背包或書包，品味非常好。雖然不是名牌的，但恐怕都比我跟後藤用的要貴上非常多。

富有想像力的行刑之後，學生們就和平常放學時一模一樣，快樂得彷彿隨時都會唱出歌來似的，在機動隊抵達之前，從敞開的正門離開了明和第一中學。我和後藤與小砰等一行人一同走向地下鐵車站。走在聚集著看熱鬧的群眾、外校學生還有警察的馬路上，中村君與小砰他們纏著我跟後藤問長問短。小砰與後藤聊著電腦的事情。話題包括以色列開發的新型密碼系統、國際衛星行動電話，以及數據交換伺服器等等。這一對愉快對談的大人與小孩，任旁人看了也會不禁微笑吧。雖然部分情況還不清楚，但這麼一聊，我不禁覺得畢竟是十四歲的孩子，不過這種想法太天真了。與我們會話也只是一種偽裝而已。到了地下鐵車站，確認周圍沒有機動隊和警察之後，小砰突然沉默下來，臉上的微笑也消失了，彷彿我和後藤打從一開始就不存在似的。

「這裡是你們的祕密基地吧？」

進入這間屋子時，後藤首先這麼問。據中村君說明，這家店屬於HATTORI君父親的一個朋友。除了這家進口雜貨店和咖啡廳之外，那位友人還插手地區性小報與測試新開發電玩軟體的事業。遊戲軟體由於頗受國中生好評而在市場上佔有一席之地。由於中村君他們經常來這裡幫忙測試開發中的新遊戲，獲得的回報就是可以相當自由地使用這間屋子。我和後藤在上來這房間的時候，在進口雜貨鋪的店頭，遇見了HATTORI君父親的那位朋友。一個瘦削、面有菜色的男子，聽到HATTORI君說我們是媒體記者，也只是興趣索然地嗯了一聲而已。打擾了，我和後藤打了聲招呼，男子只是輕輕點頭致意，什麼也沒說。年紀大約三十五至四十歲。聽HATTORI君說，他正在籌措海外移民的資金。

移民海外的日本人越來越多了。今年年初，美國的經濟雜誌大幅報導了一個名叫NOSAKA的前日本籍基金經理人的事情，在日本也造成了相當大的話題。在三年前俄羅斯經濟危機之際，雖然有媒體嚷著說避險基金已死，但是國際性的非銀行金融機構並沒有消失。大家都知道，不論當時或是現在，在資本或是情報蒐集能力等方面，舊避險基金都遠遠凌駕日本媒體之上。雖然也有國際輿論建議短期資金轉移必須加以規範，但由於各個國家都發生了情況不等的金融事件，並沒有辦法達成共識。對國際投機資金設限的馬來西亞，國際信用僅僅兩年的時間便遭調降，法令也隨即鬆綁了。確實是有部分避險基金消失了，但是大部分只是改換成各種不同的名稱，仍在繼續運作。需要國際短期資本的國家，或是想要投資避險基金的個人和銀行也絕對不會消失。NOSAKA也不過是這種國際金融圈子的新成員罷了，卻可以搭乘自己的噴射機到處飛，還買下了NBA明尼蘇達灰狼隊，大手筆贊助德國的交響樂團，並且投資紐約的獨立製片公司。他娶了一個美國女子為妻，並且放棄了日本國籍。

「日本這個國家已經沒有實質的競爭力了，而且企業至今依舊無法拋棄按年資升遷與終生雇用這些個日式體制。雖然不知道日本媒體為什麼不把這個事實揭露出來，但是在世界各地，有好幾千名和我持相同理由離開日本的年輕科學家、技術人員、創業者與藝術家。換句話說，日本這個國家，已經不具任何魅力了。」

NOSAKA在接受專訪時一再強調這些，並且應出版社之邀出了好幾本書。雖然他並沒有像生麥那樣變成年輕人的英雄，也成為一種象徵而影響了許多日本人。離開日本前往國外定居，已經成了許多人脫口而出的目標，不再像過去那樣屬於例外的行為了。希望脫離日本的人一直持續增加。

有一家大型供應商，自二〇〇〇年開始，每週都對三百萬會員進行一次問卷調查。這份出了名的定期問卷，內容從內閣支持率、應否設置事業廢棄物處理廠，到性意識、偶像的人氣指數等等都有，如今公信力已經超過所有電視台與報紙的民意調查。去年這個時候提出的問題是「你覺得日本是個有魅力的國家嗎？」十歲到五十歲的男女，他們的回答都是否定的。尤其是十到三十歲的女性，希望到國外定居的人數高達百分之三十五。傷腦筋的是，日本由於低生育率以及高齡化導致的勞動力不足，已日漸成為一個非常現實的問題；優秀人才外流以及逼近百分之十的失業率這兩種現象，使得就業人口產生出一種前所未有的奇妙不安。特別是年輕世代更形成一種風潮，認為留在日本只會落得被拋棄的下場。

「要不要喝點什麼？」

小砰問我和後藤。我還真的渴了。我想喝個可樂，聽我說了之後，小砰問後藤是否也喝可樂。見後藤點頭，小砰就外出買飲料去了。我和後藤滿臉意外地目送他的背影。去自動販賣機買比較便宜，中村君注意到我們的表情，說道。

「如果去下面的咖啡廳點，不但比較貴，又沒有比較好喝。」
不，不是這件事，後藤說。
「一般來說，領導人物是不會自己去買可樂的。」
後藤補充說明。什麼，有這種事嗎？服裝整潔的國中生們面面相覷。
「他好像很討厭講什麼學長學弟的輩分。」
「大概是因為他最靠近門口，所以就自己去了吧。」
「說不定是想搶第一個喝到可樂。」
「我覺得是喔。」
服裝整潔皮膚細嫩的國中生們，你一言我一語討論著。
小砰回來後，我們邊喝著可樂，邊進行專訪。
「嗯，我雖然把那樣的訊息放到網路上公佈，可是一開始並沒有想到可以來改變學校，只是覺得，不管怎麼樣，先回學校去看看。就如同訊息中所說的，不去上學也沒有什麼事好做，所以才決定去學校集合看看情況，不過，我已經對協商感到很不耐煩了，所以決定要以身邊物品進行必要最小限度的武裝。在武裝方面算是很成功吧。」
雖然服裝打扮沒什麼兩樣，可是小砰的氣質跟其他四人不一樣。談話的時候顯得並不穩重，好像靜下來就會很難過似的。小砰從印著GIORGIO　ARMANI商標的袋子裡取出筆記型電腦，用屋裡的電話線連上網路，邊操控軌跡球看著螢幕上各種畫面，邊回答我和後藤的問題。我個人滿欣賞那段行刑的，後藤問道，你一開始就打算那麼做嗎？

「嗯——我事前並沒有打算要那麼做。不過，我曾在一部加拿大的短片中看過，有人像那樣在屁股上畫個靶子，然後用箭來射喲。況且別的學校好像也都出了各種狀況。因為，聚集了大批群眾，如果沒有任何管道發洩情緒，也會產生問題。」

小砰一臉憂鬱地回答問題。好像不太願意回答無聊的問題似的，這令我有些緊張。後藤的用字遣詞與問題似乎也都經過選擇。該怎麼稱呼你呢？後藤在專訪開始之前曾問過。叫什麼都無所謂啊，小砰回答。

「可以叫我小砰，或是叫楠田君、讓一，要不然少年A、少年B，或是小不點都可以。」

小砰一臉認真地這麼說道。中村君他們也都沒有笑。

我問道。沒有關係，小砰說。

「稱呼盡可以隨意。事實上我希望不要用敬語，但若是突然禁止使用敬語，會話就會變得暴力。我也只好姑且通融了。使用日語，如果不知道對方是個什麼樣的人，就沒有辦法開始交談了。如果不知道對方的輩分比自己高或是地位比自己低，就連該怎麼稱呼都搞不清楚了。SEKIGUCHI先生、SEKIGUCHI君、SEKIGUCHI、SEKIGUCHI大爺，根據稱謂，可以立刻明白自己與對方的關係，但反過來說，關係未定的時候，因為連該怎麼稱呼都不知道，最後搞得很無趣，而且事實上，在霸凌的時候，日語的這種功能也被加以充分利用了。有些學生在班上，必須稱呼其他同學大爺，否則就沒有人理會。KUSUDA大爺、NAMAMURA大爺、HATTORI大爺、KONDOU大爺、YOSIDA大爺，若是不以這種方式稱呼其他人，就沒有人理會。雖然這種事發生在霸凌世界中，但是，如此利用敬語的霸凌，只有日本才看得到吧。因為，其他國家幾乎都沒有什麼敬語。」

KUSUDA（楠田）君曾經受過霸凌或是霸凌過別人嗎？我問。那沒有關係，小砰說。

「雖然霸凌是個重要的問題，但是與我們的行動並沒有關係。我們並不是因為受到霸凌才武裝起來的。如果這樣就扯到霸凌，或是認為一切原因都在於霸凌，那誤會可就大了。好像殺傷老師，原因在霸凌；拒絕上學的學生增加，原因也在霸凌。太愚蠢了。」

生麥事件，可以說是一個契機，對吧？

「與其說要感謝生麥，不如說他是個完美的偶像。生麥身在聖地，令日本的媒體無法對他下手。媒體啊，實在傷腦筋。舉例來說，不是經常有那種教育問題討論會嗎？分成主張無論如何都必須去上學的一方，以及為棄學兒辯護的一方，雙方一直你來我往論戰，過程之中，主持人必定會出來說些輕鬆的笑話。我對棄學兒並沒有興趣。雖然自由學苑也曾流行過一陣子，但就連自由學苑都出現了棄學兒，無論在什麼地方，孩子們都必須接受順應成人社會的訓練。可是，在應該順應的成人社會中卻缺少了典範，這個問題，自由學苑並沒有辦法解決。不過，棄學是個嚴肅的問題，討論會的主持人絕對不應該笑。沒有任何人注意到，那些笑話與笑聲，會傷害到問題的嚴肅性。基本上，媒體認為什麼事情總會有辦法的。不論金融危機或是棄學兒，他們都認為會有辦法。因為，媒體是四處通行無阻的，媒體是無所不知、無所不曉的。不論毒品交易現場、首相官邸或是受害者的病房，媒體都能夠開赴現場，以變聲或臉部馬賽克處理的方式揭露一切，但是這個前提已經被生麥打破了。除此之外，生麥還告訴我們，順從簡樸的原則過生活，是非常快樂的一件事。雖然原教旨主義已經惡質化，可是世界各地都有人在尋找與回教或基督教不同的原教旨主義。生麥也揭示了這一點。不覺得介紹生麥的那段畫面非常超寫實嗎？好像根本不可能發生那種事似的，有如夢境的畫面。所以，我們才會覺得，如果放手去做，一定大有可為。要說是契機嘛，當然，如果不是生麥出現，我們如今可能還繼續去上學吧。」

有沒有成立什麼組織呢？

「我們有各式各樣的夥伴。因為是藉網路取得聯繫的，有些並沒有實際參與行動，也有些一開始就很討厭所謂的組織。就明和第一來說，因為我們背負著期望，如今，雖然在聯繫方面非常鬆散，還是有必要維持最低限度的組織。」

所謂最低限度的組織，具體而言是什麼樣的組織呢？後藤問道。就我們這五個人嘛，KONDOU君說道，引得眾人發噱。非常開心的笑聲，連我和後藤都跟著笑了。我現在才想到一件事，我說。中庭的那個集會，領導統馭做得相當好嘛。

「做法有很多種，不過，明和第一的同學很聽我的話，很容易發號施令。在這種情況下，我也只想能夠想到老師們絕對不會用的方法。那就是仔細說明，直到大家完全能夠理解為止。安排好順序，從開始到最後，用非常淺顯的，即使五歲小孩都能聽得懂的方式來說明，有不明白之處就隨時坦白提出來。」

使用暴力有你的理由吧？

「那是因為我們的立場處於弱勢。是沒有辦法與學校方面談判的。所謂協商，是針對尚未定案的事情，各自提出想法，以尋求更佳的解決方案，我認為應該是這樣的。互相尋找可以妥協之處，這樣的對話從來都沒有過。過去與學校方面的協商，都是要我們接受已經決定好的事情，或是在各自表述之後便逕自宣佈問題已經解決，實在是莫名其妙。雖然必須反覆進行，但是所謂談判，除了各自表述之外，還要了解彼此想法的差異，然後尋找是否有哪些地方可以妥協，不是嗎？為了要把協商提升到談判的層次，我一開始就認為暴力是不可或缺的。切・格瓦拉在《游擊隊講義》中說過，當角力關係中居於絕對弱勢的正義站在我們這一方的時候，暴力是可以允許的。我覺得他的這個觀點完全正確。於是，我就準備給校方出一個怎麼也想不到的狀況。至於要如何讓老師們停止思考，我們唯一的方法就是使用暴力。」

那個集會，打算要校方同意什麼事情呢？

「我們希望能夠讓學生們自行選擇課程和老師。」

YOSIDA君回答。

「還有，我們希望能夠自己選擇教科書。」

HATTORI君加以補充。

「不過，小砰還有別的考量，我們也都很能夠理解。」

中村君說著看看小砰。小砰的雙手依然沒離開筆記型電腦的軌跡球和鍵盤。螢幕上顯示著生麥通信的聯絡板。小砰邊敲著鍵盤在板上輸入文章，邊回答我們的問題，眼睛直盯著螢幕。

「我們在網路上和其他學校的學生們交換過各種意見，最後，我判斷大家都贊成YOSIDA剛才所說的要求。只不過，說是大家，也都只是我們學生。學校的答案是：礙難照辦。其實我也知道是礙難照辦啦。因為有法律。校方可沒有辦法擅作主張答應我們的要求。令人憂鬱的是還有法律。可是不知道為什麼，法律在這個國家卻受到輕視。並不是說大家都不守法，而是好像不知道法律如何強而有力，不論想實行任何政策都必須進行修法。大家都各憑所好亂說喔。若是以剛才的要求來說，雖然只是要求讓我們自己選擇課程，就必須面對學校教育法，其中所謂科目的條文項目記載著，與國中的科目相關的事項，必須依照國中的目的、國中教育的目標等規定辦理，而這些都是由監督單位所制定。所謂監督單位，當然就是文部省。說到教科書，也有與發行教科書有關的臨時措施法，學生想要自行選擇教科書，免談。因為連老師都無法自由選擇教科書。學生自己選擇老師，這種事情就好像說要去三光年之外的地方一樣，根本不可能。有權力修法的，只有在國會議事堂周邊坐在黑頭車裡的那些厚臉皮的老頭子老太婆而已。談什麼協商，沒有意義。事實上，老師與學生之間根本就沒有什麼可協商的。」

小砰提到了法律的問題。就兩、三天前，由美子也跟我提過類似的事情。若是人才繼續外流，將會是今後最大的問題，那天早上，由美子將橘子醬加進養樂多裡，邊吃邊這麼說。雖然倒閉與失業的問題很嚴重，但只要人才還在，日本經濟總有重新站起來的一天。這幾年，有能力的人不斷從日本的銀行、證券公司、精密機械與電器、化學產業等領域出走。麻煩的是，今後越是日本希望能夠留住的人才，也越容易在國外找到工作。日本未來所需要的，是那些擁有技能，在海外也都能找到工作的人。那些只會把公德心如何如何以及一些蠢事掛在嘴邊的笨蛋，根本毫無價值。可是他們哪兒也去不了，只好一直待在這個國家。不論到哪個國家都能夠生存的人正是我們所需要的，可是想要阻止有能力的人才外流就得耗時間去修法，等得會讓人昏倒。若是人才外流的問題果真一發不可收拾的話，這個國家的繁榮可能就真的會走進歷史了吧。光靠煤炭和漆器，可買不起足夠一億兩千萬人生活的物資。日本又會回到飢寒交迫的狀態。勞動力不足，而那些不具任何一技之長的蠢蛋卻能夠靠退休金餬口。以現實狀況來說，勞動力必須依賴高齡人口、女性，以及外國勞工的時代已經近在眼前，但是法令規範實在多如牛毛。勞動基準法、男女雇用機會均等法、職業安定法、雇用對策法、公會法、最低薪資法、家庭幫傭法，就連就業不安這點也一樣，一切問題的根源都在於法律，當時由美子這麼說。

若是因為法律而放棄的話，小砰，那你們接下來不就什麼辦法都沒有了嗎？後藤說。聽到後藤這麼說，小砰的雙手離開了筆記型電腦的軌跡球。這是後藤第一次用小砰來稱呼。我想，這或許是後藤對小砰表示敬意吧。不就什麼辦法都沒有了嗎？後藤這麼說，看起來又有些像在挑釁。

「難道對我們有什麼期望嗎？」

小砰這麼說。小砰直盯著後藤。一點也沒錯，後藤說。小砰聞言露出了笑容。

「要不要聽蒙古帝國的故事？」

聽後藤這麼提議，小砰點點頭。看得出來，小砰對後藤很感興趣。

「十三世紀的蒙古，建立了一個令現在的我們難以置信的強大帝國，擁有高度的文明與合理的國家結構。蒙古人只會騎著馬橫衝直撞的形象，是從近代西歐的歷史觀而來的。如果僅是個野蠻猙獰的民族，根本就無法統一整個歐亞大陸。法務官僚任用華人，也就是中國人；經濟官僚則委任數學能力強的波斯人。蒙古人並不喜歡蹂躪土地。若是以現在的觀點來說，就是認為改變環境明顯是個錯誤。他們很瞧不起農耕與農業喲。因為知道農耕最後會造成土地貧瘠。令人訝異的是，蒙古人擁有共生的概念。基本來說，游牧民族都知道要分享大自然的恩澤，而不是從中掠奪。農耕必然會導致生產過剩。若是生產過剩的情形一直持續，大地甚至大河都總有枯竭的一天，這些知識可說是他們的本能。蒙古雖然因為內亂而自取滅亡，但是對外可是無敵的。會不會覺得無聊？」

小砰搖搖頭。其他國中生也聽得津津有味。

「蒙古人將千戶家庭劃分成一個單位。在戰爭中有優異表現的部屬，就會獲得比如說兩千戶的褒賞。所謂千戶，是一種行政單位。成吉思汗建立帝國之後，蒙古人便開始揮軍西進。拔都汗穿過遼闊的中亞，越過烏拉河入侵俄羅斯，攻陷莫斯科城，擊敗孛烈兒（波蘭）、馬札爾（匈牙利）王國，並且打到了神聖羅馬帝國的大門口。蒙古大軍移動的距離，實在令人難以置信。從歐亞大陸的這頭到那頭喲。

而且，這支遠征軍的主力，是少年兵。」

少年兵一詞，令五個國中生眼睛為之一亮。小砰的眼睛也根本不看電腦螢幕了。一臉孩子氣地望著後藤。

「依照比例，每千戶中有兩百戶，必須各派出一名十多歲的少年從軍。而且，他們都還得未滿十五歲。若是軍隊大量徵召已經娶妻生子必須養家活口的成年男子，就會動搖國本。若是徵召未滿十五歲的少年，即使開赴遠方的戰場，作為國家基礎的家庭，也得以維持。仔細想一想吧。從歐亞大陸的這一頭跋涉到那一頭再返鄉，要花將近十年的時間喔。因為必須一路作戰前進。以少年作為軍隊的中堅，在遠征中一路累積實戰經驗，在各個國家見識到許許多多事物，因此而成長為優秀的戰士。回到故鄉的時候，已經是二十多歲，能征善戰的勇士了。由於十來歲的少年沒有家累、自由，來到語言和風俗習慣不同的國家也都能很快適應。也有些人就在異國定居下來了。他們學習該國的語言，娶該國女子為妻，取得各種寶貴的情報送回蒙古。隨然相隔數千公里，在異國成家立業，他們的故鄉依然是大蒙古的草原。在遙遠彼方的大草原，有自己的兄弟、雙親以及族人。不論距離多麼遙遠，他們都不會忘記草原。因為，那就是他們的心。散佈在歐亞大陸各地的蒙古人，就是以這樣強力而明確的羈絆，緊緊連在一起。正因為距離遙遠，他們更不會忘記身為蒙古人的驕傲。」

房間裡一時之間充滿了奇妙的沉默。小砰等五個國中生的眼睛閃閃發亮。

「你們能夠有什麼作為，我並不清楚。」

後藤又這麼接下去：

「我不知道你們有什麼打算，也不知道國中生不去上課去又搞群眾大會，這麼做是否正確。可是，這個國家的成年人或許已經靠不住了。一切都歸咎於不景氣，而且只會為自己打算。大學生，甚至高中生，也已接近成年，在我看來都是一個樣子。但反過來說，小學生嘛，年紀又太小了。」

小砰微微點著頭，一面嗯哼嗯哼回應著。

「事實上，我也不是沒有仔細考慮過接下來要做些什麼。對我來說，不論哪一樣都很棘手，還得面對煩人的權力鬥爭。」

中村君為我們說明了權力鬥爭的事情。國中生集體棄學的情形，幾乎是全國性的，各地的大都市都有發生，有力團體的同志們藉網路取得了聯繫。然而，其中實際採取行動的團體還很少。小砰所領導的明和第一由於率先提議重返學校集會而領先其他團體，也有部分團體隨即仿效。結果，在浦和有一名學生死亡，在福岡有老師被殺傷。在宇都宮和甲府，則是有機動隊進入了校園。

不管怎麼說，越是有激情演出的團體越是能夠聚集人氣，因此到處都有團體同志演出肢體抗爭。小砰出色的行刑演出會獲得多少認同和支持，目前還不知道。各團體在網路上的角力關係，也受到在現實世界中有何作為的業績所左右。大阪某團體曾有成員前往巴基斯坦見生麥。小砰，則是因為最早設立生麥通信而在全國各地打開了知名度。明和第一的領導者，這個身分也為他更增添了幾分領袖魅力。但說來或許有些可笑，即使像這樣四處發生集體棄學事件，他們的言論力量與影響力，依然是以各學校的升學率為評判基準。

總數超過五十的生麥通信聯絡板呈現一片渾沌，也曾發生團體間互相攻擊汙蔑的口水戰。剛開始的時候，也經常發生郵件炸彈攻擊或是入侵伺服器的事件。甚至還有人將整部百科全書塞進敵對團體主導的聯絡板。在網路上一步步制定規則，寫程式，擁有獨立網域的小砰，就是渾沌中的中心人物。我們的敵人並不是其他國中生團體，小砰說。對於那些認為大家沒有必要結盟，在網路上進行破壞活動的團體，小砰主張將要逐出網絡，並且獲得大家的認同。小砰並且實際製作出能夠發現那些使用不同名稱登入為非作歹的團體，並進而揭發、排除的連線過濾軟體。由於這種軟體免費提供給全國各主要團體，凡是登入生麥通信聯絡板的學生，沒有一個不知道小砰的名字。可是也有部分團體的實權，是掌握在過去那些喜歡打架、欺負人的不良少年手裡。那種團體相當討厭。總而言之，集體棄學的各團體間的權力鬥爭才剛剛開始。雖然小砰覺得這種事很討厭，可是我們如果輸了，那些無能的傢伙取得主導權之後一定會做出蠢事，所以，現在正在思考如何才能夠取勝。

那麼，我們用什麼方式報導今天的集會，對你們而言可說事關重大囉，我原本打算這麼問，想想又作罷。根本就是當然的事情。這些國中生可不傻，沒必要特地再確認這種想當然耳的事情。剛才聽後藤說了蒙古的故事感動得都快流淚的小砰，如今神情已恢復正常，視線又回到了螢幕上。好，那叔叔我就把報導朝對你們有利的方向去寫吧，說這種話太做作了。咦，真的嗎？真是太高興了，這種回答也太做作了。這樣的應對一點意義也沒有。可是在這個國家，這樣的對話卻逐漸成為基本的溝通模式了。

這些國中生是在我會正確報導明和第一事件的前提下答應專訪的。到時候若是無法寫出報導，或是寫出不正確的報導，先別說他們會激動並覺得遭到背叛，至少絕對不會再相信我了吧。

「啊，我們已經回不了家了！」

看著螢幕的小砰大聲喊道。中村君等人也湊過去看螢幕。聯絡板上列出了每時每刻截聽警方無線電通訊的紀錄。

「明和第一的帶頭團體已被列為參考人，必須立刻出面向警察機關報到。看來老師們已經報案了。自己家大概也糟了。」

螢幕上顯示著「URGENT!」的標誌以及前述的紀錄。

「小砰，我的公寓就在鷺沼。距離江田三個站而已。」

後藤這麼說。謝謝，小砰回答。

「如果有需要的話，我一定會去打擾的。」

我們決定回去了。中村君送我們去車站。

「小砰這個暱稱有什麼典故嗎？」

最後，後藤這麼問小砰。HATTORI君代為回答。

「因為他很喜歡吃爆米花。爆玉米花的時候，不是會砰砰砰地爆開嗎？」

前往車站的路上，中村君談起了小硑的事。

「小硑的出身相當特別喲。」

聽到小硑的出身很特別，我不禁心想：難怪。我還是第一次遇到小硑這樣的國中生。由美子的朋友認識一個研發虛擬商場軟體的人。他在網路上開發出一個介於搜尋引擎與虛擬商店之間，類似公園的空間，並因此而致富。以搜尋引擎尋找商店之後立刻選購物品，這種方式太累了，他以此想法為出發點，開發出能夠讓消費者邊聽音樂、欣賞美麗的影片與照片，邊參考虛擬商店的目錄與詳細介紹的軟體。

聽由美子說，那位軟體研發者才二十出頭，從小在美國長大，曾是全美業餘高爾夫排名第七的學生選手。但是在職業選手與生意人之間，他最後選擇了網路事業。

這種例子越來越多了。雖然主要是高學歷、家庭富裕，但在日本，卻是擔心孩子什麼都學不到的家長與日俱增。我想，小硑莫非也是出身於這樣的家庭。

可是聽中村君說，小硑在偏僻的鄉下長大。也從沒有出國的經驗。小硑的父親在信州的深山小村製作手工家具，是個從外地返鄉的工匠。小硑在當地念到小學畢業。之所以到橫濱來念國中，是因為父親認為，在長大成人之前必須見識見識繁榮的社會才行。從小，父親就經常指著山谷間狹長的梯田與周圍的山林對小硑訴說一件事。那就是：今後，日本人必須一直努力思考，該如何在這樣的風景中活下去。不論日本怎麼變，父親對年幼的小硑說。不論日本怎麼變，這樣的風景都會留下來。日本的資源，就只有山林、峽谷、河川、田園，以及人類的頭腦和智慧。小砰就是在這樣的教誨下成長的。

「所以，小砰是在入學測驗的時候，才第一次吃到爆米花喔。」

中村君這麼說。雨停了，溼度上升。景色霧濛濛的。從小砰他們的祕密基地到田園都市線的江田車站，大約步行十幾分鐘的距離。車站周遭看不到城鎮應有的特徵。懸鈴木行道樹、銀行、房屋仲介、出租大樓、便利商店，還有速食店。到處都是空地，空地四周圍著鐵絲網，其間夾雜著中古車行等等商店。進駐出租大樓的有牙科、花店、社區圍棋將棋中心、舞蹈與電子琴教室、拉麵店等等。可能不論什麼樣的人走在路上都不會顯得奇怪。雖然中村君已經被警方列為參考人，下令要求投案，但是在這個小城，應該沒有任何人會注意到這種事吧。

或許是我多管閒事，後藤說道。

「錢夠用嗎？」

「還夠過一陣子。」

中村君似乎並不打算回家。我想起了在曼谷機場打電話回家時的中村君。聽到父母親的聲音，他的眼淚都流出來了。可是看著眼前的中村君，卻不會想要問他是否應該打個電話回家。

「不過，接下來可能有很多地方必須用錢。不知道為什麼，身在日本就不太會注意到，可是不論想做什麼事情，錢都是不可或缺的。不論戰爭、革命、改革或是修法，一下子就得投進大筆金錢。光靠電玩測試恐怕沒有辦法負擔吧。難道小砰有什麼打算嗎？」

聽到後藤自言自語似的這麼說，中村君點點頭。

「他是談過很多。」

「在打網路的什麼腦筋嗎？」

「那當然也有考慮到啦。」

「想要販售軟體還是什麼東西嗎？」

「那要過一陣子之後再進行比較好。小砰是這麼說的。」

「過一陣子？」

「他經常講，創立品牌非常重要。」

「品牌？」

「是的。」

「所謂品牌，是像古馳或是香奈兒之類的品牌嗎？」

我問道。一聽到品牌，我就想起小砰帶著的那個印有GIORGIO　ARMANI商標的袋子。我怎麼也沒有辦法不在意那個袋子。

「嗯，是一樣的東西。小砰經常說，想靠網路賺錢，就一定要有品牌，又說，這個目標可能就快達成了。就國中生來說，屬於我們的網站如今就只有生麥通信而已。高中生或大學生的網站已經太多，喜好也已經像成人世界一樣分散了。所以，如果我們能夠讓生麥通信變得更有力的話，自然就會變成財源。」

原來如此，後藤佩服地說，可是我仍然一頭霧水。

「說不定他已經跟各方面的業者有所接觸了吧？」

後藤這麼問。是的，中村君說。之前以行動電話聯絡好的包車，停在車站與246號國道之間。道別的時候，中村君對我們輕輕頷首致意，但是臉上完全沒有笑容。

回程中，後藤在車上為我解釋中村君所說的事。在網路上確實擁有數十萬人登入的聯絡板，僅僅如此就能夠產生出價值。而且所聚集的全部都是國中生，這個社群的價值觀與品味幾乎一模一樣。即使網路討論區能夠匯集幾十萬成年人，他們的價值觀、嗜好與品味也從靈異經驗到紅酒，性虐待到高等數學，分化到非常細的程度。有些社群討論區甚至只有小貓兩、三隻，不會有人想要在那種地方做生意。

小砰一定是打算將生麥通信整合起來吧，後藤說。這個合而為一的目標若是能夠實現，或許全日本最大的網路社群就要誕生了。建立起全世界獨一無二的社群品牌之後，就會衍生出各種可能性。可以促銷商品、郵購，也可以直接販售演唱會入場券、偶像商品或是電玩軟體。小砰可能也已經與網路管理公司接觸過，那孩子在契約方面應該也不會疏忽，所以，光是那樣坐在電腦前面通信聯絡，不久之後就可以獲得鉅額的利益吧。

後藤說明這件事的時候顯得有些興奮，可是我仍然無法真實感受到那些國中生到底擁有什麼樣的力量。小砰確實是很獨特而又優秀，但是他們畢竟才十四歲。關口兄有沒有想想自己的國中時代呢？後藤聽到我這種看法後笑著說。接著提起了祕魯少年游擊隊的事情。

「即使是十二歲的男孩拿著M16也會快樂地射擊。但不用說，被十二歲男孩開槍打中，也是會死人的。」

回到公司後，我和後藤分工，自行起草小砰的專訪。看了拍有校長屁股的數位相片與草稿之後，組長決定以三頁篇幅的頭條專輯報導明和第一事件。

二〇〇一年九月二十五號，浦和某國中有一名學生跌落樓梯死亡。眾多學生擠在四樓與五樓之間的平台，與試圖將他們驅離的老師發生推擠，造成一名學生翻越扶手跌落，頭部受到重創。只有一人死亡，但還有多人受傷。全國有超過一百所國中發生了類似的情況。集體棄學的學生試圖返回學校，與校方發生了衝突。

學生們之所以試圖回到學校，最主要的原因是小砰在生麥通信上面提出了這樣的呼籲。不過，其他學校的學生裡，也有人如小砰所言，對電動玩具和卡拉ＯＫ都已經膩了。

決定回學校的學生們幾乎都沒有回到教室裡。大部分學校根本就不讓學生進入校園。同意學生進入校內進行交涉的，只有像明和第一這種學生素質較高的都會私立學校而已。就讓返校的學生進入校園吧，總覺得這是教育委員會所下的指示。可是，文部省卻否認曾做出這樣的指示。報紙與電視新聞均以頭條報導這場國中生的暴亂。原本社會大眾並不清楚集體棄學的實際狀況。一來文部省擔心會波及其他學校，二來又有許多牽涉到少年法的棘手問題，連媒體也搞不清楚該以什麼樣的方式來報導才好。現在社會大眾終於知道發生了全國性的國中異常事件。

畢竟學校也沒有做好準備可以隨時讓學生回來，校長與老師這麼對電視台記者說明。由於大批學生棄學的情況一直持續著，於是部分老師休假，學校已無法發揮正常的功能。除此之外，還得提防外校學生或高中生侵入校園。諸如此類的說明。

不過，事實上卻是不願意讓主導權落入學生的手裡。學生擅自不來上學不說，可不能棄學覺得膩了又自行回學校，這是校長與教育委員的基本想法。見到學生們自行返校，大部分的學校都很緊張。不但有許多學生並未穿著制服，大多數人的書包裡也沒有裝課本。還有些學生騎著機車或是帶著吉他、電動玩具的。學生們並不是三三兩兩陸續來到學校集合的，而是在某處先行集合再集體到校。與以往上學時的情形完全不同，也難怪校方會緊張。

各地都發生了大小不等的衝突。在大阪，有些無法進入自己學校的學生闖入了其他學校。在浦和，有學生手持金屬球棒和鐵管衝進封鎖的校門，集體包圍並威脅老師，造成了悲劇。在宇都宮、甲府以及京都，則是有老師捲入了學生的衝突中而發生危急的狀況，校方於是請求機動隊到場支援。在甲府，學生與機動隊發生了衝突。電視上播出了機動隊員用盾牌將十三、四歲的學生推倒、帶走的畫面。孩子們被打了！電視台的記者喊道，但是機動隊的長官則一臉憂愁地回應：他們可是危險分子。在福岡，遭到上百名學生包圍的老師驚慌失措試圖逃走，結果遭學生以刀殺傷。傷人的學生已遭逮捕，但是該學生的朋友卻在生麥通信「聯絡板 in 福岡」上面發表聲明，是因為老師動手毆打女同學才會遭到殺傷。

不論我們雜誌記者、報紙還是電視新聞，這回都全面採用了網路上面的材料。這是因為校方與教育委員會都極力隱瞞事情的真相。面對媒體，幾乎所有的學校與教育委員會都採取不合作的態度，一聽到有記者要採訪就都逃走了。教育界陷入一片恐慌。文部大臣發表了令人匪夷所思的談話。

「不屬於學校的學生，就不屬於文部省的管轄範圍。他們所引發的問題視同犯罪，應該全權交由警方處理。」

這番談話雖然令許多人感到訝異，但就制度而言就是如此。

到底有多少媒體將生麥通信列印出來了呢？國中生的網站繼續以生麥通信為中心進行整合。除了生麥通信之外還有生麥的影響、生麥是什麼人、談生麥、給生麥的留言、扮生麥、接下生麥的棒子等等網站，但是在相互連結之下，似乎只有具影響力的站以及造訪人數多的站能夠留下來。將近三十件同樣名為「生麥通信」的網站持續進行整合，聯絡板社群中則以區域‧地方進行結合。網站與現實社會的派系不同，不必爭奪土地、金錢或是人，只要將各資料庫連結起來即可。

次週，二〇〇一年十月一日，星期一上午，生麥通信的「聯絡板 in 橫濱」上刊出了小砰的報告。

「**明和第一的校長已遭處刑。**」

斜體大字的標題寫著。

「雖說遭到處刑，但是校長並沒有死。處刑的詳情，請見本週發行的《Media Weekly》。」

次標巧妙地嵌在大標題下方，接著是正文。

幹得不錯。早就知道學校不會正面回應我們的要求。在這種情況下，我們必須考慮的是如何使立場變得強硬。也就是，武裝起來。福岡市東天神中學的吉永紀夫同學之所以會用刀殺傷老師，他的憤怒，我們都能夠理解。只不過，因為憤怒而傷人，最後吃虧的還是我們。簡單說，如果被逮捕就糟糕了。最後，只會單純被視為犯罪處理。我們的對手，本質上雖然是笨蛋，但畢竟還是一群有力量的傢伙。我們在明和第一的所作所為，已委託大人的雜誌發表。大家都知道，純粹只是蹺課一點也沒有意思。我們的目標是要改變學校，沒錯吧？就算殺傷了老師，也沒有辦法改變學校。不過，殺傷老師這種事，在某些情況下可能還是必要的。視情況而定嘛。可是我認為，即使碰到那種情況，僅僅因為憤怒而出手是不行的。要有堅定的意志，要有縝密的計畫，而且確實能夠達成我們的目標，只有在這種情況下刺殺老師，才能夠代表正義。大家應該都知道，殺傷老師是一種暴力的象徵。我認為，那是一種手段而不是目的。我們明和第一的藍幫正遭警方追緝。這份文件，是從地下司令部發出的。很帥吧？還有，本週發行的《Media Weekly》，請大家務必一讀。

明和第一初中部二年D班　藍幫代表　楠田『小砰』讓一

《Media Weekly》，就是我當特約記者的那份雜誌，每逢週四發行。我和後藤為了整理報導，從前天起就在公司住下，熬夜檢查稿子。兩人分工合作，小砰的專訪由我負責，後藤則處理集會的報導。實際擔綱撰寫三頁的封面故事，別說是後藤了，就連我都是第一次。

由於小砰他們在聲明中指定了雜誌，加上他們又遭警方要求到案說明，其他平面媒體與電視台大舉殺到《Media Weekly》編輯部要求採訪。難道為了報導就可以不擇手段嗎？也出現了這種質疑媒體道德的聲音。據我所知，本雜誌還不曾遇到過這種事，因此組長與總編輯也都慌了。我和後藤數度被問及採訪時的情況，寫稿與檢查的工作都被耽誤了。這家在日本號稱第四老牌的出版社，社長與總務大老，也首次約見我這個特約記者。

諷刺的是，國中生集體棄學，卻因為他們再次回到學校並引發各種事件而受到全國矚目。我發現，自己和後藤竟然處於事件的中心。仔細想想還真奇怪，直到今天，也就是十月一日，集體棄學才成為頭條新聞。以放暑假前生麥的出現為契機，就已經顯現出端倪了。到了九月新學期開學，國中生棄學的情況更是正式上演。由於學校與教育委員會加以隱瞞，以致於媒體無法掌握實情。此外，國中生們並沒有像三、四十年前的大學生那樣不斷示威呼口號。他們大多只是單純沒有去上學而已，媒體確實也比較不容易發現。

可是，事情不僅止於此。進行集體棄學，然後又自行返校引發種種事端的國中生，刺傷了成人社會的自尊。雖然國中生們透過網路發表各種言論，但歸納起來就是在說日本已經不具有魅力了，這也令成年人有被孩子們瞧不起的感覺。差不多就在去年的這個時候，發生了一件失業父親掐死兒子的案件。那個遭銀行裁員而經常跑職業介紹所的父親，時常被兒子嘲笑是因為無能才被開除的。於是有一天，在酒醉後發生爭執而釀成悲劇。

對於這回的國中生造反，各媒體與成人社會的反應，或許就如同那個失業父親的憤怒一樣。若是被不相干的外人嘲笑無能，那個失業的父親一定還可以忍受。但是被兒子瞧不起，大概就沒有辦法忍耐了。

因此，對於我和後藤的採訪，社會上的非難也出乎意料的嚴厲。我和後藤被視為「為了採訪而討好、縱容國中生記者」。不但警方私下要求我們提供情報，依照慣例，各報紙、電視台也充斥著專家質疑新聞自由與媒體倫理的聲音。

本社的社長與董事們起初也露骨地表示為難。借用後藤的說法，組長與總編輯都「皮皮挫」。不過社長最後還是下達指示要保護我和後藤，並且依照既定方針進行《Media Weekly》的編輯工作。這並不是出自維護新聞自由的理念。是因為社長判斷刊載小砰報導的週刊「會賣」。

我和後藤討論之後決定據實報導。我們想要直接呈現親眼目睹的事情以及實地與小砰談過的事情，這個想法也與組長和總編輯溝通過了。可是，我和後藤都沒有想到，要寫出正確的報導竟然會如此困難。怎麼無論如何都會偏向小砰他們那邊呢，後藤數度嘆氣說道。如果直接將小砰的專訪這麼寫下來，得用掉近百張兩百字的稿紙。雖然得將這些整理成十張稿紙左右，可是我卻不知道應該強調哪些部分，哪些部分又應該刪除。小砰說話的語氣相當特別，若是整體加以縮減，那種印象就完全不同了。我們數十次交換審稿互相批評。眼看截稿時間越來越近，成績卻完全無法令人滿意。

再加上睡眠不足的緣故，中途我數度陷入強烈的自我厭惡情緒之中。畢竟已經擁有十年以上記者資歷了。可是，居然連個國中生的故事都整理不出來。不論用哪種方式整理，都沒有辦法呈現出現場的感受。過去自己所做的數百篇對談與專訪的報導，到底算什麼呢？我心裡想。

「要這麼做，會因為不知該如何整理而煩惱也是理所當然的嘛。」

雖然由美子在電話中這麼安慰我，可是我失去了自信。

「可是，對方只是國中生啊。又不是要整理美國財政部長的談話。」

「整理財政部長的談話一定簡單得多啦。讀者都已經對美國財政部長的談話有種既定印象了，不是嗎？我們這邊最近也遇到不少這種情況。如果是以常識或是眾所皆知的事情作為前提的話，就比較容易表達。」

「可是我在想，自己過去所做的到底算什麼呢？」

「哲，又不是只有你這樣而已。長久以來，日本人好像就都只會用自己小圈子裡的語言，去談論那些可以說已有共通想法，或是彼此事先就已經相互了解的事情，喔。若是一個國家的社會體制逐漸喪失功能，或許可以說那個國家的辭彙逐漸沒有辦法與現實相呼應了，對吧。雖說是大人們可以很自然接受的事情，但是孩子們卻無法理解，不是嗎？還是以前好；還是戰前好；還是大家庭制度好；還是高度經濟成長那時候好。諸如此類的。那些被時代淘汰的傢伙一定會這麼說。可是孩子們只知道眼前這個時代，不是嗎？自己想當然耳的事情，若是對象不同，就不是想當然耳了，這種情形很不容易注意到呢。有個大前提，有共通的想法，在一呼一吸都能夠配合的情況下心意相通，當然是最輕鬆愉快的囉。」

那個叫做小砰的國中生到底說了些什麼呢？由美子問。聽到國中生談法律讓我嚇了一跳，我說。

「搞不好，」由美子沉默了一會兒之後低喃道。

「搞不好，要發生什麼出乎大家意料的事情了。」

即使總校時間將近，我和後藤仍在與初稿奮戰。後藤終於哭著討饒了。明明自己想要站在小砰那一邊卻必須寫出中立的報導，真是不服氣，連這種話都說出口了。必須將這件只有我們知道的重大事件公諸於世才行，不論我或後藤都把這視為己任。也有對小砰和中村君他們的期待。此外，我和後藤一來不清楚到底發生了什麼事情，再者也不清楚後續還會有什麼發展，但是我們並沒有意識到這兩點。不如我們就以完全不認識小砰與中村君，對其他國中生的事情也一無所知的情況出發吧，我向後藤提議。後藤表示贊成。這麼一來，我們就輕鬆愉快了。

以國中生造反為專題的《Media Weekly》在星期四出刊了。我和後藤撰寫的報導與專訪原稿就登在文字頁的最前面。後藤的報導，是由港北新市鎮寂寥淒慘的景象開始談起。接著淡淡地描述校門前的騷動，由藍幫所指揮的中庭脅持，教師所敘述的事件經過等等。難道現今的日本，已經沒有國中生所期望的東西了嗎？後藤以此作為結尾。幾經猶豫之後，並沒有使用校長屁股中箭的特寫照片。看藍圖的時候，我們發現這樣有點獵奇的感覺，認為可能會引起大多數讀者反感。後藤將照片抽掉，在稿子最後補上了充滿幽默感的處刑詳細經過。

我這方面並沒有將專訪的內容整個歸納濃縮，而是盡量保留小砰的語氣，將重點放在雖然他企圖改變教學與學校體制，但是不修改日本的法律就什麼也辦不到這一部分上面。

接在我們的報導之後的，是浦和與福岡事件的詳情介紹，總共八頁的專題的最後面，是以專家學者那一套老生常談作為總結。依照總編輯研判，這次共印行四十萬份，比平常增加了十萬，可是並沒有出現爆發性的銷售量。或許是因為負面的新聞會讓大家感到厭煩吧，我想。

雖然《Media Weekly》的銷售量不如預期，我和後藤卻不怎麼在意。相較之下，我們更想知道小砰的反應，可是那個禮拜，國中生們並沒有與我們聯絡。我們每天都會連線到生麥通信去看看，但是自《Media Weekly》發刊的次日起，就有部分網頁被鎖住了。頁面上出現了輸入密碼的要求，並表示為了保密，部分網頁不對外開放。我和後藤不禁擔心，小砰他們是否對報導很不滿。

我和由美子一同用餐。已經好久沒有這樣了。去麻布，有栖川公園附近的一家和食屋，她請我吃涮涮鍋。雖然說讓同居人請客有點好笑，但是在共同生活中，我們是採用獨立核算制。兩個人各出同額資金以應付房租、水電瓦斯、伙食等支出，由美子負責管理，帳目公開。除生活費之外，個人收入都隨個人自由使用。也就是說，涮涮鍋費，是由作為生活費的公積金之外的，由美子的個人資產來支付的。

「那篇報導真不錯。」用啤酒乾杯之後，邊吃著前菜醋漬毛蚶，由美子邊誇讚我在《Media Weekly》上的那篇稿子。可是賣得並不怎麼樣，我說。

「什麼與國中生同謀進行採訪啦、媒體過於縱容啦、孩子們會得寸進尺啦，除了這些個批評之外，感覺上似乎並沒有受到重視。還是說，這種負面的新聞讓大家感到厭煩呢？」

「事情不只是這樣吧。因為大家平常接觸到的盡是些不正確的新聞，可能對於新聞多少有點麻痹了吧。即使是負面的，畢竟也是正確的資訊，有時候反而能夠讓人安心。」

由美子以病人為例開始說起：

「例如覺得肚子痛或是頭痛的時候，要是不清楚原因的話就會令人感到不安。如果知道是胃炎，是感冒，一來可以配藥，二來也可以知道病情如何。也不知道從什麼時候開始，日本的金融、經濟的症狀就越來越沒有人清楚了。自從非銀行金融機構、中小營造業與信用合作社開始陸續倒閉的時候開始，社會大眾就逐漸了解這下子可不妙了，卻沒有人清楚實際情形到底有糟糕到什麼程度。如今回想起來，公債評等下跌的時候說不定就已經是最後一次機會了。事實上，市場已經判定日本政府拿不出有效的政策了。於是心裡就不免有點發毛，覺得自己搞不好罹患無法復元的腫瘤、遺傳性疾病或是其他無藥可救的疾病，大家都開始疑神疑鬼了。」

日本經濟到底是從什麼時候開始被比喻成病人的呢？是最近這三年嗎？最近這五年嗎？還是九〇年代泡沫經濟破滅的這十年左右呢？政府為了熬過二〇〇一年的四月所發行的公債，額度就快要平這兩年來的紀錄了。日本銀行無力承受公債的謠言也不絕於耳。

「雖然金融期刊記者早已指摘過這種病狀，但是只有專業雜誌刊載這些文章，普通雜誌一直對此視而不見，不知從什麼時候開始，對於日本的金融與經濟實際上變成了什麼樣，媒體很自然地就裝作什麼都不知道了。而那些正確的資訊，已在不知不覺間變得曖昧了。尤其是國外資訊的介紹幾乎付之闕如，自九八年到九九年，日本溢價（Japan premium）雖然已經達到屈辱的水平，但是說起來，這件事也根本沒有受到重視。在國內，雖然政府與日銀特別伸出援手，但是銀行同業市場可是相當嚴酷的喔。可想而知，日本的銀行在資金調度上面有多麼辛苦，不過這種事情卻根本沒有人關心呢。駐外銀行在海外市場借入的主要是三個月的短期資金，不必說，每一季都需要補充外幣。可是就連到了外國銀行的債務決算期，駐外銀行竟然還要進行新的融資，可沒有這種道理吧。外籍分析師談起來的時候都好像當成笑話來看，何況在日本原本就放款審核嚴格的銀行，在海外市場的放貸更是露骨地嚴格，使得駐外銀行只能夠以外匯交換的方式將日圓換成外幣來調度資金。即使在國內，由於市場上無人貸款，而日銀卻仍然繼續供給日圓。若是不這麼做的話，駐外銀行外匯操作便會出現破洞。這麼一來，日銀印行的鈔票只是不斷向海外流出，國內的現金流量可是一點也沒有增加。在進行這種外匯交換之際，我們聽到過令人難以置信的謠言。在接受我們日圓的時候，人家還會要求櫃台溢價（counter premium），這也不得不照辦，也就是說，我們去存日圓的時候還得付人家利息。你相信嗎？去存錢，竟然是存款的一方要付利息喔。這種事情我從不見有過任何報導。自從那個時候起，接受資訊恐懼症好像就開始逐漸蔓延，什麼日本的國債應該很快就會暴落，如今一美元兌一六八日圓的價位，是對日圓實力的正確評價，更有甚者，還說來年日圓兌歐元的匯率還會上漲，說這種話的也大有人在。是媒體不敢報導嗎？還是說是老百姓不願意知道呢？我雖然並不清楚，卻也覺得媒體的確看不清楚真實的狀況，而且大部分的老百姓也變得不願意接受事實了。這該說是排斥嗎？念書的時候曾經聽過，以前在戰時，真相都被隱瞞不讓老百姓知道，但是我覺得，這不單只是軍方企圖欺騙老百姓而已。這該說是沒有面對真相的勇氣，或是說，就算知道了真相也無能為力，只會驚慌失措而已，所以即使有意告知也沒有辦法讓他們接受吧。聽到國中生起來造反，大家一定都覺得他們變不出什麼把戲吧。」

我默默聽著由美子的話，心裡想起了往事。或許是喝了日本酒的緣故，由美子難得變得很多話。大多數的情況下，真相是會令人憂鬱的。聽到真相一詞，我不知為什麼想起了由美子墮胎的事。那件事情之後就再也沒有成為我倆的話題了。一來不願意去想，二來也不能夠拿來開玩笑。然而，以當時的情形來說，除此之外別無選擇。由美子自那之後開始研讀馬克斯與凱因斯，三年之後便成為可以獨當一面的經濟期刊記者了。她到底是否真的對經濟感興趣，我並不清楚。只不過，既然有大把時間，就必須要有能夠消化那些時間的對象。

只能夠選擇人工流產，在某些狀況下是事實。那無法矇混過去的事情，正象徵著當事人的經濟、社會狀況的界限與價值觀。真相，不論多麼難堪，都非接受不可。於是，為了彌平真相所造成的傷害，必須付出大把的時間與努力。一次這種經歷，可以當作未來面對真相時的訓練。如此就可以明瞭真相、傷害與癒合之間的關係了。

「或許日本人一直以來都是這麼脆弱的。」

由美子這麼說。我不知道，我回答。

「致關口先生：

很抱歉，這麼久沒有聯絡。我是中村。小砰，以及我們明和第一的藍幫，準備開張做生意了。是與網路有關的生意，在信裡面沒有辦法說清楚。關口先生與後藤先生所寫的週刊報導非常有意思。由於小砰又有了新的計畫，不知能不能給我們一點建議。有沒有什麼辦法，可以讓小砰前往國會或是之類的場合發表談話呢？」

到了十月中旬，中村寄來這麼一封電子郵件。

信裡面還提到為我們準備的新電子郵件信箱。

「『生麥通信　聯絡板 in 橫濱』上面，有部分特別管制的網頁被我們鎖住了。小砰設定的鎖連警察也莫可奈何。雖然已經為兩位準備了帳號與密碼，不過警方很可能會從關口先生所使用的郵件伺服器中竊取封包，所以我們在另一處伺服器中設定了專用的信箱位址。那個伺服器上有小砰撰寫的管理程式，絕對不會被追蹤到，所以帳號和密碼都存在那裡。」

我打開指定的新電子郵件信箱看一看。為我和後藤所準備的帳號是hideki（秀樹的發音），密碼則是otonanohito。（成年人的發音）秀樹是中村君的名字。看到用成年人當密碼，我和後藤都笑了。除了帳號和密碼之外，中村君還留了以下的訊息：

「關口先生，麻煩您到上次那家店走一趟。」

前往田園都市江田車站附近的藍幫祕密基地的車上，後藤輸入密碼，登入「生麥通信 聯絡板 in 橫濱」的特別管制頁面其中之一。

「關口兄，請看看這個。」

網頁上密密麻麻的小字，看起來像是音樂會的預定表。其中還有許多從來沒聽過的活動。

桐生市二〇〇一秋季市民音樂會。春日部市第九交響曲大會。所澤市百貨店協會獻給市民的歌劇詠嘆調音樂會。橫濱市牙科醫師公會鋼琴發表會。成田市民音樂會德國藝術歌曲之約。安中市阿根廷探戈同好會「卡度佐・羅素」定期發表會。敷島町青年會文化部魯特琴演奏會。五日市市公所耶佩斯吉他饗宴。大洗藝術家村弦樂四重奏。富田町探戈研究會定期唱片鑑賞會暨手風琴演奏大會。八千代第二幼稚園小提琴發表會。柏市音樂啟蒙俱樂部・馬勒鑑賞會。

在搖晃的車中屈著身體看筆記型電腦的螢幕，一下子便眼睛發疼。那是什麼？我移開視線，問後藤。

「是下個月的音樂會列表。」

「看也知道嘛。可是小砰他們為什麼要把這放在網頁上呢？」

「這我就不知道了。不過還真不得了。光是關東地區，業餘的音樂會就有一百九十場。而且還只是十一月分而已。明白了吧？」

「只有列出關東地區嗎？」

「不，全國都有。真是厲害。如果以全國來看，光是探戈同好會就有七十九個喔。」

我湊過去看看後藤連結的網頁。為什麼生麥通信上面會列出探戈同好會的清單呢？

「可能是簽了什麼合約吧。連ＣＳ數位播放系統的節目表都有哩。由於ＣＳ數位播放的節目經常不足，搞不好探戈同好會買下了一個頻道呢。」

聽得我一頭霧水。雖然我對於尖端的傳播事業並不是那麼了解，ＣＳ的數位播放倒還知道。三家公司在幾年前熱熱鬧鬧開播，結果到了前年便整合成一家公司了。同一時期，網路服務也新增了傳送音樂與影像的功能，又牽扯到複雜的著作權問題，業界深深為節目軟體不足而苦惱。ＣＳ數位播放系統細分為數百個頻道，依照星期幾與時間帶劃分成區段出售。這些事情我也知道。我不明白的是，為什麼要將這種小眾節目的一覽表，以及業餘音樂會的清單一起刊登在生麥通信上面。

來到上次那個房間，小砰和中村君已在那裡等著我們。屋裡看起來和以前一樣。感覺不到已經開工的氣氛。我和後藤坐在上次那個沙發上。小砰身旁是個子高的KONDOU君，另外還有兩名生面孔的國中生。經介紹是ARAI君（荒井）與HIRANO（平野）君。令人訝異的是，KONDOU君與ARAI君竟然身穿西裝打著領帶。一樣都是黑色西裝，深色襯衫配上時髦的格子領帶。看起來好像是音樂家，又有點像是牛郎，但是習慣了之後也不覺得不自然。很合身嘛，後藤對KONDOU君說。呃，KONDOU君很勉強地點點頭。要喝點什麼嗎？小砰問道。又要出去買了嗎？後藤問，但中村君說現在已經有冰箱了。

我們擠在狹小的桌子旁，邊喝著烏龍茶邊與小砰他們談話。小砰與中村君坐著鐵管椅，KONDOU君他們三個則坐在屋裡堆著的紙箱上面。上次與他們碰面的時候也一樣，完全感覺不到是以小砰為領袖而聚集了一批屬下的氣氛。感覺五名國中生之間並沒有角力關係存在。但是也沒有給人感情非常好、團結一致的印象。雖然感覺有點散漫，但是看在我的眼裡卻是清新而又有活力。想必這些傢伙死也無法忍受無聊的會議、訓示、收音機晨間操或是三呼萬歲之類的事情吧。桌上有包爆米花，小砰原本伸手想去拿，但是又縮回去了。沒關係，別在意我們，後藤見了這麼說。

「不，不是這麼回事。我只是覺得應該戒掉垃圾食物了。好像對骨骼什麼的都不太好。」

小砰一臉認真地這麼說。可是，你不是很喜歡爆米花嗎？後藤問。請注意一下，中村君說道：

「那根本就是小砰的主食了。」

我和後藤笑了出來，屋裡所有的人也都笑了，氣氛頓時輕鬆起來。小砰面前放著筆記型電腦，可是並沒有打開。因為有話想說，我心想。

「生麥通信上面那個業餘音樂會清單是要做什麼用的？」

我首先提出這個問題。

「這是第一步。從開設CS節目的製作公司做起。」

說著，小砰看看我又看看後藤。這樣的說明怎麼可能讓人了解呢？我正這麼想的時後，中村君與小砰開始輕聲交換意見。如果不依照順序說明的話人家不會明白的啦，那你來說吧，這樣的感覺。

「生麥通信所聚集的國中生，總數已經超過了六十萬人，如今仍在持續增加，於是我們考慮應該盡快對外做生意，並且試著和好幾家公司接觸，每一家都相當感興趣，表示願意合作，以電子郵件往返聯絡各種事項，實際通過電話、見過面，最後決定了兩家中堅的公司，就是電子報配送服務以及數位快遞。」

我和後藤面面相覷，喝了口紙杯裡的烏龍茶。你明白了嗎？我這樣看後藤，不懂，後藤這樣搖搖頭。NAKAMURA好像也沒有辦法讓人家明白嘛，KONDOU君這麼說，中村君則一副若有所思的模樣，好像在思考要從哪裡說起才能讓我們明白。

「我們一直都在考慮，必須藉生麥通信將國中生有效組織起來，第一步就是要尋找伺服器。我們一開始便研判會員人數最後大概會達到三十萬，必須有相當大型的伺服器才行，加上HIRANO對美國滿熟的，於是就和洛杉磯的伺服器公司簽約了。」

聽中村君這麼說，我們望向HIRANO君。在胡說什麼啊，煩死了，HIRANO君一臉這樣的表情一直低著頭。看起來像是從美國回來的歸國子女。伺服器的管理者是美國人嗎？後藤問道。是日本人，中村君回答。自從四、五年前開始，日本人在洛杉磯開設伺服器公司就越來越多，主要是供人經營色情網站用，後藤告訴我。

「光是管理三十萬名會員的密碼就是件困難的工作了，也許吧，不過我並沒有聽說過有這麼多國中生擁有終端機啊。」

聽後藤這麼說，小砰指了指屋內一隅。那裡放著SEGA與SONY的遊樂器。這下子我們懂了。自從三年前SEGA推出Dream Cast以來，具有網路終端機功能的遊樂器就成為電視遊樂器界的主流了。SONY隨後也起而效尤，而SEGA更是在去年推出了具有收發電子郵件功能的新世代機種。所以，幾乎所有的國中生，在造反之前就已經擁有自己的終端機了。

「生麥通信，如今已經有六十萬名會員登錄了，正確的數字是五十九萬七千人，別的地方可找不到這樣的組織喔。」

「全部都是國中生嗎？」

後藤問。

「沒錯。有七成到八成是二年級學生。」

「可是，還是可能有人偽裝成國中生登錄成為會員吧，比如說警方。」

「嗯，我們在整合生麥通信的時候，將全國學區劃分成一百二十六個區塊，而這個，是直接利用文部省去年為全國各國中鋪設光纖時所劃分的區塊。各區塊都有一個識別碼，而且，每所學校也各自擁有識別碼。詳細情形我就不提了，總而言之，可以確定是國中生。文部省的這種設計，是為了防止國中生去上色情之類的不良網站。所以簡單來說，只要寫一個能夠識別那種碼的軟體，安裝在生麥通信的會員入口就可以了。所以，很清楚的，全部都是國中生。」

「程式是由小砰寫的嗎？」

聽後藤這麼問，小砰搖搖頭。我記得那是熊本的生麥通信所製作的，對吧？小砰說。不，是福岡喔，ARAI君加以更正。ARAI君的聲音非常低沉。人手還真多呢，後藤對我耳語。難道全國都有這樣的小子嗎，我心裡想。而且他們不必像過去全共鬥時期那樣實地進行串連。既不必印製傳單，也不必四處打電話聯絡。一瞬間就可以將指令下達給六十萬人。國中生以這種形式團結在一起，沒有任何一個成人能夠掌握住。

看來，小砰他們應該只有對我們透露吧。這又是一個大獨家哩，我的記者本性這麼認為，可是中村君所說的更是超乎我和後藤的想像。

「接下來，由於掌握了五十九萬國中生會員名單，這個時候拿去找公司談，不論哪一家都很感興趣。似乎光是提供這份名單，就能夠賺進相當可觀的金額，真是嚇人。」

「什麼樣的公司？」

後藤喝乾了烏龍茶，KONDOU君見狀立刻拿起寶特瓶幫忙倒。他順便也想把我的紙杯補滿，但是我禮貌地拒絕了。讓穿著西裝的國中生幫忙倒烏龍茶，感覺真是奇妙。

「比如說情報誌啦，還有郵件行銷、專門測試遊戲的公司啦、玩具廠商、電子報派送公司，都表示希望能夠簽約，數目多到數不清，煩死了。也有什麼網路音樂服務啦、減肥產品啦、化妝品等等，另外還有一大堆奇怪的玩意兒。」

「怎麼個奇怪法？色情方面的嗎？」

「嗯，那種也有。不過，透過代理商，連傳統工藝保存會也找上門來。說是什麼人才培育協會，製作鐵壺啦、煙火啦、紡織品啦、漆器啦，諸如此類的。」

說到這裡，中村君笑了起來。其他人也都笑了。應該是想要從五十九萬人的國中生名單中為逐漸消失的傳統工藝尋找傳人吧。

「於是經過討論，我們覺得這種方式隨時都可以進行，該怎麼說呢，除了這種被動式的生意之外，應該還有其他前景更為看好的方法吧，所以就放棄單純只是出售會員名單這條路了。」

等一下，後藤打斷了中村君的說明。

「這些交涉，是透過電子郵件進行的嗎？」

「嗯，一開始是透過電子郵件，後來就打電話和那些公司聯絡，並且實地約了見面談。」說著，中村君望向KONDOU君。KONDOU君與ARAI君之所以會穿著西裝，原來是為了談生意。

「KONDOU和ARAI的模樣看起來比較可以信任，所以才會那麼打扮。」

中村君說著笑了起來，小砰也跟著笑了。別笑了啦，ARAI低聲說道。今天會這麼打扮，難道也有工作？我問道。並沒有，KONDOU君回答。

「並沒有。只是他們說如果平常不穿著西裝的話，就永遠都不會習慣。」

一點都沒錯，後藤說。

「就連我，直到現在都還穿不慣西裝。因為平常根本就不穿。」

看吧，我說的一點都沒錯吧，小砰對KONDOU君他們說。難道你們不覺得像個牛郎嗎？KONDOU君問我和後藤。我們都認為確實如此，所以都沒開口。果然，KONDOU君笑著說。接著全屋子的人也一陣爆笑。

小砰他們的生意實在驚人。他們以數十萬會員名單作為第一步的交涉材料。這份名單，對於那些想要評估商品是否會暢銷的業者而言，就和百貨公司外販部所掌握的高納稅人名單一樣有價值。包括音樂CD、書籍與雜誌在內，自從進入一九九〇年代之後，幾乎所有的暢銷產品都反應了國中生的喜好。當政府為了刺激景氣復甦而出奇策，分發所謂地域振興券的商品券的時候，負責研究消費動向的公司也提出建議，對象應該相準國中生才對。因為基於過去的資料來看，現代日本的暢銷產品，最初都是受到了國中生的青睞。該公司主張，若是將商品券配發給國中生，就有可能產生連帶影響其他年齡層的暢銷商品，經濟效果極佳。話雖如此，基於同樣的理由，也有人指責，與其說國中生的嗜好與以往相比變得比較講究了，不如說日本人喪失了批判精神，全體的嗜好已經變得跟國中生一樣幼稚了。

小砰他們隱瞞了自己是國中生的事實，與無數古怪的代理商進行交涉。他們自稱是管理數十萬國中生會員名單的一般業者。以電話交涉的工作由聲音低沉的ARAI君負責，若有需要會面的場合，則由KONDOU君與ARAI君穿著西裝出動。有些公司相信他們真的是年輕的創業家集團，也有些公司明知他們其實只是國中生也不以為意打算簽約。順便一提，聽說KONDOU君他們的西裝，是由任務小組機動部隊去扒竊弄來的。

小砰他們所說的任務小組，就是以前所謂的不良幫派。他們分佈在全國各學區，在地方上一直稱為Team，在都會區則稱之為Gang。集團成員從數人到數十人不等，也有些成了不良高中生或飆車族的手下。雖然其中有人是靠發傳單、道路工程、清掃等工作賺錢，也有些是組成團體去打工的，但是幫派資金的主要來源，當然還是恐嚇勒索、販賣強力膠、安眠藥，還有就是扒竊。要把他們拉進來並不是件難事，中村君說。

「事實上，他們對於網路與電腦也非常嚮往。至於接下來打算做什麼，用他們的話來說，就成了什麼大事。」

全國的青少年幫派也加入了小砰他們的網絡。幾乎是直接利用文部省所設定一百二十六個校區的形式，「生麥通信」將組織網絡逐漸擴張了。因為像小砰與中村君他們這樣的團體，全國大約有一百二十六個。難道不會發生權力鬥爭這種事情嗎？

「就算是我們明和第一的組織，也不是由小砰來發號施令的喲。該怎麼說呢，是出點子。一百二十六個學區的代表間，設有好幾種郵件群組，比方說關於做生意，大家都可以出點子。為了繼續棄學，就非得先籌到資金不可，第一個在郵件群組上面這麼提議的人是小砰。而且那是一筆相當大的數目，這一點也是小砰提醒大家注意的。還有，在撰寫相當複雜的程式方面，以及在駭客和竊聽攔截的技術、經驗與知識方面，小砰也都高人一等。」

權力鬥爭這種事根本就沒有發生過。這是因為靠著小砰，生麥通信的溝通要比過去的反體制組織有效率得多了。小砰他們認為，所謂的權力鬥爭，並不是因為各派系執著於統治權力而發生的，單純只是由於溝通不良所導致。將一切都透明化，盡量避免組織內各團體間疑心生暗鬼。若是懷有敵意的團體各自發展勢力的話，那是最糟糕的了，中村君說。

回到公司之後，後藤試著計算了一下，光是靠公開的事業，整個生麥通信一年的純利據估計就有數千萬，某些情況下甚至可能達到數億。若是小砰他們最後透露的地下事業，到底會有多少收益實在難以估計。中村君他們似乎也希望做生意的事情能夠變成報導。要報導此事並不是問題，我和後藤都這麼認為。畢竟這是個獨家，報導的內容應該也頗具衝擊性。這並不是一年或是半年之後的題材。雖然開始做生意才不過兩個月，這些國中生的手上其實已經累積了數目相當可觀的資金。再過兩、三個月，應該還會有更鉅額的資金滾進來吧。報導是可以寫，就怕寫了之後沒有人會相信。在這失業率高達百分之七，空前不景氣時刻，集體棄學的國中生們竟然能夠靠著網際網路與通信服務的事業獲得鉅額利益，這種事情有誰會信呢？即使親耳聽到小砰與中村君說明，仍然沒有真實感。覺得自己是個原始人的心情一直揮之不去。

小砰他們之所以打消將名單售予代理商的念頭，是因為覺得問卷調查或是測試之類的被動事業不夠刺激。經過研判，他們認為回答問卷、獲得新遊戲軟體或是玩具遊樂兼測試，這樣並不夠充實。小砰的考量是，除了Team和Gang那些不良幫派之外，也要能夠帶動一般參與集體棄學的國中生才行。

實質上最早賺進資金的事業，是電子報派送服務。播放市民演奏會等等的CS頻道，在都內有一個員工六人的製作公司，負責製作瑣碎的節目。他們負責CS數位播放系統好幾個頻道，製作報導市內義大利餐廳啦、小型現場演奏啦，以及業餘音樂會之類的節目。在一家表示無論如何都希望能夠買下會員名單的代理商那裡，KONDOU君巧遇那家公司的社長。

「該怎麼說呢，非常不可靠的代理商，反正就在青山道那一帶，名字是某某傳播經紀公司之類的，門面倒是氣派，辦事卻相當不可靠，一進去立刻就會想，我已經跑了不下二十家小代理商，已經知道什麼叫做不可靠了。小雖小，但是認真的代理商，可以感覺到一種員工齊心合作的氣氛，基本的素質嘛，沒有接待室，也只會送上日本茶而已。雖然這種店也不少，但是，那種不可靠的代理商，大多有種散漫的氣氛，或聽收錄音機或抽雪茄，有莫名其妙的氣派接待室，還會送上蛋糕。那家代理商就是給人這種感覺，我就是在那裡，遇到了剛才提到的那個ＣＳ節目製作公司的社長。你是國中生吧，對方打開話頭，嗯，我含混地回應之後，對方表示自己原本一直是個花匠，嗯，感覺像是高中畢業吧，然後突然提起高中的時候騎機車橫越西伯利亞的事情，還說有愛人在羅馬尼亞什麼的。褐色的頭髮理成平頭，感覺有點莫名其妙。可是一同到附近的咖啡廳聊過之後，沒想到卻覺得很不錯。」

聽說那位經營ＣＳ頻道節目製作公司的社長還不到三十歲。社長純粹只是想找人手而已。若是能夠將全國的業餘演奏會拍攝下來就會有相當可觀的收入，但是並沒有辦法負擔那麼多員工或是兼職人員，所以才主動找KONDOU君合作。

除了去上自由學苑，或是像小砰這樣整天坐在電腦前面的人之外，集體棄學的國中生基本上都有許多空閒時間。於是立刻就和前花匠的社長簽下了合約，採訪一趟收費一萬圓。ＣＳ的節目製作費，據說只有地面電波黃金時段的六十分之一。更花錢的民營電視台晚間八點檔綜藝節目，製作費大約是五千萬。就算以黃金時段粗略計算一下，ＣＳ的製作費也只有嚇人的八十多萬。我還聽過謠傳，若是深夜與清晨時段的節目，製作預算僅僅十萬而已。除非有接受一萬元的酬勞，而且能夠全國規模拍攝的團體存在，否則都不合算。民間嗜好性質的演奏會或發表會的攝影酬勞要比鄉鎮縣市等所主辦的活動高。若是探戈、佛朗明哥或是日本舞蹈之類的嗜好性演奏會或是發表會，前花匠的社長出五倍的價格，五萬圓。

拍攝好的錄影帶可以利用網路傳送，或是由國中生送往大都市裡專門提供影像傳送服務的公司。以電車或是自行車送達迷你型的數位錄影帶。由這種投寄的工作，產生了數位快遞事業的構想。拍攝ＣＳ

節目的工作，在國中生之間獲得了壓倒性的好評。尤其是靠恐嚇、清掃馬路，或是在小鋼珠店混日子的任務小組那些傢伙，更是高興得不得了。他們似乎覺得非常帥喔，中村君說。僅僅最初那一週就有上百萬的進帳，然後用那筆錢買了八部二手的攝影機。前花匠社長幫我們找了便宜的門路。將最初的收入投資在這上面，沒有任何人反對。特別是攝影小組也很想擁有自己的器材。國中生們有生以來第一次擁有了自己掙來的資產。

攝影難道不會很難嗎？我問道。非常簡單喔，中村君回答。

「演奏會場的舞台，燈光大多是現成的，只要找個合適的位置架好三腳架拍就行了。」

小砰在生麥通信之外獨立設了一個首頁，用以介紹出差錄影的事業。以半開玩笑的方式將公司命名為ASUNARO（註：翌檜、羅漢柏，明日會成爲檜木之意），那是從KONDOU君去上的補習班得到的靈感。ASUNARO的公司簡介網頁上同時也設有英文版。在網際網路上面幾乎不必花宣傳費，很快就有人來接觸了。小砰他們感興趣的，是比利時一家製作、發送網路新聞的公司。該公司是由東歐的移民所開設，與世界各地各式各樣的社群合作，某些情況下甚至可以比CNN還快一步發出新聞影像，獲得了不錯的評價。他們將公司命名為VLTAVA，這個名字來自故鄉的伏爾塔瓦河，也就是莫爾道河。雖然我和後藤都不清楚這家公司的事情，可是九〇年代中期微軟收購新聞製作公司的事情仍讓人記憶猶新。隨著電話線路的數位化以及網路動畫收發軟體的進步，發送新聞的世界正一點一點在改變。

「舉例來說，類似厄瓜多爾外海的墜機事件那種狀況，住在附近社區的成員絕對會比電視台的人早趕到現場。VLTAVA會出售影像，也會接受ＣＮＮ委託，從事二十四小時監視政治人物或是黑道之類的工作。我們已經對VLTAVA表明，自己是國中生。VLTAVA已經知道了日本的國中生不去上學這件事，覺得很有趣，於是簽下了合約。首次測試發信的是世界盃會場的青蛙事件，當時前往鹿島的道路大塞車，我們的小組比日本的電視台、報社的直升機都還要早抵達現場，並且拍攝了畫面。」

這麼一說，我也想起那件古怪的事件。上個月底，有人在茨城即將完工的足球專用運動場發現大批青蛙的屍體。在竣工開幕賽之前，場地人員檢查草地狀況的時候，在發球中圈附近的草地上發現有突出的怪東西。原本以為連附近公園的樹枝都會被吹進來，上前一看才發現那是小動物的腳。是青蛙。可能是要冬眠而死的吧，工作人員這麼認為。此外，還在周圍地區發現埋了近百隻的青蛙屍體。竊聽警方無線電得知此項訊息的生麥通信・茨城的攝影小組，要比任何一家媒體都早一步抵達現場。比利時的公司覺得不錯，便將那畫面傳播到世界各地。後來地面電波的電視台終於也報導了此一事件，卻依然沒能夠解開大量死亡之謎。然而，VLTAVA卻早就發表了解答。這是一種要將敵方足球隊的鬥志連根拔除，一種由白魔術衍生出來的宗教儀式，VLTAVA的烏拉圭部門做出這樣的結論。因為這在烏拉圭是司空見慣的事情。看過VLTAVA的日本足球評論家還在日本媒體上自以為了不起地解謎。

「至於提供VLTAVA影像有什麼好處嘛，對ASUNARO而言，這可是一個宣傳的大好機會。」

與VLTAVA的簽約金是兩千美元，此外錄影畫面每七百五十格，也就是每二十五秒，可以收兩百五十美元的基本使用費。若是售予地面電波台時，百分之七十五歸ASUNARO所有。ASUNARO的總公司在網際網路上。ASUNARO會在線上銀行精算出必要的經費。中村君之所以以電子郵件告知「將要開始」做生意，是為了提防我的電子郵件信箱遭到警方偷看。其實他們已經開始營業了。

「札幌派幫著手進行的企劃案很受好評喔。」

中村君說。生麥通信・札幌已開始訪問老人院進行專訪。比方說遇到戰時的回憶啦、遭裁員而成為流浪漢的故事啦，這些可以作為紀錄的寶貴資料，就售予VLTAVA；除此之外，像是克服阿茲海默症吟唱詩歌的老人啦、不斷為相撲力士孫子摺紙鶴祈福的祖母啦、以繪本將愛奴族故事保留下來的老畫家之類溫馨的題材，則賣給ＮＨＫ的衛星頻道或地方電視台。終於，老人院專訪成了ASUNARO的熱門產品，集體棄學的國中生們也得以向世人證明，他們並非只會為非作歹而已。

四個月之後，ASUNARO就名揚四海了。因為向全世界轉播了一名男子自殺的經過。一個原本任職於鹿兒島縣出水市市公所的中年男子。男子出身世家，也是位曾經獲得全國性大獎的詩人。每到冬季，就會有鶴飛來男子家的院子裡。攝影的國中生就住在該男子的隔壁，以固定好的攝影機二十四小時拍攝鶴的畫面發送給生麥通信・鹿兒島。觀察飛到家裡的鶴將近二十年的男子，不但將過去拍攝的照片提供給那個國中生作為資料，還跟他聊過鶴的魅力。

「我們絕對不可以拿飼料餵食鶴。人們最近都已經忘了，鶴若是吃了不習慣的食物就會死掉。觀察鶴的時候，一定得保持距離才行。如果有人靠得太近，鶴就會飛到別的地方去，那就沒有辦法觀察了。在一定的距離之外守著，做起來是不是遠比想像中來得困難呢？我最近一直在思考這件事。」

那些穿插著男子專訪以及過去照片的影片，記錄了鶴在沼澤地區的生態，也獲得了相當高的學術評價。VLTAVA的網站上面有個動物的專門網頁，呈現出鶴的優雅動作的影片據說非常受歡迎。有一天，男子拿著汽油桶來到庭院，像在洗澡似的從頭澆下去，先朗誦了厭世的詩，然後就突然點火自焚。男子留下的詩，表現出對日本與世界未來的憂慮。又寫著，自己並沒有可以與大批不去上學的孩子溝通的辭彙。還寫著，日本到底有多少成年人意識到沒有可以和孩子們溝通的辭彙這件事呢？

「數位快遞，最早是由生麥通信・長野開始的，當初純粹只是掃描服務而已，但隨著與影像傳送公司往來越來越頻繁，有時候就會遇到非得上網才能夠解決情況，於是就有人提議，不如大規模經營這種仲介服務。嗯，就好像便利商店一樣。將傳真送來的稿子打字輸入電腦之後線上傳送；以腳踏車為交通工具，將原稿、影像的磁碟片或光碟送到印刷廠；將影像掃描起來線上傳送……也就是說，有些部分無論如何都必須將線上與離線結合在一起才行，雖然是靠勞力的蠅頭小利，若是能夠掌握足夠數量的話，也會成為一筆可觀的收入。」

中村君正要繼續說明時，「那些錢主要會用來做什麼呢？」後藤問道。這個問題我也很想問。

「小砰經常談到，難道不能創辦職業訓練之類的機構嗎？這個想法是參考企圖逃離納粹德國的猶太人所採取的互助合作法，他們就創辦了讓大家能夠適應外國的機構。學習語言的機構啦、職業訓練機構啦，並且還資助逃離所需的資金喔。這麼做不是很好嗎？反正，閒置不用的飯店之類的建築物似乎非常多，這一帶也有喔。在東名的入口附近，有一家在我念幼稚園的時候興建的飯店，裡面的中華餐館的菜很好吃，我們家經常去光顧。好像巨人隊等等運動選手集訓時也會去投宿。大概在三年前吧，倒閉了，一直閒置著。經過調查，裡面大概有兩百間房間，還有大小會議室將近十間，若是能夠低價弄到手，就可以用來開班授課，英語啦、電腦啦、程式設計啦，還有，該怎麼說呢，投資之類的課程。如果有人對這些有興趣，我們就可以聘請講師來上課。還有，想要自己創業的傢伙也非常多，若是能夠提供這些人融資的話，不是很好嗎？至於我們，至少在軟體開發方面應該隨時都可以著手進行了吧。」

開發軟體這種事，國中生做得來嗎？我問道，小砰不禁笑了起來。據說學習電腦知識，在十三歲左右是巔峰期。

「在腦袋裡塞滿多餘的東西之前，必須將各種演算法有系統地整合了然於胸才行，而這個巔峰期差不多就在十三歲喔。大概到十八歲的時候就結束了。」

於是，小砰接著談起了地下事業的事情。

「清潔公司。這我們開了。目的是收集公司的垃圾盜取密碼，這是因為，明年三月要發放三萬圓的地域振興券ＩＣ卡。我們要偽造那個。Billion。可能會有十億的進帳喲。除此之外，還有各種管道。」

雖然我不知道這種事情是不是真的可以做到，可是那是犯法的呦，我說。犯法，小砰這麼低語，接著嘆了一口氣，然後一臉嫌煩的表情開始解釋：

「偽造的工作很簡單。若是一般紙鈔或是有價證券就很困難。因為那純粹是印刷技術的問題。即使是圖書禮券，也是用價值數千萬的高級印刷機印製的，想要偽造，辦不到。塑膠卡片與磁條就簡單了。

所以說囉，雖然你說這是犯罪，但是我，我這一陣子做了個夢，夢見自己在外國，一個像是高原避暑區的地方，只不過，還是相當熱就是了。地面有坡度，那坡面的一區整齊排放著豎著白色遮陽傘的桌子，好像在開派對。出席派對的人，全都屬於某個團體，這種事情我雖然並不清楚，但是猜想或許是扶輪社什麼的吧。有那種感覺。每個人，都穿著飄逸的白衣，還喝著用大杯子裝的冰紅茶之類的飲料喔。因為是玻璃杯，大大的杯腹中漂浮著熱帶花卉的花瓣；斜坡下方是高爾夫球場，總之氣氛相當祥和，只有我是日本人，也就是所謂的外來客，但是大家都對我微笑。糟糕，為什麼大家都這麼親切呢？有這種感覺。在那個團體裡，流通著類似信用狀的特殊文件，每個人都擁有那種文件，當然，那文件是用紙做的，可是對那團體的人來說卻是非常重要的東西。雖然沒有實際請他們讓我看看，但不知道為什麼竟然想像得到。我所想像的，該怎麼說，是一種類似半透明容器的東西喔。電視的美食節目裡，不是可以看到那種塑膠計量杯，用來量醋或是味醂的分量，有那種東西對吧？在我眼裡，那種文件看起來就像那種計量杯之類的東西。還有，那種計量杯裡裝著什麼東西，那種東西的量正在減少，不知為什麼，只有我知道這件事。其他人都沒有發覺。為什麼我會知道其他人都沒有發覺，是因為他們一直都在笑。某種非常重要的東西正一點一滴減少，他們卻毫不知情。一定是因為我是個外地人，所以才會知道吧，我心裡想。那就是，信用。信用正不斷從那文件之中流失。沒有人注意到這件事，只是邊喝著冰紅茶邊笑著。

雖說那種文件就是那個團體的成員的錢，可是錢之所以會被認為是錢，並不是由哪裡的某位偉人決定，說這就是錢，而是大家都認定，可以拿著這種紙頭去別人那裡換東西。連這種事情，我也突然注意到了。知道了嗎？這就是錢。」

說著，小砰從掛在肩上的小掛包裡取出皮夾，從裡面抽出一張千圓紙鈔用手指捏著。看在眼裡，我有種不好的預感。擔心小砰會把千圓券怎麼樣。我有個同學，每次一喝醉就會拿紙鈔出來亂搞。那傢伙喝醉之後，一定會把一萬圓的紙鈔撕破或是燒掉。雖然看了覺得很不舒服，但是當時並不明白為什麼會不舒服。那傢伙燒掉的一定是自己的錢，絕不會搶別人的一萬圓來燒。雖然我會笑他真是個笨蛋哪，也會感到不快，但是理由似乎並不是因為面對了燃燒紙幣這種反社會行為。而且我覺得，這和把鑽石或是金塊扔進海裡，意義是不同的。很明顯的，鑽石與金塊是因為稀有而有價值。紙幣卻不同。只是印刷過的紙張而已。

希望小砰別把千圓紙鈔撕破燒掉，我心裡一直這麼想。小砰要做什麼，我根本猜不到。聽著小砰與中村君談論他們的事業時，一點現實感都沒有。好像只有自己被排擠在外似的。ＣＳ數位播放系統啦、VLTAVA啦、ASUNARO啦、數位快遞什麼的，我根本就無法想像。幾年前流行３Ｄ立體畫的時候，我因為沒有辦法迅速看出立體影像而遭由美子和她的朋友嘲笑。別人認為理所當然的事情，自己卻不明白的時候，不免就會對那件事起疑。若是不這樣就會感到不安。數十萬國中生藉著情報通信組織成網絡，操作數位攝影機，熟練地使用電腦與周邊設備，與國外業者合作獲得以億為單位的收益，還考慮收購飯店開辦職業訓練機構與學校，這些事情，究竟有誰會覺得有真實感而且能夠想像呢？因為興趣而去跳傳統舞蹈或是探戈的人，去足球場埋死青蛙的人，每天觀察飛來的鶴然後某一天忽然自焚的詩人，他們對我來說反而比較真實。

小砰並沒有將千圓紙鈔撕毀或是燒掉。

「這是以千為單位的錢幣，大家可以拿著這個，到某個地方去交換某些東西。可以買四本《JUMP》，還會找一些零錢。可以買五盒『河童蝦仙貝』，換成『好侍大甜筒』的話可以買四個，諸如此類的。因為一開始就這麼認定。」

如果是「茸之山」的話，只能夠買三盒，中村君說道；「筍之鄉」也是三盒，KONDOU君補充。這是在開喜歡吃甜食的小砰玩笑。然而我卻沒有那個心情笑。

「可是，一有什麼特殊狀況，這種錢就變成廢紙了。其實，這出乎意料地簡單，別說是革命啦、內亂啦，或是戰爭什麼的，只要是信用消失，那就完蛋了。我在想，那個夢大概是什麼啟示吧。剛才，關口先生說，偽造ＩＣ卡是犯法的，我想，那是因為還相信信用吧。」

說著，小砰好像在確認似的看著我的臉。是不是非得說些什麼才好呢？我心想。或許，我的確是相信這個國家的貨幣系統吧，這樣說好嗎？我從來沒有思考過這種事。好像不論說什麼都不對。要對不曾思考過的事情下評論就一定會這樣。最後我什麼都沒有表示。

「信用，我才不相信咧，我想要這麼說。貨幣這種東西，我們自己就可以做出來。只要能夠創造出信用不就好了嗎？上次見面的時候，我曾經提到法律的事情，說有些事情必須靠法律來維護。體制大體上都必須靠法律來維護。制定法律、維持法律運作的人，主要就是國會議員、閣員、官僚以及警察嘛。

難道你不覺得，只要比那些傢伙更高明，創造出明顯更好的信用就好了嗎？若是能夠創造出在海外也能夠獲得認同的，新的信用，那樣還算是犯罪嗎？總而言之，目前我們所要做的或許只能說是偽造ＩＣ卡，但比如說我們若是能夠製作出新式的電子貨幣，讓外界使用自如，萬一在世界上也獲得肯定的話，不就可以創造出新的信用了嗎？是不是？」

說著，小砰再次看著我們。後藤轉過頭來，臉上的表情像在問我該怎麼辦。我雖然覺得小砰所說的話不對，卻沒有把握能夠正確指出到底哪裡錯了。可是不說些什麼好像又不行。而且，對小砰他們提出意見的時候必須非常小心謹慎。你們經驗不夠喔，如果說了諸如此類好像出自那些老師口吻的話，以後小砰或中村君他們可能就會避著我們吧。這些是成為大人之後才會說的話。淨說些小孩子都懂的事情可不行。是誰把你養得這麼大的啊！成人世界裡，有些事情只有成人才明白！這種表現方式，翻譯成簡單明瞭的話來說就是「煩死了，給我閉嘴」。小砰他們對於這種對話早就不耐煩了。不僅小砰他們而已。造反的國中生們應該全部都這麼認為。為什麼孩子不能夠發言呢？為什麼非得讓孩子們對養育之恩感到內疚不可呢？既然有些事情只有大人才明白，為什麼不能用簡單明瞭的方式加以說明呢？若是自己充分理解，就算對象只是孩子，也可以仔細解釋清楚。無法說明的主要原因，根本就是大人們自己也不明白。可不能隨便敷衍小砰與中村君他們。

「那簡直就是革命嘛。」

我說。

From：

地址：

To：台北市 10445 中山區中山北路二段 26 巷 2 號 2 樓
大田出版有限公司　／**編輯部　收**
電話：(02) 25621383　傳真：(02) 25818761
E-mail：titan3@ms22.hinet.net

0713046

大田出版 讀者回函

姓　　名：＿＿＿＿＿＿＿＿＿＿＿＿＿＿＿＿＿＿＿＿＿＿＿＿
性　　別：□男 □女
生　　日：西元＿＿＿＿年＿＿＿＿月＿＿＿＿日
聯絡電話：＿＿＿＿＿＿＿＿＿＿＿＿＿＿＿＿＿＿＿＿＿＿＿＿
E-mail：＿＿＿＿＿＿＿＿＿＿＿＿＿＿＿＿＿＿＿＿＿＿＿＿
聯絡地址：＿＿＿＿＿＿＿＿＿＿＿＿＿＿＿＿＿＿＿＿＿＿＿＿
＿＿＿＿＿＿＿＿＿＿＿＿＿＿＿＿＿＿＿＿＿＿＿＿

教育程度：□國小 □國中 □高中職 □五專 □大專院校 □大學 □碩士 □博士
職　　業：□學生 □軍公教 □服務業 □金融業 □傳播業 □製造業
□自由業 □農漁牧 □家管□退休 □業務 □ SOHO 族
□其他＿＿＿＿＿＿＿＿＿＿＿＿＿＿＿＿＿＿＿＿

本書書名：＿＿＿＿＿＿＿＿＿＿＿＿＿＿＿＿＿＿＿＿＿＿＿＿

你從哪裡得知本書消息？
□實體書店＿＿＿＿＿＿＿＿ □網路書店＿＿＿＿＿＿＿＿ □大田 FB 粉絲專頁
□大田電子報 或編輯病部落格 □朋友推薦 □雜誌 □報紙 □喜歡的作家推薦

當初是被本書的什麼部分吸引？
□價格便宜 □內容 □喜歡本書作者 □贈品 □包裝 □設計 □文案
□其他＿＿＿＿＿＿＿＿＿＿＿＿＿＿＿＿＿＿＿＿

閱讀嗜好或興趣
□文學 / 小說 □社科 / 史哲 □健康 / 醫療 □科普 □自然 □寵物 □旅遊
□生活 / 娛樂 □心理 / 勵志 □宗教 / 命理 □設計 / 生活雜藝 □財經 / 商管
□語言 / 學習 □親子 / 童書 □圖文 / 插畫 □兩性 / 情慾
□其他＿＿＿＿＿＿＿＿＿＿＿＿＿＿＿＿＿＿＿＿

請寫下對本書的建議：

※ 填寫本回函，代表您接受大田出版不定期提供您出版相關資訊，
大田出版編輯部 感謝您！

「革命，雖然未必要有什麼意識形態或是思想，但至少必須代表某些人的利益不是嗎？我有個疑問，小砰所代表的是什麼人的利益呢？是全國的國中生嗎？」

小砰一時陷入沉思，但是我想說的其實並不是這些。創造信用，要做這種超現實的事太麻煩了啦，我所想到的是這種軟弱的意見。小砰所說的，或許正是日本目前最為重要，而且真的是越早進行越好的事情。

由美子也經常這麼說，日本這個國家的經濟信用，在一九九〇年代大幅下滑。九七年亞洲發生金融風暴的時候，日本由於被迫處理泡沫經濟以來的呆帳問題而無法進行實質的支援。也就是說，並沒有從亞洲進口貨物。雖然政府投下了數百億的資金援助，結果卻遭到抨擊，說是為了防止駐外銀行對亞洲的放貸形成呆帳。簡單來說，就是被出口導向的高度經濟成長這個過去的遺物抓著，結果錯失了必要的改變。

迎向西元二〇〇〇年之際，日本人已經對不景氣感到非常厭煩了。過去已經不知多少次將稅金投入銀行，而且每次都宣稱能夠解決呆帳的問題。當然，問題並沒有解決。但不管怎麼樣，大家還是會開始認為不景氣也差不多該結束了吧。當時的匯率是，一美元兌一百二十日圓。若是日圓這麼持續貶值的話，出口增加，景氣復甦之日應該就不遠了，大家都被這種輕浮的樂觀主義所支配。

可是，日本經濟結果並未能跳脫由美子所說的惡性循環。惡性循環，也就是市場開放與法規鬆綁進度過慢使得成國內投資機會不足，造成對外投資增加，美元升值，出口在日圓相對貶值的背景之下變得暢旺。進口減少，經常帳盈餘擴大，貿易摩擦也隨之越演越烈。外匯市場察覺了貿易逆差與貿易摩擦的情況，預期美元將會貶值，終於使得日圓實際在市場上攀高。日本的出口企業、投資人蒙受損失，使得股價下跌、不景氣、利率降低，於是循環又繞回頭，資金自然又開始外流，日圓再度下探。

於是到了二〇〇〇年年底，日圓匯率從過去的一三〇突然暴跌至一六〇。直接的原因據說是國內的投資人獲利了結。當時，因為進行大規模重整使得收益開始增加的企業持續增加。雖然二〇〇〇年年度GDP總算微幅增加，但那是因為進行重整的企業人事經費減縮的緣故，而不是因為開發出什麼席捲市場的新產品等原因。不變的是產品依然滯銷，日本企業的競爭力也衰退到遠遠超乎想像的程度。二〇〇〇年年底，失業率超過了百分之五，進入二〇〇一年之後轉眼間就升到了百分之六。由於薪資被凍結，年終獎金縮水，薪資實際上是縮水了。甚至有企業主宣稱，由於市面上的通貨緊縮使得凍結的薪資實質上升，要進行減薪。勞工的工作意願整體顯著下降。除了獲利之外更加重視擴大市場佔有率，為了防止倒閉而留下了過多企業沒有淘汰，種種效應又再度重現。日本在導入外資方面也很失敗，外國企業也並沒有真正地進出。結果，除了市場化失敗之外，不知不覺間，全球市場也不把我們當成一回事了。

自從九〇年代初期經濟開始大停滯的時候起，有非常多的人企圖守住既得利益，但是不論政治人物、官僚、銀行家、企業人或是學者，都沒有想到要創造新的信用這類的事情。創造新的信用，才是從根本重建新經濟體系的方法吧。在我的記憶裡，沒有任何人提到過這件事。

「代表什麼人的利益呢？確實如此。是應該再……」

彷彿喃喃自語似的，小砰這麼說。

「是該再想一想啊。」

離開祕密基地的時候已經傍晚了。跟小砰他們談了有五個小時之久。四下一片昏暗。和上次一樣，由中村君送我們去搭車的地方。田園都市線江田車站周邊，尤其是面向國道246號線一帶，有許多搞不清楚在賣什麼東西的商店。小砰他們借來當作祕密基地的進口雜貨店也一樣，如果只是站在外面看，根本就搞不清楚是什麼樣的店。有販賣原創衝浪板的店、有獨創的香精蠟燭店、有自組機車的零件專賣店、有可以預訂中古牛仔褲與夏威夷衫的販賣店，還有專營二手漫畫的舊書店。

離開祕密基地時，進口雜貨店的老闆正在外面抽菸。因為打了照面，我就先打了招呼。對方什麼也沒說，也沒轉過頭來，只是用右手輕輕一摸戴在頭上的毛線帽而已。和那位房東處得好嗎？我問。我們盡量互不干涉，中村君說道。

「最近靠網路搞什麼亂七八糟買賣的人多得要命，但是他好像並沒有。」

這麼說來，我想到兩、三天前看過一則報導說，全國各地的趣味商店有越來越多的趨勢。在失業率超過百分之七的年代，這或許是理所當然的事情吧。企業會保障員工這種想法，已經完全是過去式了。雖然一個月僅有十萬圓的收益，但是可以製作或進口自己喜歡的東西、製作目錄，順便還可以交朋友，覺得還是這樣比較快樂的人越來越多了。

他好像很喜歡瓷器，中村君說。

「忘了是德國還是奧地利，他喜歡那裡的瓷器，如今正一點一點慢慢收集，還經常說要存錢去那德國還是奧地利。他似乎對我們沒什麼興趣，嗯，這對我們來說再好不過了。」

放棄企業的保障，活用自己的興趣或嗜好經營小眾商店的人，據說討厭受人干涉，除了自己與同好之外，其他事物都不關心。雖然看起來好像是處在一個排他的小圈圈裡，但是他們之中有些人或在國外擁有獨自的網路或已經是世界知名的人物了。還有因為手工家具、弦樂器、音樂盒、復古鐘錶，或是模型、畫框、玩具而在國外得獎的年輕日本工匠，也很引人矚目。其中也有些人不在乎傳統那種包含至親友人等等的共同體，並且宣稱對別人的想法一點也沒有興趣。雖然這種風潮令不少人感嘆，但是沒有任何人能夠阻止年輕人的想法發生變化。除了個人喜好之外，對於其他一切事物都不感興趣，這一部分年輕人的想法是否正確，我並不清楚。不過，大企業或是政府獨佔就業市場的時代終究已經結束了。

「啊，對了！」

來到包車所在之處時，中村君忽然想到了。

「我在電子郵件裡提的那件事，有可能實現嗎？」

一時之間我想不起來是什麼事。因為我的腦袋裡塞滿了小砰談論生意的事情。中村君所說的是，信裡提到的國會那件事。國會的事嗎？我問。沒錯，中村君點點頭。

「赴國會發表演說，這是小砰的想法嗎？」

後藤問。不是的，中村君回答。

「是HATTORI還是YOSIDA提議的，不過剛才關口先生對小砰所說的話，我覺得也有關聯。就是那究竟代表什麼人的利益。會去看生麥通信的，畢竟只是一部分的人。」

有什麼主張呢？後藤問。

「還不至於說是主張，比較單純，我們只是想讓更多人聽聽小砰所說的事情。雖然我們也想利用朝日或讀賣之類的主流媒體，但是YOSIDA說，最引人矚目的應該還是國會吧，我和HATTORI也都這麼認為。因為以前曾在電視上看過，韓國總統在國會發表演說。關口先生和後藤先生覺得呢？如果讓更多人聽到小砰所思考的事情，不是很好嗎？」

國會那種地方，可不是想要發言去申請就一定會獲准的喔，我說。

「不過，若是與國家政治之類有關的，重大事件的當事人，會以證人的身分被傳喚。我去調查一下。如果有什麼消息，會用電子郵件通知。」

非常感謝，中村君說著輕輕點頭致意。與四個月前往曼谷的飛機上初次邂逅時沒什麼兩樣。給人的印象沒有變得比較堅強。沒有變得比當時精神，但反過來說，臉色也沒有變得比較差。奶油色的棉長褲，胭脂色的長袖馬球衫，深灰色的外套，配上同色系的登山鞋，紅色鞋帶，乾淨得好像每天早晚都會清理似的。肌膚光滑細嫩，看起來似乎會發亮。這樣的一個少年團體想要去國會發言。雖然經過調查之後給了回覆，但是我卻覺得很不真實。

在回程的車上，我和後藤幾乎都沒有開口。關於偽造ＩＣ卡一事，小砰他們最後並沒有明言要放棄或是繼續進行。除此之外他們似乎還有不少計畫。其中包括好幾個明顯就是犯法的，我甚至懷疑自己是不是聽錯了。例如竊取電子郵件一事。只要使用封包攔截軟體，竊取電子郵件其實是件簡單的事情，小砰說。令人難以置信的是，那種軟體竟然可以在網路上下載安裝。據說只要有辦法進入撰寫這種軟體的傢伙的專欄或聊天室，還可以弄到更多的情報。可以奪取有力電子報的原始封包加以篡改，也可以將政治人物或是名人的電子郵件賣給週刊雜誌。

這種事情真的可以辦到嗎？若是從前，我可能會這麼問後藤。關口兄真的是什麼都不知道啊，後藤曾經嘲笑過我的無知。不過，我只是默默望著車窗外面，後藤也只是癱在座位上，眼睛一直閉著。小砰他們真的能夠自己開辦職業訓練所嗎？我試著問自己，可是心裡沒有答案。那些十四歲的男孩，彷彿有種什麼事都辦得到、全能的感覺，但同時又給人一種具體事項一件也辦不到的孱弱印象。簡單說，就是無從掌握。

快要抵達公司的時候，後藤問我，小砰為什麼要找我們去。誰知道，我敷衍過去。說不定是把我們當作與成人社會正式的接點吧，我心裡這麼想，可是卻沒有力氣講給後藤聽。

聽了小砰談事業之後，我和後藤彷彿就失去了霸氣。媒體無日不報導繼續集體棄學的國中生的消息，但是刊載那些報導的報紙和雜誌我一概不看，電視新聞節目出現專題的時候也會立刻把眼睛轉開。國中生們每天都出事。在便利商店裡面揮刀；偷襲派出所；集體攻擊流浪漢；還有些人有計畫地組織起來去扒竊遊戲軟體。依照慣例，那些專家學者又出現在電視上，發表諸如「日本的教育已毀」「國家威嚴盡失導致教育崩毀」「把文部省和日教組都解散吧」之類的意見。主張恢復徵兵制的人也越來越多。

另一方面，不但義工與地方社區辦的個人學校與自由學苑日益增加，那些獨自安排課程唸書的國中生，也幾乎是連日不斷被媒體介紹。自由學苑的經營者與相關人士，也競相在報刊雜誌或是電視上大談「如今正是民間取回教育權的時候」「學生們的行動正顯示對成績至上、填鴨式教育已忍無可忍」「目前的學校制度從根本就錯了」之類的話題。恢復徵兵制論者與市民教育論者的討論當然也很熱烈。一看到這種新聞或是討論，我就覺得非常無力。集體幹出無聊事情的，認真去自由學苑上學的，都是沒有參加生麥通信網路的國中生。那些手中沒有情報通信終端機的傢伙，他們都處在既有的社會框架之中。

生麥通信與既有社會的距離已經非常遙遠。我們與小砰見面之後過了兩個星期，藝人與名人墮胎時所找的婦產科，政治人物與文化人會去求診的精神科和性病科醫院的出入口，遭到全天候監視的影像畫面，都被公開在那些攝影週刊、女性雜誌、八卦節目或是專門揭人陰私的網站上了。那家成為焦點的婦產科位於神戶，沒有顯眼的招牌，隱藏在高級住宅區裡面，從被公開的影像來看，停車場裡盡是賓士、法拉利與保時捷。全國有九所精神科的醫院與五所性病科的醫院成為遭監視的對象。每家醫院的出入口都遭多部攝影機連續監拍兩百四十個小時，進入婦產科的偶像藝人和歌手，上精神科求診的政治人物、金融與文化圈人士，以及光顧性病科的電視演員、明星和地方民意代表等等，全都被清楚地拍了下來。女性週刊雜誌和八卦節目將當事人名字做了變動，以曖昧的方式報導，臉部也打了馬賽克，但是網路上的揭密網站與部分八卦週刊卻是指名道姓，臉部也沒有用馬賽克處理。由於這個揭人陰私事件，已經造成一名偶像藝人自殺以及四件訴訟案件了。

提供影像的人，是從阿姆斯特丹的伺服器發信，等到事情鬧大造成訴訟案件的時後早就已經消失無蹤了。毫無疑問，是出自ASUNARO的手筆。

「關於監視醫院一事，中村君他們有沒有在電子郵件中提起過呢？」

「嗯，什麼也沒說。」

事件公諸媒體那天傍晚，我約了後藤去喝酒。去公司附近一家普通的小酒館，因為我很想喝烈酒。後藤的心情好像也一樣。

「做出那種事情好嗎？」

後藤這麼問。「反正不管好不好都已經做了，沒辦法啦。」回應了之後，我因為莫可奈何而覺得可笑，於是笑了出來。後藤也笑了。見我們直笑到眼淚都快流出來，店裡的媽媽桑問：什麼事情這麼快樂啊？

「關口兄，你笑什麼？」

「那你又在笑什麼？」

「我說啊，那些底牌被掀出來的傢伙，那些人選，你不覺得選得很淘氣嗎？」

正如後藤所言。我們是覺得很痛快才笑的。那些上婦產科、精神科和性病科醫院求診時被拍下的人都有個共同點。偶像藝人和歌手，都是些靠經紀公司撐腰才紅起來，沒什麼實力的清純派。政治人物、金融與文化圈人士，都是那些擁護保守體制的舊世代，或是在電視媒體高談如何進步、自由的自命知識分子。電視演員或明星，則是那種會參加用愛拯救世界之類特別節目的角色。換句話說，全都是有高額收入，總是一副了不起的模樣，實際卻很可疑的傢伙。

「不過，能夠挑出那些人選，品味還真不錯哩。關口兄認為哪一個選得最好？」

後藤問道。我說了一個中年作家的名字。雖然根本沒寫出什麼像樣的作品，卻特意不斷去參與愛滋病患義工活動或是抗議破壞環境的市民運動。我討厭那個傢伙。既然是作家，就應該訴諸作品才對，擺出一副在為社會做了不起的事的嘴臉，真讓人受不了。

「我嘛，認為是那個女明星。說是出了本什麼器官移植的書，但很少在電影或連續劇裡露臉，也不知道為什麼好意思自稱女明星，臭女人。」

不過，還真是非常棒的人選呢，後藤邊啜著萊姆酒加冰塊邊低喃著。你是不是平常太壓抑啦？我說。

「什麼壓抑？」

「那些個人選，應該都不是隨隨便便就可以拍到的，可是生麥通信不是擁有六十萬人的網絡嗎？他們一定經常看到這些討厭的傢伙出現在電視上吧。而且，一眼就可以看出哪些是討厭鬼，所以選出來的才會全都是那樣的傢伙吧。」

接著又談了一會兒小砰還有中村君他們的事，終於，我們陷入了沉默。各自默默喝著酒，後藤喝萊姆酒，我喝伏特加。我倆都有一種彷彿被國中生遺棄的感覺。事實上，自從兩星期前與小砰和中村君見面之後就一直有這種感覺，只是自己不願意承認有這麼回事罷了。

如果那是革命的話，究竟代表什麼人的利益呢？我雖然說了這種冠冕堂皇的話，但在聽小砰表示要創造新的信用時，事實上是非常詫異。這個國家的大人如今到底在幹什麼呢？我心想，不用說，我自己也包含在內。

當然，日本並沒有完全被樂觀的論調所籠罩。銀行、證券與保險業的結盟與合併持續進行。製造業與小賣業界不斷出售資產或重整，經營者的想法也不斷在改變；由內閣所主導的稅制、金融法與行政改革，以及政府組織再造，也都確實在持續進行。除此之外，IROE之類的辭彙也成了流行語。Individual Return Of Equity，意思是個人淨值報酬率，出發點是將自己的才華、技術、學歷以及外貌等等視為資本，看看如何發揮才能夠獲得最大利益。一個人的生活，諸如此類標題的書籍每每成為暢銷書，據說與十年前相比，高中生和大學生都更為用功，援助交際之類的辭彙也已經成了死語。然而，這些變化終究過於被動，與戰後對美國的憧憬並沒有多大的不同。換句話說，是因為沒有辦法而為之，只有這種程度而已。到處都還看不到未來經濟活動的模型。即使現在急忙起來呼籲要求獨創性與主體性，獨創而具有主體性的人也不可能突然之間源源出現。

好些時間之後才回過神來，我和後藤不但嫉妒小砰那些國中生，也陷入自我嫌惡的情緒之中，而且不願意承認這個事實。從生麥現身到國中生起來造反，我們寫的盡是些可有可無的報導。全都是些批評財政界，日本變成現在這副模樣究竟該如何交代，諸如此類發牢騷的天真報導。日本經濟的停滯與危機，全都是其他人的責任，與自己無關，以這種方式製作報導。而且真的以為我們自己一點責任也沒有。該負責任的是亞洲各國或俄羅斯或巴西或歐元或避險基金或是美國政府，有時候是日本政府或銀行或企業，有時候則是預測錯誤的經濟評論家或其他媒體。我邊做出這種報導邊不帶任何懷疑地過日子，不去思考改變狀況的點子，所謂的批判不過是發牢騷，其實什麼具體的事情也沒做。換句話說，就是滿足於現狀。那些才十四歲，在國外跟母親通電話都還會流淚的男孩子，讓我明白了這件事。

「如果這樣下去的話，恐怕就糟了。」

喝了六杯萊姆酒之後，後藤說道。

「關口兄認識什麼在國會有門路的人嗎？」

沒有，我回答。我試著去查了一下國會傳喚證人的事情。若是有一定人數的國會議員提出要求，預算委員會便會傳喚證人。中村君他們要讓小砰赴國會演說的這個點子，對我來說一點也不真實，而且後來與中村君的電子郵件往來中也都沒有再提過這件事。

「關口兄想不想聽小砰的演說呢？」

即使聽了小砰演說，或許也無法理解吧，我很想這麼說，可是又作罷。這種先入為主的觀念或是說斷念，我覺得正是元凶。我可是很想聽小砰的演講喲，後藤說話已經變得大舌頭了。

「我也想聽啊。」

我對後藤這麼說。

二〇〇一年已接近尾聲。擱置一年的現金賠付（Pay Off），真的會在明年三月實施嗎？下年度百分之二的經濟成長目標真的有可能實現嗎？攀升的失業率有可能煞住嗎？似乎沒有任何人知道。自兩、三年前起，諸如電視的討論節目等等，經常可以看到這樣的意見：宏觀來看，高失業率其實是好事情。企業若是進行重整的話便能夠提升競爭力，終究能夠帶動日本經濟復甦，當時這種想法也一直獲得支持。

雖說這種論調普遍獲得贊同，若是哪天這種事發生在自己身上又會是什麼樣的狀況，或許大多數的日本人都無法想像吧。只要努力就可以爬到中階管理職位那個年代的同學與朋友，在迎向二〇〇〇年之際，卻成了裁員的對象。過去提到裁員，主要對象的年齡層都在四、五十歲。

那個時候，一個在大型百貨店工作的兒時玩伴打電話給我。那傢伙是靜岡一家百貨店家具、綢緞賣場的負責人，自學生時代就對作詞非常有興趣。他的作品，曾經被偶像歌手演唱而成為暢銷歌曲。曲名〈夏天的回憶〉，內容是在謳歌國中時代的初戀。雖然有一陣子瞞著公司，但是這個一年有百萬進帳的兼職卻成了同學會時炫耀的話題。百貨店店方透過工會下達了通告，那傢伙這麼告訴我，未來五年都不調薪。獎金一律砍百分之五十。停發加班費。過去只限於四、五十歲年齡層有意退休者的優退方案也下降至三十歲年齡層了。

「公司要怎麼樣，我覺得都無所謂了。」

那傢伙說。

「一來作詞比較有趣，再者自己也不認為會被公司束縛住。但是突然聽到公司不調薪的方針時，令人難以置信的是，我只覺眼前一片黑暗。雖說是加薪，一年兩次，總共也不過幾千圓喲。可是，說來很不好意思，一旦沒有了之後我才發覺，這已經與我的工作意願劃上了等號。對受薪階級而言，薪水是很可怕的東西。即使自己沒有感覺，最後卻連精神都得靠薪水來支撐。獲得別人認可，獲得別人讚美，象徵這一切的就是一年兩回的調薪，可是這要等到沒有了之後我才發覺。最近，公司方面將職員一個個單獨叫進房間裡面，詢問是否有意退休。昨天也輪到了我，於是試著表示最近是在考慮這件事。不，那並不是我主動這麼說的。由於對方表示如果有什麼話想說的話但說無妨，所以我甚至提出問題，我們的百貨店是不是已經不要家具和綢緞的賣場了。如今在靜岡，家具和綢緞這些東西，大家都跑到郊外的量販店去買了。聽我提出這種建言，那位董事表示他知道了，公司會檢討。可是，將綢緞和家具的賣場撤掉之後要改賣些什麼東西，卻沒有人知道。到頭來，並沒有只裁減員工而讓我們的百貨店得以繼續經營不至倒閉的方法。所以工會連這種亂七八糟的條件都接受了。可是，在這種條件下工作，怎麼可能還會有衝勁呢？由於員工減少了，業績似乎有了些許起色，但事實上沒有開發出新財源。僅僅只是沒有倒閉而已。總而言之，由於沒有開創出任何新東西，讓人經常覺得或許直接倒閉還比較好，但說來很難為情，我還不打算退休。感覺就好像在慢慢等死似的。」

在慢慢等死，兒時玩伴這麼說，或許這正是多數日本人共同的心情吧。某些對日本人而言相當重要的東西不斷轟然崩塌，這樣的不安自一九九〇年代一直延續至今。從結果來看，我覺得閉塞感就是這麼來的。

有某種實體不明的東西正試圖打破日本的殼入侵。這和一百二十年前的鐵製外國船艦不同，無法用自己的眼睛確認。一九九〇年代中期大霹靂政策剛提出來的時候，與戰後對美國的想像一樣，普遍獲得老百姓歡迎。只要能夠開始執行大霹靂政策，事態一定會轉往好的方向發展，可能絕大多數的日本人都這麼認為吧。可是，大霹靂卻不會開著吉普車到處發送巧克力，沒有脫脂奶粉給孩子們泡來喝，也不會幫我們在頭髮上撒ＤＤＴ粉。大霹靂的象徵，也就是法規的鬆綁與競爭的社會，都是無法用眼睛清楚看到的東西。不論法規的鬆綁與競爭的社會，都不會像侵略部隊那樣進行控制、佔領，而是像肉眼無法看到的病毒般潛了進來。

二〇〇一年，由於現金賠付並未施行，幾乎所有的銀行股都超乎想像地暴跌。日本溢價再度復活，雖然政府為了銀行投入更多稅金，但仍有一家持有大量銀行股的大型壽險公司倒閉，又產生龐大的新呆帳，倒閉的中小企業開始增加，景氣再度向下探。雖然失業率繼續攀升，但由於以外資系為主的企業開始依能力給薪，因此獲得巨大收入的人卻也增加了。價值數億的超高級公寓總是一推出就銷售一空，但是新建住宅的需求卻依然低迷不振。唯有能夠巧妙與市場接軌的人才能夠豐收，說是這麼說，卻看不到市場在哪裡。於是只有閉塞感益發蔓延，在二〇〇一年初夏，一位小說家自殺，並且留下了「總喪失的時代」一詞。這個小說家的死，被拿來與昭和初期的芥川龍之介相提並論。

再過兩個星期就是二〇〇二年了，但是我的身旁完全感覺不到活力。包括週刊在內，一切雜誌都滯銷；不論什麼樣的報導都激不起反應。異常事件不斷發生，但很快就被遺忘了。有用鏈鋸砍傷多名婦女手腕的男子，還出現一個叫做平成血盟團的恐怖組織。新宿的歌舞伎町，俄羅斯與中國的黑道幫派一再發生衝突；歌頌死亡的同志詩人創作的少女小說成為暢銷書；為了製作原子彈而試圖在網路上購買鈽元素的男子遭到逮捕。感覺上日本彷彿快要噴出膿似的，可是電視上卻還是天天上演著天真的討論節目與綜藝節目。

國中生依然沒有回學校。據文部省公佈的資料，全國有四成國中正常上課，不過據部分日教組與家長所組成的「日本新教育研考會」調查，其實只剩下一成而已。據曾參與全共鬥的編輯部組長表示，東大安田講堂被佔領的時候也是這個樣子。反正一切總會恢復正常，大家都這麼指望著。當然，這種指望是毫無根據的。

關於國會傳喚證人一事，我和後藤簡直是一無所知。說是一無所知，也許應該說是不知道該以什麼方式進行調查才好。與後藤討論過要讓小砰赴國會演說之後，轉眼之間三個禮拜過去了。雖然我和後藤都被指派了其他採訪工作而沒有充裕的時間也是事實，但是事情並不只是這樣而已。因為傳喚證人或是邀請參考人的制度非常難以理解。去年，議院作證法再度獲得修正，並因為電視播映解禁而成為話題。之後，除了金融相關事件之外，並沒有任何傳喚證人或是邀請參考人的案例。

「總覺得曖昧不明。」

「好像是件摸不著邊際的事情。」

我和後藤每次碰面說的都是這些。

「憲法上有明文記載喔。第六十二條。兩議院因國政執行相關調查之際，均得提出傳喚證人以及記錄證詞之要求。用的是執行而非進行，有種古老的感覺。看來這個條文也已經相當古老了。即使讀過這條什麼議院作證法，還是不知道該怎麼做才能夠傳喚證人或是邀請參考人。」

後藤主要是查閱六法全書並以大宅文庫的檢索服務來調查，還前往八重洲的書籍中心與新宿的紀伊國屋等等大型書店尋找與國會傳喚證人、邀請參考人有關的書籍，可是一本也沒有找到。我呢，則是詢問過由美子的一位政治線記者朋友。關於傳喚證人或是邀請參考人，任何書籍上都找不到清楚的說明，熟悉該制度的人也少之又少。雖然我們還上國會圖書館找資料，卻連過去傳喚證人的相關紀錄都找不到。換句話說，傳喚證人的制度非常曖昧，一切都模模糊糊的，比方說未成年者是否能夠以證人或參考人的身分赴國會發表談話，不但任何資料都找不到，詢問過的對象也沒有任何人知道。

「戰後，於一九四七年，為檢舉藏匿物資案件而制定的議院作證法，當時，有種藉人民力量裁決為非作歹的議員的味道，好像還造成好幾個人自殺吧。」

那位記者一開始便這麼說。一個經常進出編輯部的政治線特約記者。透過總編輯介紹，我和他在赤坂一家飯店的咖啡廳碰面。那家飯店距離國會議事堂非常近，就在議員會館後面。過去曾因為是政治人物祕密聚會的場所而名噪一時。現在政治人物是否仍經常祕密聚會，我並不清楚。大廳裡還可看到不少外國人。偶爾會有黑頭車停靠在正門口，但因採光不良，整體呈現一種寒酸的氛圍。

「到目前為止，被國會傳喚的證人大約一千出頭，但其中有八成集中在昭和二十年代。關口先生覺得，這代表什麼意義呢？」

那位記者名叫中出，大概比我年長十歲左右。身材微胖，穿著不太合身的深藍色西裝，不停地抽菸。左手無名指上的戒指深深嵌入肉裡。

「自然是因為戰後的貪汙情況屢見不鮮吧？」

聽我這麼說，中村搖了搖頭，似乎表示這傢伙根本什麼都不知道。

「我認為是因為活力的能量。戰爭有如野火燎原，結束後什麼都不剩，唯有非得做些什麼事的熱情非常充沛，對吧。請問關口先生，印象最深刻的傳喚證人案件是哪一件？」

洛克希德事件，我回答。咖啡廳位於大廳最裡面，整體的裝潢與照明都給人昏暗的感覺。皮沙發有顯眼的傷痕，桌巾上可以看到汙垢，手繪的菜單也髒兮兮的。當天飄著冷冷的小雨，外頭一片灰濛濛的景色。外頭的景色和這間咖啡廳裡面都令我感到陰鬱。介紹中出給我認識的總編輯，對於要讓小砰在國會登場一事很感興趣。因為其中內幕可以作為獨家報導，雜誌會賣。只不過，在總編輯眼裡，我和後藤都是那種只會關心孩子們造反的軟弱分子。我會這麼想是有證據的。因為最後他面帶譏諷的微笑看著我，低聲說道：日本的未來就全靠孩子們囉。類似總編輯這樣的成年人，直到現在都還相信自己掌控著社會。我覺得中出也是同類的人。

「嗯。那件事好像大家都還有印象。不過，在洛克希德事件之後，被傳喚的證人不過幾十人而已，其中政治人物總計也不過十個人。若是問有什麼想說的，唉，都是些隨處可以聽到的事情，證人傳喚已經成了政治秀，成了政黨與派系所操控的道具了。還有，要傳喚證人，必須在各委員會一致通過才能夠進行，知道這件事嗎？」

我不知道。這件事根本沒有幾個人知道喔，中出得意地笑著說，然後擦擦額頭上的汗水。咖啡廳裡雖然開著暖氣，但是還不到讓人流汗的程度。熱嗎？我問道。為了採訪預算案，這兩天幾乎都沒睡覺，中出笑著說道。

「如果連續熬夜，不是會輕微發燒、全身發燙嗎？」

是喔，我含糊地回答。

「不過，所謂全會一致，這也只不過是慣例而已。」

「慣例？怎麼說呢？」

「就是這麼回事。我想，明確的法律條文哪兒也找不著。國會相關事務的規定，基本上都記載在國會法裡面。除此之外，關於傳喚證人的法條，有所謂的議院作證法。我依稀記得，傳喚證人的施行細則要看議院作證法，程序方面則屬於國會法的範圍。不過，關於傳喚證人必須相關委員會一致同意這一點，應該是哪裡都沒有記載。這長時間累積下來的東西，除此之外還有所謂政治上的慣例，簡直是多如牛毛啊。或許你會感到意外，在日本的法律之中，當然也包括憲法在內，並沒有為政黨這種東西安插位置。所以說，各政黨的國會對策委員長啦、自民黨的幹事長啦，在國會裡的法律地位可說是懸而未決，並不能算是正式的喔。不過，目前的地位幾乎已經可以算是正式的了。這也是慣例。傳喚證人這種做法源自英國，後來為了監督內閣施政，才引進作為國政調查權。事實上，這是一種幾乎等同於立法權的重要權限。國政調查權的重要手段之一，就是傳喚證人。證人若是沒有正當理由而拒絕出面，或是作偽證的話，都會遭到國會提出告訴。偽證罪，可處三個月以上，十年以下的有期徒刑。憲法中雖然為兩議院設定了國政調查權，但事實上就如剛才提過的，我想您已經知道了，都是委託給常任委員會或是特別調查委員會來執行。」

我想您已經知道了，雖然中出如此客氣地為我考慮，但是我根本就不曉得有這麼回事。這種事情到底該去什麼地方調查呢？有憲法，有法律、制度、條例和規則，此外還有慣例。這些就好像網子似的罩著我們。有些地方的網眼非常大，有些地方的網眼則非常密，但基本上來說都距離我們很遙遠，也幾乎沒有什麼關係，因此並不會特別注意。

「我聽說關口先生想讓國中生們去國會露臉，不知道這是國中生他們提出來的，還是？」

聽到國中生一詞的時候，我感覺到自己的心跳加快了。我們大人正為目前不景氣與混亂而焦頭爛額的時候，你卻站在撒賴不去上學的孩子那邊，這是什麼意思？中出的言下之意似乎如此。和後藤不同，我直到現在都還不敢確定。聽到小砰與中村君他們的說法時雖然覺得新鮮而且驚訝，但是在總編輯的冷笑為代表的周遭現實環境中，那種感覺卻並沒有持續很久。有兩種想法一直在我心裡交戰，一是認為唯有他們才能夠做出改變，另一方面則又覺得怎麼可以期待那些國中生。

「那些國中生並沒有非常積極地想要去國會發表演說。該怎麼說呢，是我這方面的期望。希望能夠讓更多人聽到他們的心聲。」

中村君和小砰他們還是會用電子郵件和我聯絡，可是他們好像非常忙碌。電子信上面也經常只報告一些事項而已，非常簡潔。最近中村君才剛寄來一封電子郵件，表示第一號的職業訓練設施可能會在明年就開幕。說是參加了競標，目標是一棟閒置的商務旅館，位於川崎與橫濱交界。據說生麥通信的橫濱、東京、大阪以及神戶等團體中，都出現了負責研究金融商品的國中生。除了網際網路之外，ASUNARO也開始跨足地面波市場，日本的國中生所拍攝的新聞影帶，已經被CNN、BBC以及亞洲各國的電視台採用了。中村君在電子郵件裡面並沒有提到過小砰赴國會演說的事情。因為他們還有無數其他應該去做的事情。

「原來是這麼回事。並不是出自他們的期望喔。好吧，雖然證人這條路現實上是走不通，但若是想走邀請參考人這條路的話，可能就得靠預算委員會了。」

中出向看起來病懨懨又愛理不理的女服務生點了第二杯冰紅茶。

「之所以會想到預算委員會，是因為這幾年來，執政黨與在野黨的對立模式也逐漸有了改變，應該沒什麼問題。感覺就像是被金融與經濟排擠似的，政治已經完全退出了舞台，事實上，執政黨與在野黨都逐漸消失了。如今，該如何讓自己存活下去，該如何讓自己的派系、自己的政黨壯大，已經成為政治人物最大的課題，所以什麼事都有可能。要和哪個政黨聯合都沒關係，要加入或是退出哪個政黨，也不是什麼大不了的事。日美協防指導方針，原本是劃出明確界線的大好機會，卻夾在美國與中國之間左右為難，所有的條文，最後都不是外交問題，而成了日語的問題。人才嚴重不足。官員也失去了自信。簡單說嘛，就是沒有人要當政治家。當然，時下的政治人物中還是有一些人才啦，不多就是了。比如說這幾年議員立法的數目就確實是增加了。不過，一旦失策，就會遭到媒體或是美國高分貝的批判，而做了好事卻根本不會受到稱讚。我認為，並不是人才從這個國家消失了。不僅政治如此，在任何領域都一樣，其實都需要一種人，那種忙於自己的事情，沒有意願也沒有空去管其他閒事的人。我認為政治是一種划不來的工作，和經濟是不一樣的。照理說這是個發不了財的工作，能獲得的只有名譽而已。覺得政治很蠢，自己絕對不會去碰的人，無疑才是正常的，該如何才能夠讓這種人成為政治家，或許正是我們國民應該好好思考的課題。也不知道為什麼，日本從古至今都有許多人希望從政。可是，諸如『因為我喜歡演講』這類的人是不行的。貧困的年代或許還沒話說，如今，這種傢伙多半靠不住。畢竟我們已經是個經濟成長的國家了，什麼為了天下國家這種說詞，豈不讓人一聽就覺得噁心嗎？這種人是沒用的。我是這麼認為的啦。如今，日本一點也不需要那種想要親自赴國會發表演說的人。」

我可以理解中出這些話的意思，同時也覺得，由於並非國中生自己希望能夠赴國會演說，似乎讓他有了好感。

「即使當事人未成年，也有可能以證人或是參考人的身分被傳喚到國會嗎？」

我試著將一直放在心底的問題提出來。

「這有前例喔。」

中出這麼說。

「在這個國家，前例比什麼都重要，於是我就先去拜託前例調查課幫忙。昭和二十年代末，當時，在日本與韓國之間有一條李Line，李承晚線。有一艘搭載著高中生的漁船因為越界而遭扣押。我記得是水產學校的學生。被韓國短暫留置之後，那些學生被遣送回日本，並且被外交事務委員會傳喚為參考人。」

李承晚線、扣押、留置、水產學校，盡是些在記憶彼方的字眼。

「雖與目前國中生的狀況大不相同，卻也讓人很感興趣。」

中出將遭到扣押留置的學生的故事說給我聽。水產學校的學生們遇韓國巡邏艇開砲射擊並且被步槍抵著而遭到逮捕。先被留置在水上警察署，接著關進監獄，而後又轉送收容所，食物是粗麥與清湯，偶爾分配到的蔬菜也盡是如同枯葉的玩意兒。水上警察房舍的房間大約只有四坪，卻監禁了二十多個人。收容所的建築物是沒有天花板也沒有隔間的組合屋，在零下十度的嚴寒中裹著兩條全是虱子的毛毯睡覺。這樣的故事。

「還有其他前例喔。」

中出這麼說。

「還有過小學生被國會傳喚為參考人的案子。」

「小學生嗎？」

「是的。是小學生。就在戰後不久。」

讀過那份傳喚小學生的會議紀錄之後不禁有種奇妙的感覺，中出說。

「是個十二歲的女孩兒。在九州，靠下田工作養活三個妹妹和一個弟弟。因為父親戰死，祖父母和母親也都在戰後不久就過世了，她是靠自己一個人的力量喔。畢竟是孤兒嘛。於是她靠著半甲的田地，獨力養活四名年幼的弟妹。」

「那個女孩兒，是因為什麼事被國會傳喚的呢？」

「為了接受表揚。當時，眾議院有個特別委員會，會挑選在學術文化以及新技術的研發上竭心盡力的人才予以表揚，作為重建日本的楷模。有這麼一個制度。」
「可是，大戰結束後，像那樣自食其力養活弟妹的孤兒不是非常多嗎？」
「應該很多。」
「如果一一表揚的話，可能會沒完沒了吧。」
「因為那個女孩兒比較特別。」
「特別？」
「怎麼說呢，聽說是個天才。在種植玉米、大豆和稻米方面，只要技術人員教導種植方法，她就能夠完全掌握住訣竅，再經過自己的方式改良，收穫量遠遠超過一般成年人。在國會傳喚她之前，就已經接受過縣長和盟軍最高司令部的民事部司令表揚了。因此，國會才傳喚她，以國家名義予以表揚。由於是當事人，必須回答各種問題，可是她卻非常沉默寡言。是，只這麼回答而已。父親戰死，祖父母和母親也都過世的時候有什麼感覺呢？畢竟還是有議員會問這種蠢問題嘛，這種時候她都是沉默以對。讓人感覺非常伶俐。所以說，妳就是自己一個人下田是吧？這個問題，她又只回答：是的。沉默，或是：是的，只有這兩種回應方式。」
說著這些時，中出一直盯著我看，臉上的表情似乎在問我有什麼感想。我考慮是否要把小砰以及中村君他們的事情告訴他。「總之，」我說道：
「總之，那個女孩兒純粹只是為了生存而發揮了天才般的才華，對吧？」

「沒錯。怎麼會莫名其妙受到表揚，有這種感覺。事實上，田裡的工作一日也不能停，為什麼村長卻宣稱非得去國會不行呢？」

中出已經抽了十幾根七星。一會兒之後他才說道，自己也有個上國中的女兒。在呼應集體棄學不去學校之後，開始去埼玉當地的自由學苑上課。由於朋友去了另外一家住校的自由學苑，最近也開始嚷著自己要離家。

「老實說，在見面之前，我對關口先生並沒有好感。」

中出邊嚼著冰紅茶杯子裡剩下的冰塊邊這麼說。

「聽野口兄說話的語氣，怎麼說，有種只對獨家有興趣的感覺。」

野口是總編輯的名字。

「有個傢伙抓著那些國中生當作新聞來源，一直在嚷著國會什麼的，能不能幫我去會會他？是這麼跟我說的。野口兄曾經多次介紹案子給我，實在是無可奈何啊。我是抱著這種心情來跟你見面的。」

「有這麼回事喔。」

「關口先生，和那些國中生，是以什麼樣的方式接觸的呢？」

中出這麼問。承蒙您提供寶貴的資訊，但是我不方便透露，不好意思，我說。

「是生麥通信帶頭的那些人嗎？」

「嗯，是的。」

「關口先生，他們，嗯，該怎麼說才好呢，你相信他們嗎？」

不知道，我說。

「雖然我自己還搞不太清楚，可是，應該說不上相信吧。因為無從掌握。」

「他們究竟會是造成日本毀滅的人物，抑或是救世主呢？」

「我不知道。或許兩方面都不是吧。不過，其中有些非常優秀的孩子。並不是說在撰寫電腦程式這些事情方面很優秀，這該怎麼形容才好呢？嗯，可以說，和剛才中出兄提到的那個，昭和二十年代的女孩兒有些共同之處吧。」

「是指為了生存而發揮自己的才華嗎？」

「正是。一副淡然處之的模樣。」

中出想要再點一根七星，這才發現菸盒空了。他從口袋裡掏出一包新的菸，撕開包裝，立刻又抽出一根叼在嘴裡。接著，把空盒放在兩手之間壓了好幾次。中出低頭皺著眉，不住捏著七星菸盒，直到空盒成了一根扭曲的短棒。然後喝了口玻璃杯裡冰塊融成的水，望向飄著雨的窗外。在隔壁棟黑色大樓的襯托之下，可以看見如銀針般的細雨。

「我還聽朋友說過這麼一個故事。」

中出將視線從窗外移到菸灰缸上。

「我那朋友也有個上國中的女兒，聽說以前父女倆還經常一起去溜冰。朋友住在長野，女兒小的時候也跟著他學溜冰。是競速滑冰，不是花式的。他的女兒上了國中之後，就開始討厭接在父親之後去洗澡。朋友原本還一笑置之，認為是小女孩長大了。但是後來卻變本加厲，連和父親待在同一間房裡都覺得討厭。父親一回到家，女兒就躲到自己的房間去。如果女兒要外出而父親在客廳的時候，就會用行動電話通知，要父親離開客廳。」

「這就算不能說是極端，多少也不太正常。」

「有一天，下班回家的時候，正巧在車站前面的路上遇見女兒，因為明顯看得出女兒裝作不認識，於是他也沒有打招呼，裝作陌生人從旁邊走過。對於這對父女，關口先生有什麼看法？」

雖然我懷疑那是中出自己的故事，但是這種事情當然不能問。不曉得中出為什麼要跟我說這件事情。不清楚，因為我自己沒有小孩，我用這種方式回應。

「因為我自己也有女兒，自然能夠了解。到了念國中的年紀，女兒會怎麼看父親呢？就會開始嫌父親骯髒，或是有類似的想法喔。」

「伊底帕斯情結嗎？」

「沒錯。依照佛洛伊德的說法就是這種感覺。所以，只要和父親處在一起就會覺得討厭，變得不想交談，或是對話變少之類的。如果這種程度，我都可以理解。可是，完全不交談，在路上遇到也裝作是陌生人，甚至不願意呼吸同一間屋子裡的空氣，很顯然就是不正常了。關口先生覺得呢？」

「我認為是不正常。」

「話又說回來，到哪裡為止屬於佛洛伊德的正常範圍，從哪裡開始又算是不正常呢？」

不知道，我回答。關口先生還真的是什麼事都不知道呢，中出笑著說。這還是頭一次見到中出笑。

「雖然我剛才說過，原本誤以為關口先生一定很惹人厭，不過，並不是認為你像野口先生那樣，在某種層面上只將國中生視為獵物。我覺得，就某種意義來說，像野口先生那樣的人才是正常的。我所無法忍受的，是那種假裝自己了解國中生的傢伙。剛才提過，我的女兒去上自由學苑了。雖然女兒的那所自由學苑並沒有這種情形，但是，有很多地方卻揮舞著大旗，宣稱他們那裡才是真正在辦教育。國中生會不去上學也是想當然耳的事情。目前的教育制度傷害了所有的學生。有些人說什麼應該更尊重學生的自主性，我最討厭這種人了。孩子之所以是孩子，正是因為欠缺了自主性。在經濟上無法獨立的人，怎麼可能擁有自主性呢？說起來，所有的學校都會傷害孩子。只要社會不健全，就不可能會有健全的學校吧。我這並不是在非難棄學或是自由學苑，希望你不要有所誤解。認為既有的教育體系完全無用，能夠讓孩子們自己選擇課程的自由學苑才是真正的教育，諸如此類的想法把問題看得太簡單了。我原本自以為是地認為，關口先生和那些傢伙是同類。」

「可是，我可是什麼都不知道啊。」

「你覺得真的有人知道嗎？」

「這個嘛，可能有吧。」

「難道，我們這個世代，是首先注意到『我不知道』這種事情的日本人嗎？剛才提到的那個農耕天才少女受邀到國會的例子，之所以令人覺得滑稽，是因為發問的委員誤以為自己了解那名少女。對發問的委員而言，那是個少女扶養年幼弟妹，為了重建日本盡心盡力的故事。但是事實上，少女只有求生存的意識而已。還有，我那朋友的父女關係，總而言之我也是搞不清楚。沒有人搞得清楚，搞不清楚也是正常的。剛才聽關口先生說，不清楚那些造反的國中生的事情。怎麼可能會清楚嘛。不只是國中生，其他人的事也搞不清楚。當然，有時甚至連自己的事都搞不清楚，也搞不清楚未來。和大戰剛結束的時候不同，我們終於察覺，自己並不清楚這些事情。正因為如此，才會越來越需要知識、假設以及驗證。這就是進步，我想。」

離開的時候，中出在紙上留了一個官員的聯絡方法給我。一位文部省社會教育課的課長，名叫山方。請與他聯絡一下，中出說道。

「山方先生也考慮讓國中生上國會去。」

山方這號人物，是文部省一個相當有名的年輕官員。我和後藤都聽過這個名字。有名是有名，但是並非參加政論節目、在教育相關雜誌上發表文章或是出書的緣故。山方是因為買春醜聞而出名的。繼大藏省官員與大銀行財務主管的脫衣涮涮鍋事件之後，因為涉嫌在東京下町的旅館買春而遭到舉發。是一件牽扯到外資系金融機構的事件。享受非常高級的美食，並且從外面叫女子過來「接待」。那家旅館的招牌特色，就是每間房裡都有全檜木的浴池。那浴池裡加了奧地利製的香精與岩鹽浴精，應召女郎會為客人清洗身體，這種服務在外資系金融業界非常受歡迎。為了不讓消息外洩，顧客與應召女郎都經過嚴格篩選，但是三年前發生媒體對外資系金融機構的大攻擊之際，這件事就被隸屬某出版社的週刊雜誌公開了。

經營那家色情旅館的是一名華裔的美國婦人。由於相準了外資系金融機構在日本的好景，她收購了一家破產的老字號旅館，專做富豪級幹部，以及因為採用能力給薪而年收入輕鬆上億的出色營業員、經紀人等顧客，著實撈了一票。山方就是和外資債券經紀人朋友進出那家旅館的時候被盯上的。

山方經過這個事件之後的下落，媒體並不知情，包括我在內。告訴我山方的事情的，是由美子。

做我們這一行的，聖誕節就不必想了。週刊的新年合併號校對完的時候正好是聖誕夜，運氣不好的話，就只能看著別人熱鬧自己熬夜了。

聖誕節過了之後眼看就快過年了，二十七號，我和由美子一起吃飯。由美子選了一家位於赤坂的高雅和食屋，她採訪外籍人士的時候經常約在那裡。一樓是櫃台座，二樓是隔成茶室模樣包廂，透過窗子可以看到葉子已落盡的白楊木行道樹。我看著窗外的景致和內部的裝潢好一會兒，心裡想：外國人會喜歡這種調調嗎？

我們差不多每個月會一同外出用餐一次。有時去吃義大利菜，或是風味餐、涮涮鍋，還有天麩羅。外出用餐這件事，並不是我倆經過討論之後決定的。是不知不覺間自然形成的慣例。到了明年，我就和由美子同居滿五年了。回想起來，我倆這半年來都沒有做愛。我們在靠近世田谷與川崎市交界處租了一間3LDK的老公寓，兩個人的書房與寢室是分開的。一來由美子需要一間自己的書房寫稿，再者是因為我回家的時間非常不規律。

至少我這一方是從不曾思考過同居的必然性。並不是說一起生活就會感覺非常充實。我們經過朋友介紹認識，即使黏在一起也不會覺得厭倦，於是彼此才開始考慮同居。若是兩個人一起住的話，可以享有比獨自一人更寬敞而便利的居住空間，這也是個很大的優點。雖然如此，我們都不喜歡互相束縛，而相處也不會感覺不愉快，所以就先在一起了，我想是這麼回事。不過，若是分手的話，自己一個人一定會感到很寂寞吧，這我倆應該都心理有數。不願意分手，今後都要在一起，我倆都已經過了時常互相如此保證的年紀，也不是這種個性，才會想要藉著每個月騰出一次聚餐的時間來確認彼此的想法。

「如果下雪的話就更美了。」

老闆娘送前菜來的時候這麼說。我喝啤酒，由美子喝冷酒。第一道送上來的不叫前菜，正式的名稱是向付，由美子告訴我。因為她和外國人會餐經常聽到才記了下來。向付的內容是海膽醬拌白肉魚。外國人真的會喜歡懷石料理嗎？我問道。海膽醬拌白肉魚的味道清淡，還不至於說是難吃，但是我認為也並不是多麼美味。

「似乎非常受歡迎喔。」

由美子穿著嗶嘰色的毛衣配黑色天鵝絨長褲，領口繫著名牌圍巾。

「再怎麼出色的法國菜，都不如懷石那麼洗鍊。而且菜色的變化非常豐富，不論哪個國家的餐都沒有這麼多道菜的吧。長期在日本工作的外國人似乎都很清楚這一點。」

到目前為止，外資系金融機構已經多次遭到日本媒體攻擊了。只不過，他們到底從事的是什麼樣的工作，媒體卻沒有具體的報導。他們相準的目標事業是收購不良債權，由美子說道。

「雖然經常可以聽到有人說要讓不良債權流通，但是對日本的金融機構而言，事情可沒有那麼簡單。還有小口化以及證券化也是，到頭來還是得想辦法籌措資金，這個時候，銀行的評等就成了一大問題，不是嗎？」

將不良債權證券化一事在兩、三年前就已成為話題，但是我到現在都還搞不清楚。

「若以駐外銀行獨自進行為例，簡單來說，主要是在海外開設所謂的特定目的公司，發行零息的歐洲日圓債券（Euro-Yen Bond），或是支付利息也行，藉此募集資金，然後用以投資房地產公司或是建築業者，建築業者再將這筆資金拿去金錢信託。債務人則將所質押的不動產交由信託的受託人，也就是信託銀行，任憑他們出售，然後將所得款項作為償還銀行貸款之用，大致就是這麼回事，聽得懂嗎？」

很遺憾，我完全搞不懂，我說。第二道菜送來了。白味噌的湯裡放了芋泥團以及撕碎的款冬花莖。味道很奇特。當然這並沒難吃到難以下嚥的地步，好像也不會越吃就越覺得無論如何都不想繼續吃。

「重點就在於，若是資產負債表上留著莫名其妙的放款可就麻煩了，而且，由於質押的不動產與債權一直沉睡不動，市面上流動的金錢就永遠不會增加，這些都是問題。簡單說只要進行收購就好了，可是，那些不動產若是維持質押融資時的價格，根本就沒有人會買，再說也需要資金才能夠進行收購，可是，如果從自己內部來籌措又會使得資本適足率益發下滑，因此才要成立ＳＰＣ，也就是所謂的特殊目的公司，由那裡來調度資金。」

由美子說著，一副你一定聽不懂吧的表情。我是完全聽不懂，甚至連哪個部分不懂都搞不清楚，但沒辦法，還是邊聽邊點頭。這時送來了用清湯烹調的煮物，湯裡放了蝦肉丸和切絲的煎蛋皮，味道淡得不禁令人覺得是不是湯本身或是蝦肉丸都根本沒有味道。簡直就像是適合長期住院病患所吃的食物嘛，我心想。好像不太合你的胃口喔，由美子說。沒那回事啦，我回答，可是心裡卻懷疑這種食物吃了怎麼會有活力。

「味道好像淡了一點。」

聽我這麼說，由美子笑了。

「或許，這和大口吃烤牛肉、大口喝啤酒，正好是對立的兩極吧。也不是大家一起邊鬧邊吃的食物喔。懷石料理，一定是由非常憂鬱的人烹調出來的，我覺得。」

由美子邊吃著蝦肉丸子邊這麼說。憂鬱的人？我咀嚼著由美子的話。

「嗯。怎麼說呢……心裡有種失落感，明白自己永遠不會再有和大夥兒一同喧鬧的心情，那樣的人吧。雖說這家店並沒有使用那麼高級的食材與器皿，不過，我的採訪對象中有一位外資系投資銀行的ＣＥＯ，是個懷石料理迷喔。那個人每個星期都會去銀座或是京都的店吃一次。使用九谷燒、清水燒之類的國寶級器皿上菜，那種一個人的消費額一千美元的店。」

「還真凱啊。」

「聽說他的夫人在一年前去世了。之後，失落感一直無法消除，甚至到了食不下嚥的地步。聽他說，連用刀子切牛排的力氣都沒有了。我總覺得可以明白這種心情。」

這個時候，由美子是不是又憶起四年前墮胎的事了呢？我心想。失落感，由美子說。莫名有種懷念感覺的話語。那種感覺，就好像塞在衣櫥最裡面的紀念品突然出現在眼前似的。我從不曾體會過強烈的失落感。或許是相處的時間短暫，離婚的時候，也只是覺得麻煩而已，並沒有難以自處的那種強烈失落感。不過，聽到別人口中說出失落感這三個字的時候，不知為何，竟然會有種同理心。並不是具體地憶起什麼別離的情景，而是陷入了苦悶之中。

「那個人說，就好像獨自一個人，和最親密的人，兩個人一起享用最高級的懷石料理似的。最高級的懷石，能夠緩和失落感，他說。我雖然沒有吃過那種懷石並不清楚，但是似乎可以理解喔。失去無可取代、非常重要的人的時候，那種悲傷是別人無法填補的，必須要有某種美的事物，經過一段時間，才能夠逐漸填補起來。那個人曾經說過類似這種意思的話。」

「可是，法國菜或是中國菜不也都有非常出色的菜餚嗎？還是說，美的事物並不限於飲食，音樂或是繪畫也都可以嗎？」

「他還說過，懷石讓人感覺到被動。類似這種說法。」

「被動？」

「懷石料理的意義並不在於積極主動，而其他料理，光是吃一道菜就得花上相當多時間。即使是法國餐，主菜的部分也得花不少時間來吃吧。一直吃著同一種調味的食物，就算再怎麼美味，也會突然間想起什麼事情，他說。至於中國菜，器皿的變化不夠豐富。懷石則是食用一道道菜的時間都很短，就連上菜的順序都經過仔細考慮，光是盛裝著，看在眼裡就覺得非常洗鍊。而且懷石並沒有所謂的高潮，不論音樂或是繪畫，的確也都是在鑑賞美的事物，但畢竟會令人感覺疲倦，可是，懷石料理就絕對不會讓吃的人感到疲憊。他跟我說過類似這種意思的話。」

「妳說那個人是從事什麼工作的？」

「投資銀行的CEO。是個美國人。」

我不知道CEO這個英文縮寫表示什麼意思。心裡直猶豫要不要開口問。若是坦率地開口詢問這到底是什麼意思，我覺得很可能會被當成笨蛋吧。這個縮寫經常可以在經濟方面的雜誌上面看到，但是我一直是似懂非懂。不知道CEO一詞聽在美國人耳裡具有什麼樣的意義喔，我問道。不用功的週刊記者就是會在不知不覺間變得這麼會打迷糊仗。

「是啊。和日本人聽到社長一詞時的感覺的確是不一樣的。chief executive officer，可是，不論chief這個單字，還是說executive和officer，日語中都沒有可以確實對應的辭彙，比較不容易了解，總之，聽起來的感覺和經營不一樣，對吧？畢竟對方是為了股東權益，以提高資本的獲利率為優先考量，至於社長嘛，感覺上應該要算是全公司地位最高的人吧。」

「這樣的人，具體來說，到底在日本做些什麼事情呢？不是也有人說，美國正企圖把日本人的儲蓄偷走嗎？」

燒物是鰆魚。鰆魚裝在有手繪竹葉圖案的深盤裡，上面抹著散發出芝麻香味的醬料。把這送進嘴裡之後，我彷彿多少能夠體會那位ＣＥＯ所說的話了。口感滑順，調味也很柔和，完全感覺不到食物與自己之間存在著對立的關係。似乎能夠讓人安心而且被動。

「說起來，在考量經濟情勢的時候，若是以美國或是日本，以國家為個體來考慮事情的話，可以說明顯是錯誤的。雖說在經濟外交上挫敗的這一面確實存在，但是另一種想法是，將日本人所擁有的資產交由美國公司去運用，讓人家替我們增值。若是美國的金融機構確實能夠賺錢的話，豈不是我們全體國民的福祉嗎？今後若是貧富的差距越來越大，但只要整體的景氣好，底層的人還會保持沉默不發怨言，但是景氣一變壞的話可就慘啦。好吧，再回到剛才的話題，那個人所屬的投資銀行在日本有各式各樣的業務，但最主要的工作應該還是收購日本的不良債權吧。」

所謂不良債權，不就是借出去的錢有無法回收之虞，或是根本就已經收不回來的債權嗎？為什麼還會有人想要買那種東西呢？

「目前他們所要蒐購的是，債務人無法支付利息，所質押的不動產將遭拍賣的貸款債權。」

拍賣一詞讓我想到了小砰他們。小砰與中村君他們正打算購買遭到拍賣的商務旅館。

「所謂債權，基本上來說就是財產。若是像俄羅斯那種拒絕履行的情況就比較複雜，但基本上來說，只要持有的話，總有一天會增值的吧。記得在九〇年代末期，駐外銀行將幾乎日本所有的銀行一起合組金融計畫融資予歐洲隧道公司的債權逐漸脫手，因為這是無法立即獲益的債權，加上原本資本適足率就不高，根本就沒有餘力繼續持有。但即使想要出售，沒有折扣的話根本就賣不掉。駐外銀行逐漸脫手，連最後仍留在手上的東京三菱，終於也以大約對折的價格出售了。這是個非常著名的事件。外資系強就強在他們的評等高，可以以低成本發行融資性商業本票募集資金，用以購買打折的駐外銀行不良債權，從中賺取差額。簡單說來就是這麼回事。」

就算是這樣，既然可以用便宜的價格來購買不良債權的擔保不動產，為什麼要讓給外資系，由日本的金融機構來收購不就好了嗎？

「日本的金融機構根本就不可能購買呀，因為資金根本就卡死了。即使想要出售自己手上的不動產擔保品，都必須先對債務人提出控告，獲得強制執行處分才行，必須耗費相當可觀的成本，對吧。不良債權基本上可以分為沒有擔保品的信用貸款以及抵押貸款兩種。無擔保品信用貸款的呆帳，外資系目前並沒有出手。外資系那些投入不良債權市場的人，現在大家都習慣稱他們為風險承擔人或是債權管理回收人，他們可是整批在買的喲。說到有名的概括承受，那些因為無力支付利息而遭到拍賣，有擔保不動產的不良債權，大概都是以數百億單位的價格成交的喔。總之那些傢伙就是有錢嘛，而且有Know-How。美國的不動產信託市場已經出動了大約二十兆日圓的規模，那些傢伙不論在資金或經驗值方面，都不可能會辦不到吧。」

這種情況與八〇年代日本的立場正好相反不是嗎？

「八〇年代的日本，可是用高於行情的價格去購買美國的不動產的喔。而且純粹是貸款去購買的，到頭來這些債務卻勒住了自己的脖子，不是嗎？外資系的那些傢伙，可是用十分之一的價格進行收購的喔。而且手上還握有非常充分的資訊。人家可是聘請了最優秀的律師，對於日本那些非常棘手的抵押權與最高限額抵押權問題，比任何人都要有把握，而且，對於那些未遭聲請拍賣者，連看都不看一眼，因此想靠抵押權分一杯羹的黑道分子也無可奈何。這樣的市場據估計大概有十兆日圓之譜，如今，除了金融機構之外，連建設公司、房地產公司、百貨店等等的不良債權也將釋出，這個市場還會繼續擴大喔。」

又上了一道菜，容器是紅、銀雙色格子圖案裝飾的漆器。依照懷石料理的順序，這道應該稱為預鉢。預鉢裡盛著雞肉以及用腐皮捲起來的山芹菜。這和我經常吃的烤雞肉串不同，那雞肉非常嫩，當然也是沒有什麼味道，沒有嚼勁。唯一能感覺到的，只有雞肉、豆腐皮和山芹菜在舌頭上不同的觸感而已。

這樣下去，日本的土地與建築物不是都被美國搜刮走了嗎？我問道。我不是說過，這不是以國家來論輸贏的嗎，由美子說著搖搖頭。

「一來並不是外資系要將日本買走，再說也不是美國，而是歐美的公司。」

歐・美・的・公・司，由美子一個字一個字分開來說。為什麼經濟與金融的實際狀況變得這麼難以理解呢？由美子剛才所說的事情，我聽得懂的大概連一半都不到。甚至到底是哪一點的什麼地方聽不懂都搞不清楚。

資金與知識決定一切，由美子說。檢討稅制以及其他相關法令，累積Know-How，擁有充裕的資金，然後再設法讓那些錢在市面上滾，這就是一切了。外資系會以各種方式去運用所取得的不動產。可能單純只是握在手上等待增值，也可以將重新翻修或新建的店鋪、辦公大樓出租賺取房租，也可以將之化整為零證券化，然後再出售。據說也會開放給一般投資大眾投標。

這麼說來，小砰他們到底打算用什麼方式去取得商務旅館呢？

「那些國中生已經弄到資金啦？」

是啊，我回答。然後稍微提了一下小砰他們的事業。一談到ASUNARO，由美子表示，他們大概有智囊團，總有一天會打算上櫃吧。

「若是上櫃的話，可以賺一大票吧？」

「雖然目前已經退燒了，但是幾百億也不稀奇。而且，上櫃發行的規定就快要跟美國一致了。」

「我一直有個疑問，國中生可以經商嗎？」

「商法上並沒有什麼特別的規定啊。因為就法律來說，無法想像的事情是沒有相關規定的。記得商法應該是明治三十年代制定的，根本就沒有辦法想像國中生會做生意嘛。不過，勞動基準法倒是有關於勞工的規定。未滿十五歲的兒童，是不能聘用為勞工的，諸如此類的。但是話又說回來，在農業相關產業，即使未滿十二歲應該也沒有什麼關係嘛。再說，戲劇或是電影中的兒童角色也可以有十二歲以下的童星。」

「話雖如此，這是為了避免那些不肖業者利用兒童從事重勞動工作才會這麼規定的吧。為了保護孩子，不至於像在中東地區那樣，如同奴隸般編織地毯，所以才會制定這樣的法律吧。」

「那當然囉。」

「可是那些小傢伙可不會任人使喚的喔。如果有智囊團的話，還能夠差遣大人呢。」

一道稱為強肴的料理來了。烏賊和著烏魚子，上面撒滿了像針一樣細的生薑絲。令人覺得確實是沒有對立也沒有高潮。不論舌頭、牙齒、喉嚨或是五臟六腑都不會對料理產生反彈。沒有明顯的酸甜苦辣。不會過剩也沒有闕如，只感覺到均一而纖細的時間流過而已。

由於年關將近，最後一道是造型象徵著明年干支的午，加了銀杏的飯。新漬的泡菜是聖護院蘿蔔與野澤菜。飯碗小得可以整個握在手掌裡，我可以了解，在懷石料理中，吃的時候根本不須抵抗。完全不需要與食物格鬥。既不必撕咬，也不必費力咀嚼。吃著這種料理，和室包廂這種封閉空間本身就會產生出一種類似親和力的氣氛。

據由美子表示，山方在進入文部省之前曾在德國留學五年。據說，德國自從統一那陣子開始，就開始進行許多與教育和聘雇相關的研究。山方留學時撰寫的論文題目是《先進國家的社會教育與就業可能性》。日本之前曾經實施過的社會教育，可以青年課程班與農民大學作為代表，為青少年、婦女提供教養、體育以及休閒娛樂之類的課程。換句話說，主要的目的在於為無法享有教育機會的人提供學習場所，讓他們也能享受學習的喜悅。在高失業率的情況一直持續的德國，以往的社會教育概念也不斷在改變，例如，對於失業人口的再教育與再訓練就已成為課題。山方進入文部省之後，組織了一個集產官學各界成員的研究會——社會教育研究會。雖然其間他被捲入了醜聞，但是文部省並沒有把他開除。在經濟大停滯的景況下，隨著失業率超過了百分之七，就業問題的重要性日益增加，山方的研究成果與內外的人脈也更形寶貴。醜聞發生之後，文部省以進修的名義將山方再度派遣到德國去。回國之後，山方升為課長，成為就業／失業對策委員會，這個產官學聯合諮詢機構的委員。聽說年紀才四十出頭。

「這傢伙到底有多了不起啊？」

我問道。

「所以人家才會當上文部省的課長啊。連賣春旅館的醜聞也沒有把他整倒，工作上很有一套不是嘛。不過呢，由於那些握有既得利益的政客和官僚仍然硬朗佔著位子，這個國家也沒辦法出頭不是？年輕的優秀官員要不是三兩下就被排擠掉，要不就是在險惡的環境中努力掙扎才不致被幹掉，可是他卻一點也沒有受到排擠，只不過，應該還是很辛苦吧。」

之所以會問山方到底有多了不起，是因為我覺得將來或許會需要他。雖然我之前也曾採訪過好幾名官員，但是卻無從掌握這種人的實體。見到威風的通產省官員，只覺得應該非常偉大吧，但其實根本就沒有什麼了不起的。也有相反的例子。直到現在人們都還認為，一旦政權易手，官員們的勢力版圖也會改變。然而，其中依然會有那種雖然經常遭到點名有失勢之虞，但實際卻是步步高升的人。

至少山方比我有力吧。為了讓小砰獲邀成為參考人這件事得以實現，必須仰仗山方的協助才行。我雖然能夠與小砰和中村君他們取得聯繫，但是能做到的也僅止於此。小砰並不是全國性的領袖人物。國中生們並沒有接受由上而下的指揮模式。他們分成各式各樣具自主性的組織，只是藉網際網路逐漸結合在一起而已。其他地區應該還有許多各式各樣的國中生組織，山方或許已經與其中之一接觸過了。心裡想著這些事情，我突然發覺自己似乎在嫉妒山方。難道是因為對於小砰與中村君他們，自己沒有辦法像山方那樣發揮影響力嗎？雖然這種形容有些奇怪，但是一想到小砰和中村君他們會被山方搶走，我就深深陷入自我嫌惡之中。

見我突然沉默下來，由美子便問怎麼了。我一時間猶豫著該不該說，終於還是老老實實說出了自己的嫉妒與自我嫌惡。這種情緒反應每個人都會有的，別放在心上，由美子說。庇護某個個人或是團體，抑或反過來受到庇護，並逐漸建構出信賴關係，這原本就是種奢求，由美子邊吃著最後送來的水果邊這麼說。金融與經濟的最終目標就是產生利益，而美國人相信，這些利益會產生理想的庇護。美國這個移民國家總是有種寂寞的感覺。不論過去或是現在，他們的理想都是幸福的家庭與人際關係。但是在日本，即使那只不過是幻想，幸福的家庭與人際關係卻是自古就存在的。日本人從不曾整個民族遭到流放，也不曾遭受其他國家的蹂躪。只要能夠隸屬於某個維持優質的集團，幸福的家庭與人際關係都是順理成章的事情。這個集團的素質與價值觀，從家庭到國家基本上都是一樣的，因此每個人都能夠享有受到別人庇護或是庇護別人的感覺。若是引進美國式的競爭社會，共同體的無條件庇護或許就不復存在了。隨著現代化這個普遍性的誘因逐漸消失，日本人也該放棄庇護與被庇護這種關係了。由於這是出自經濟的要求，換句話說就是不可逆的歷史，是現實，所以不論我們如何感嘆都沒有辦法回到過去。雖然說，失去庇護這個大前提，每個人將以個體的方式生活，這個概念，日本人目前還沒有辦法理解，但是共同體與個人之間的關係已經逐漸在改變了。我覺得，想為別人做些什麼，想要成為能夠為別人做些什麼的人物，這種想法會變得多麼普遍，將是日本人今後必須有所體認的切身問題吧。在競爭的社會中，嫉妒與自我嫌惡都是人類很自然的情緒反應。由美子對我說的話大致就是這些意思。我打算去會會山方。

二〇〇二年來臨了。年底到新年假期之間的十天裡，由美子去了台灣，說是去採訪台灣的創業家。聽說台灣在一九九七年的亞洲金融風暴中幾乎沒有受到影響，這我原來並不知道。雖然她曾把原因仔細解釋給我聽，但幾乎都忘光了。只依稀記得，似乎是因為蔣介石讓超級技術官僚主導經濟政策的緣故。全世界有百分之三十的筆記型電腦是台灣製造的，好像還有半數的電腦鍵盤、顯示器、掃描器、主機板也都產自那裡。

我哪兒都沒去，時間就在讀讀書、喝喝酒、看看電視中度過。

元旦那天後藤來訪。

「有女人香的屋子真好啊。」

後藤是第一次來我的住處。後藤帶來了智利產葡萄酒。我們倆從傍晚就開始喝起酒來。家裡沒準備年菜，於是我們到附近的便利商店買了些下酒菜湊數。諸如乳酪和義式臘腸之類的。我問後藤在祕魯是怎麼過新年的。祕魯人並沒有什麼特別的行事，但日裔移民會煮年糕什錦湯，他約略這麼回答。家裡除了便利商店買來的年糕之外，沒有任何過年的裝飾。想來去年也沒準備年菜。由美子有個朋友是箱根強羅出租別墅的會員，所以她們便去了那裡過年。前年則是到新潟滑雪，還有一年去了沖繩。

「可能也是因為沒辦理結婚登記的緣故，總是不覺得非得兩人一起過年。」

雖然我的老家就在群馬的館林，但已經有四年沒回去了，後藤說道。

「並不是因為和家人處得不好喔。我也經常和爸媽見面，但因為老爸是長子，很多親戚會來聚在我家，嚇死人啦。像是過年或中元的時候，大家就好像蝗蟲似的群集而來，搞到我都不知道該怎麼辦才好。再加上我家是位居市中心的老房子，附近鄰居幾乎都是老人家。因為出外謀生之後又返鄉工作的年輕人大都住在郊外嘛。市內的老街真像個鬼城，只看得到老人家到處晃來晃去的，怪可怕的哩。」

聊著聊著就談到不知道中村君他們是否會回家過年。應該不會回去吧，我說。

「畢竟他們都是成績十分優異的私立學校學生。那些學生大多是離開父母在外租屋的。應該原本就不認為家是非回去不可的地方吧。」

還是少年的小砰與中村君他們並沒有被通緝。但基於會對社會造成重大影響的理由，說不定一回家就遭到逮捕。但是仔細想想，由於不必回家，他們才能夠創造出全國性的網絡與商機。不必去上課、不必準備升學考試，又沒有家庭的束縛，他們的大把時間可以全部投注在自己想做的事情上。

據後藤表示，小砰將生麥通信的首頁劃分為許多等級。有些網頁只有國中生才能登入，其中又有些僅限擁有特別密碼的人才能進入，除此之外，還製作了一些讓家長或一般成年人也能夠瀏覽的網頁。

「他們最近搞了一個很酷的網頁，關口兄知道嗎？」

後藤說著，便以我的筆記型電腦上網，打開生麥通信裡一個叫做UBASUTE的專欄給我看。由札幌的生麥通信所提供的網頁，非國中生人士也可以瀏覽。

「高齡化社會與低生育率，是現代的兩大問題。純粹只是人口少的話還無所謂。低生育率，只有在總人口沒有多大變化，但是勞動力卻減少的時候，才會成為問題。說得明白點，對日本這個國家而言，老人難道不過只是累贅嗎？老人就是喜歡倚老賣老，而且幾乎都不事生產。由於有免費醫療這種好事，有非常多老人就因此而天天上醫院，把醫院當成了沙龍。看護老人是件非常辛苦的工作。因為祖母一直臥床，所以我知道。母親曾經表示，由於長期照顧祖母，自己的人生都白白浪費了。因此我在此提議，可以成立一個現代的『棄姥山』。昔日的棄姥山是以棄之不顧的方式讓老人死亡，但這麼做等於是謀殺，只要單純加以隔離即可。規劃一個老人專屬的城鎮，除了部分有用的老人之外，其餘全都得去住那裡的安置機構。這安置機構將建在山中，老人們必須徒步前往，只有能夠抵達者才有資格住下來。在途中不支倒地的人，就可以不必再起來了。安置機構會安排他們上課及受訓，唯有技術或知識有進步的人才能夠下山重返社會。單純只是活得久的人，已經沒有用處了。我們將這個計畫命名為UBASUTE（註：姥捨的日語發音）。老人們將接受測驗，沒有知識涵養或技能訓練的人，即使再富有，都得去住山上的安置機構。財產充公，用以清理被他們汙染得亂七八糟的環境，使之恢復原貌。為什麼我們非得拚命去清理被老人們汙染的大自然不可呢？測驗中還要加考作文，題目是〈我的一生〉。誰的文章無法感動我們，誰就得進山上的安置機構。大部分的老人，既不工作又不念書，容易生病，好擺架子又愛說教；喜歡演歌、盆景，或古裝連續劇這些個已經過時的、缺乏國際競爭力的、無法賺取外匯的、沒有活力的東西；不好的事情全都是別人的錯，嘴巴上整天唸著過去有多美好，不肯努力，看起來卻還是一點也不快樂。我們不願跟這種老人一起生活。要我們勞動來供養這些老人，門都沒有，難道大家不這麼認為嗎？就讓我們合力來打造現代的棄姥山吧。我們的組織已經開始研擬具體的計畫了。如有進展將隨時報告。請大家多多支持。」

這是開玩笑的吧？我問道，後藤卻笑著搖搖頭。

「不覺得滿有真實感的嗎？我倒覺得他們是認真的。而且又是在北海道。」

自從五年前北海道拓殖銀行倒閉以來，北海道便一直有如日本經濟的縮圖。而後在不知不覺間，媒體便把此種情況當成理所當然的事情而不聞不問了。北海道的失業率已經突破了百分之十，苫小牧東開發公社於二〇〇一年倒閉之後，過去規模將近全國平均值兩倍的國家補助公共事業也隨之驟減。政府對北海道的態度是見死不救。若是對國家的依賴態度不改，下場就得跟北海道一樣，這對其他地方政府而言也是一種警告。在失業率超過百分之十的地區，集體棄學的國中生之所以會有現代的棄姥山這種念頭，或許是一件很自然的事情。

NHK的新聞報導了外資系金融機構於新年假期照常上班的消息。他們依照自己國家的習慣，只休元旦一天，二號便開始營業。沒辦法嘛，接受採訪的日籍員工靦腆地笑著說。外資系可真辛苦啊，主播報導這則新聞時，臉上的表情似乎只是把這當成一個令人莞爾的話題。

在獨自過年的這段期間，不論是新聞事件本身或是報導方式，都令我越來越不耐煩。在首都圈的新聞裡，一定會出現各地的新年風光。師生在雪地裡摔角促進感情的小學；為了使地方更熱鬧而舉辦古早奏樂推銷員競技的靜岡町內會；傳統的烤年糕快吃比賽；為了祈求豐收，村民僅用稻草圍住腰間以半裸姿態在田埂間遊行的山梨縣村莊等等，看著這些介紹，我不禁懷疑這些事情是否真有報導的必要。這類的畫面根本就沒什麼人想看。除了讓大家了解這些可有可無的資訊之外，報導這類新聞只是為了確定一件事。雖然各地有各式各樣的活動、習俗或是祭典，顯示這個國家充滿了多樣性，但我們終究還是一體的，其中有這樣的訊息，可以讓觀眾放心。

「有沒有好好吃飯呀？」

由美子每兩天就會從台灣打通電話回來給我。昨天的飯因為水加得不夠而煮得太硬，因此今天三餐都做了炒飯來吃，早上加了蔬菜，中午放的是火腿，晚餐則是蝦仁炒飯。聊過我這些個可有可無的話題之後，「聽說投機客已經盯上了日圓。」由美子說道。

「日經上面沒有日圓炒作的報導嗎？」

除了朝日、讀賣與日本經濟新聞之外，由美子會買來看的報紙還包括日經金融新聞、日經產業新聞，以及日本證券新聞，而我只是偶爾看看日本經濟新聞，至於金融新聞、產業新聞與證券新聞則內容太過專業，看不懂。依照由美子的吩咐，我將四號所有的報紙都瀏覽了一遍，並沒有看到投機客準備攻擊日圓的報導。

在台灣聽到什麼了嗎？我問道。我在台灣採訪了一個有力的前技術官僚，由美子壓低聲音說道。

「他已經快八十歲了，曾經是台灣頗具代表性的超級技術官僚。東亞的一籃子貨幣中，日圓遲早會遭到國際資金的攻擊吧，他是這麼說的。」

兌美元價位曾經一時下挫到一比一七〇的日圓，自從去年夏季開始逐漸微幅回升，到了年底已經爬升到一比一五〇了。隨著以民主黨為中心的在野黨聯盟掌握了政權，台灣與香港開始對日圓經濟圈表示興趣，這個構想也逐漸顯得比較具體了。日美兩國的決策者已有共識，一再宣稱，若是日圓持續走軟，將使得東南亞的景氣復甦更為緩慢。美國與ＩＭＦ也開始對亞洲貨幣基金表示理解，從九七年的亞洲金融風暴起呈現萎縮的官方開發補助、直接投資以及技術轉移，也開始慢慢擴大，東京市場的法規更是大幅鬆綁，再加上大家對日韓共同舉辦世界盃足球賽經濟效益的期待，日圓經濟圈的構想再度浮上檯面，日圓在亞洲各國的一籃子貨幣中所佔有的比率也開始大幅增加。

「那個人說，這是陷阱喲。」

什麼陷阱？

「美元和歐元是不可能崩盤的。會有大幅變動的只有日圓，所以會成為被攻擊的目標。這純粹是他個人的意見。」

聽來像是猶太陰謀論似的。

「不是這樣的。」

哎呀，開開玩笑罷了。

「他已經是個老人，當然也已經退休了，但是他的說法很簡單喲。與亞洲貨幣籃子連通的日圓價位太高了。在嘗了緊盯美元聯繫匯率（dollar peg）的苦頭之後，鉅額的貸款在多國之間的貨幣籃子中變形，但由於簽約時的匯率並沒有改變，因此日本必須設法防止日圓下跌。雖然日本認為美國將會出面保護，但藉由國際流動資金獲利的總是美國的銀行，美國決策者第一個會保護的絕對是華爾街的利益。不自然的匯率永遠是投機客攻擊的目標。一旦受到攻擊，日圓便會暴跌。這麼一套劇本，你覺得如何？」

問我這種問題，我哪知道啊。

「聽來很有可能會發生吧？」

之後由美子又談了一下台灣式腳底按摩有多舒服，以及台灣對中國本土的投資如何熱等話題，最後說會帶些好吃的豬肉乾回來，便掛上了電話。

由美子說的事情簡直就像是間諜小說情節似的，我心想。已退休的台灣老技術官僚、亞洲貨幣籃子、投機客的攻擊，這些一定都是現實吧。但我卻感覺不到一絲真實感。或許這些都有可能發生吧，但反正是以後的事，而且和自己也沒有關係，最後我這麼認為。我只能夠這麼去想而已。部分原因在於由美子的電話是從台灣打來的國際電話。從台灣來的消息，沒有辦法當成自己的問題來思考。在遙遠異國發生的事，怎麼也無法與自己生理上的疼痛或飢餓聯想在一起。

相形之下，過年期間電視上那些可有可無的畫面還比較真實。雪地裡的師生摔角比賽、靜岡町內會舉辦的古早奏樂推銷員競技大賽、嘴裡塞滿了年糕的人們，以及僅用稻草圍住腰間以半裸姿態在田埂間遊行祈求豐收的活動等等，雖然會讓我邊看邊抱怨太蠢了，卻能當成明確的事實妥善燒錄在大腦的硬碟裡。我能夠清清楚楚地想像這些事情。可是，聽到台灣的前技術官僚預測投機客將會攻擊日圓這等事情，我卻無法做出具有真實感的想像。這種情形就像是高級的法國菜很難讓我有飽足感，但是吃炸蝦飯或蕎麥麵的話就可以真實感覺到胃袋的每個角落都被填滿的飽足。

二〇〇二年一月四日的朝日新聞頭版上刊載的是：自去年持續至今的克羅埃西亞與南斯拉夫的內戰、預定由三月開始實施的現金賠付，以及今年六月日韓聯合舉辦的世界盃足球賽參賽國的介紹。報導中提到克羅埃西亞主要是接受德國的援助，南斯拉夫的背後則是俄羅斯在撐腰，突顯出歐洲統一的困難性，還附有傷兵和難民的照片。南斯拉夫的傷兵手臂纏著繃帶，一臉痛苦的表情。難民們則在雪地裡的營帳中以毛毯裹身。南斯拉夫傷兵看來很痛，難民們看來很冷，但我無法想像這種痛苦與嚴寒的程度。

我覺得自己失去了現實感。而這樣的我，卻在製作理應呈現日本現實的週刊雜誌。事情是什麼時候開始變成這樣的呢？只不過是去了台灣，卻覺得由美子與我相距遙遠。

年假一結束，我就打電話到文部省教育課。山方很快就接起電話，這令我有點措手不及。因為我想像的是必須打好幾通電話，透過某人的介紹、在文件上留下資料之後，好不容易才能夠取得聯繫，這種公家機關的對應方式。山方知道我這個人。因為看過去年我和後藤所寫的，關於小砰的報導。我們約好在下星期碰面。地點是西新宿某大飯店裡的酒吧。

我發了一封電子郵件通知中村君，說明將與計畫邀請國中生參考人的文部省官員碰面。中村君很快就回了信。

「小砰認為在國會發表演講是無妨，但可能會遭到逮捕，因此大家正在討論是否應該以網路現場連線的方式進行。至於網路現場連線的籌備與必要的器材，我們日後再行通知。網路現場連線將由ASUNARO負責。」

我比約定時間早十五分鐘抵達山方所指定的西新宿摩天大飯店的酒吧。

「那是家很受歡迎的酒吧，平常總是人多擁擠，所以我先訂了位子。只要告訴服務生與山方有約就可以了。」

山方在電話中這麼說。才傍晚六點多，酒吧裡真的就已經十分擁擠了。一說和文部省的山方先生有約，身穿黑色燕尾服的服務生便表示了解，引領我到樓層一隅的清靜桌邊。原來山方是這家酒吧的常客。店裡有橡木製的結實吧台，真皮沙發與大理石餐桌排放得相當寬鬆，還播著巴洛克音樂。顧客裡沒有年輕人。幾乎所有的客人都穿西裝打領帶。雖然也有幾對看似公司上司和年輕女性部屬的情侶，但出乎意料地並沒有裝高尚的感覺。真是個不錯的酒吧，我心想。

外國客人頗引人矚目。他們清一色都喝著啤酒。據說在為外國人準備的東京導覽中寫著，最好別喝啤酒以外的酒類。服務生送來了山方的存酒。分別是十七年的單品麥芽威士忌與Grand Champagne的干邑白蘭地。兩者都還剩大半瓶，但我客氣地回絕了，點了啤酒。

「我和別人約了等會一起吃晚飯，沒辦法留下來。要不要吃點什麼？我作東。」

山方穿著灰色西裝單獨現身了。

「這家店或許有點裝模作樣或是故作高雅的感覺，但下酒菜可是格外好吃唷，例如海鮮沙拉或炸魷魚什麼的。也可以從樓下的壽司店叫生魚片上來。」

不必麻煩，今天很晚才吃午飯，我回絕了。山方一在我對面坐下，便表示只有一個小時的時間，還是盡快進入正題。

「事實上，我等一下就是要和民主黨為主的幾個年輕國會議員碰面。那些傢伙想靠這件事搶功，該怎麼說呢，就是想讓國中生們回到校園。關口先生以為呢？他們已經快半年沒上學了，不知道關口先生對此的看法如何。您現在和小砰的組織應該還有接觸對吧？這回的集體棄學事件，您也認為不太正常吧？」

山方話說得很快。由於他同時問了好幾個問題，令我不知該如何回答才好。集體棄學的情況都已經持續了半年，如今卻被當作理所當然的事情，這反倒比較不正常，我如此回應，隨後又補充，我們媒體當然也得負很大的責任。

「我也有同感。」

山方喝著加了冰塊的白蘭地，邊抽菸邊這麼說。這瓶干邑的牌子我沒看過，而且也好久沒見過有人在飯前喝這種烈酒了。記得他的年紀應該是四十出頭，但看起來比較年輕。這並非長相的緣故，我覺得是因為他的氣質、態度與說話方式。還不住地抽著菸。雖然這也給人不穩重、毛躁的印象，但並不會讓人感到不自然，反而覺得他充滿活力。個子比我略矮些，但體格結實。或許有做什麼運動吧。

「會不會是這樣呢，我覺得，最主要的原因在於閉塞化，不知道關口先生有什麼看法？」

原因在於閉塞化？我不明白您的意思。

「我的意思是，一個同質性非常高的社會若是價值觀長期缺少變化的話，就會發生閉塞化的現象。於是就會產生這個社會將會永遠維持下去的安逸錯覺。變化這種事基本上來說是個麻煩，還是錯以為不可能發生變化比較輕鬆。這種社會發展到了極致之後，不論發生任何事情都不會感到訝異。不，應該說即使發生了驚人的事件，避震機制也會告訴大家反正沒什麼變化，因此不管任何事都能馬上忘記，社會乍看之下也依然安定。每個先進國家都曾經歷過這種閉塞化的危機。德國也不例外。當時有人發表了諸如《一無是處的德國》之類令人難忘的論文。但隨著冷戰結束以及東西德統一，德國轉眼間就有了改變。其中最具體的大變化應該要算催生了統一貨幣歐元。該說是睡醒了吧。對於日本國中生造反一事，我的歐洲朋友們都感到十分震驚，但是令他們感到震驚的是日本的政府、媒體以及日本國民的反應。竟然會放任不管。就連總理大臣向學生們發表談話也完全不予理會，總之，看起來就好像沒有採取任何措施似的。奇怪的是，看看目前政府、媒體以及國民對於近百萬國中生棄學的反應，彷彿這件事早就在預料之中，或是說事先就已規定好似的。脫離學校的國中生，已經搞出了各式各樣的把戲。自從開始集體棄學之後，他們犯下的案子已經超過了一萬件。平均每天會犯下大約一百宗罪案。即使在文教委員的準備會裡報告這個情況，大家也只會表示『是嗎』『真的啊』『那真是太糟糕了』，然後就不了了之。難以置信吧？大家都放棄思考了。在遭受重大打擊的狀態下，個人與社會都會變成這樣，而目前的狀況差不多就是如此。」

山方抽著七星牌香菸，匆匆熄掉一根後隨即又點一根，不斷啜著白蘭地，一口氣說了這麼多。需要再斟一杯嗎？其間服務生問道，但他卻充耳不聞繼續說著。你啊，難道不知道客人在說話的時候是絕對不能夠插嘴的嗎？談話告一段落之後，他才告誡服務生。

「這不叫服務，這叫做多管閒事。」

被山方一數落，那個服務生立刻惶恐地道歉。其他服務生也一起來到我們的桌邊鞠躬致歉。山方看在眼裡搖搖頭，一副拿他們沒辦法的模樣。沒有必要道歉啦，他相當大聲地說道。

「道歉是沒什麼意義的。重要的是以後別再犯了。日本人往往認為談話被打斷還能心平氣和接受服務會顯得自己比較親切，這實在太可笑了。我說啊，在日本的酒席上，小角色得為大家倒啤酒或日本酒對吧。在歐洲正好相反喔，是由作東那個最重要人物為大家斟葡萄酒或香檳的。為人斟酒要比讓別人替自己斟酒更享受喔。所以在歐洲是沒有男人會讓太太幫自己脫襪子的，因為那是很難為情的事。沒有這種常識而把生意搞砸的傢伙，公司裡頭多的是。客戶那邊的大人物正準備替大家斟葡萄酒時，剛赴任的小職員常會把酒瓶搶過去，直說這個讓我來，這個讓我來，嗯，請用。去那種場合試試看，保證丟足了臉，最後生意泡湯。」

山方說這些話的時候感覺比較平易近人，服務生們的表情也變得輕鬆些。

「所以說啦，雖然日本人的觀念是進行服務時即使打斷客人的談話也無妨，可是這是錯誤的。客人在談話的時候，服務生是絕對不能插嘴打斷的。唯有一種情況例外，就是有隻蠍子在客人的領口上爬的時候。這種時候就必須插嘴通知客人，先生，您的領子上有隻蠍子。」

山方又加上了這麼一段，逗得服務生們大笑，有人還說日本難得看到蠍子，如果是毛毛蟲也一樣吧？是啊，如果有毛毛蟲也該告訴客人，山方溫和地笑著說，服務生們這才鞠躬致意退下。山方的談話技巧令我佩服。在指責無禮之後，又以幽默緩和了現場的緊張氣氛。相信那些服務生對山方也是心服口服吧。我把這個感想跟山方說了。談話技巧真是高明啊。這不是談話技巧，他一臉嚴肅地回答。

「不過是有許多像抽屜的東西，裡面準備了許多小抄，如此而已。所謂談話技巧，應該有臨機應變的意思吧。要不然，就是能吸引別人的說話方式，我覺得那沒什麼意義。我是第一次和關口先生碰面。所以，關口先生是怎麼樣的一個人，有什麼樣的價值觀，有哪些經歷，這些我都不清楚。理所當然的，這種時候就必須謹慎一點，傳達訊息的方式也會比較普通。這種溝通方式會讓人誤以為是虛偽，因而留下不好的印象，但這在全世界都通用。在日本，所謂的真心話或虛偽其實是一樣的東西。不同之處只在於是隱藏自己的利益呢，或者是直截了當說出來，所以不論真心話或是虛偽，兩者一樣醜陋。」

說完這番話後，山方喝乾了杯裡殘餘的白蘭地，突然露出了哀傷的表情。我自認至少發現了山方的兩個特性：一是多話，二是孤獨。

「從過去到現在，我已經接觸過好幾個棄學兒團體了。嗯，這些事還請別傳出去。一來，由於國會議員的子女中棄學兒的人數多得超乎想像，是由我來進行輔導；另一個原因則是對社會教育的看法，已經逐漸變得與過去不同了。拿議員子女來說就有這種例子，直到念幼稚園都待在地方上的老家，由於爸爸當選而隨著轉來都內的私立小學就讀，結果因為講方言而受同學欺負，就跟爸爸說不想去上學了。也不知道為什麼，我在文部省裡頭被認為對棄學兒最有辦法，便私底下替那些國會議員子女進行輔導。也就是說呢，在種種情況下，從幾年前開始，不論就文部省或是部分政治家來說，對於棄學兒已經逐漸有了認識，不再只是特殊案例了。相信您也知道，社會教育課這個部門，是為了青少年勞工或農村婦孺的娛樂與修養而設置的。講明白點，就是要慰勞那些每天渾身油汙辛苦工作，在底層支撐高度經濟成長的青少年。讓他們可以上公民館跳跳土風舞調劑身心。讓背著孩子種稻收割的操勞農家婦女，利用農閒期嘗試作作俳句怎麼樣？去圖書館讀讀托爾斯泰，或是欣賞教育電影。做的是這一類的事情。但是這十年來，情況已經有了轉變。教育全部仰賴學校，這種想法是否有所欠缺呢？是否能夠進行層面更廣的社會教育呢？有這樣的想法。這個時候，還是必須先以生涯教育局充當窗口，所以才會由社會教育課負責。至於我自己，因為很久以前就有這樣的想法，並不會覺得排斥。」

講到這裡，山方瞥了一眼手錶，似乎在思考在剩下的時間該以什麼樣的順序談些什麼。灰色西裝的料子似乎是羊毛，看來十分合身，很可能是訂做的吧。

目前，文部省對於集體棄學事件，基本上有什麼看法？我問道。

「就制度上來說，棄學問題並不屬於文部省管轄。當然這只是制度上的劃分，省內已有多人提出討論，包括我在內。在制度上，此事屬於各縣教育長以及各校校長的管轄。可是呢，那些傢伙根本不會據實以報。昨天我們就收到了中國、四國地區的公立中學出席率報告書，廣島縣竟然有百分之七十五。也不知道這個數字是怎麼來的。甚至有些學校的報告還是全班到齊。要我們逐一去查證是不可能的。感覺上就和處理霸凌問題的模式一樣，校長對外，也就是對媒體或教育委員會，都宣稱自己的學校沒有霸凌問題。校長這種人，大都不願意負責任，所以才會說這種話吧。但霸凌問題其實是存在的。這種事孩子們全都知道，因此會把否認霸凌問題存在的校長當騙子。事實上他們就是騙子。這種情形日積月累，最後到了忍無可忍的地步，終於在去年爆發了。目前仍然到校上課的國中生，據我估計，應該只佔全部的四成吧。雖然這數字十分嚇人，但文部省也無計可施，因為輔導那些蹺課跑去鬧區閒晃的學生，是各校生活指導組的職責，要是發生犯罪就成了警察的職責。這已經是七年前的事了，一家自由學苑的學童自己發行了迷你漫畫雜誌，曾申請赴文部省採訪，也不知道為什麼，初等中等教育局長竟然找上了我，於是就和他們見了面。當時，棄學兒或自由學苑可還是被冷眼看待的喲。由於不知道該如何與媒體打交道，大臣官房的總務、廣報，或是其他局處首長每次都是你推我躲。這些個官僚，就是對這種沒有前例的案子束手無策。為了避免出錯，他們第一個想到的就是推給別的局處，若是覺得多少可以讓自己加點分的話，才會留下來自己處理，真可說是麻煩到了極點。

「由於我認為沒有必要在意媒體，便在接受生涯教育局長委託的翌日，邀請這些學生到我們單位的會議室來。這種情況，應該要營造出大臣或事務次官與學生相談甚歡的場面，然後再把媒體找來。因為要大家看看文部省正在仔細聆聽棄學兒意見的樣子嘛。由於我當時完全沒理會這種程序單獨和他們會面，事後就出了問題。雖說出了問題，但我只當那是個屁。要是問到底該怎麼辦才好，反正那些上層的傢伙既不想承擔風險，也沒有任何想法或是決斷力，局長也什麼話都講不出來。

「與那些自由學苑的學生見面時，有件事令我大為訝異。他們的字彙，或是措辭，非常豐富，而且說話的時後還會謹慎地選擇措辭用語。我被派往埼玉的教育委員會時，曾經與國中生和高中生面對面談過好一些時間，那些傢伙只會說『遜斃了』『煩死了』，或者『醬子嗎』之類的口頭禪。姑且不評論年輕族群流行語的好壞，但他們就是缺乏表達能力。字彙極度貧乏。仔細想想，這也是理所當然的嘛。到學校上課是件輕鬆的事，又不必努力求生。只要把媒體或是電視上的青少年流行語掛在嘴邊，至少就不會有認同危機。很簡單就能夠確認出自己屬於哪個族群。媒體之所以對高中女生或青少年流行語感興趣，就是因為我們整個社會正是一個會以如此簡易的方式確定認同感的社會。

「看看那些聚集在居酒屋裡的上班族吧。他們以只用自己才聽得懂的貧乏語彙，在群體中嘻笑，在群體中叫嚷。單獨與人見面的時候就什麼話都講不出來。既不知道該說什麼，也不知道話該怎麼說，還以為溝通是不需要努力就可以辦到的。自由學苑的孩子們有個特質：孤獨。在拒絕上學這個痛苦的情況下，必須先肯定自己才行，因此辭彙自然而然就會增加。他們經常讀書，會思考自己今後該如何活下去才好，也會仔細聆聽別人談話，並且拚命想辦法去了解。如何向他人解釋自己的人生觀以及弄清楚別人的意見，對他們來說是攸關生死的問題。在我接受採訪的幾天之後，他們就將整理好的內容傳真過來了。也許對媒體界的關口先生這麼說很失禮，可是他們整理出來的訪談內容，要比我所看過的任何大報社記者都要正確得多，把我想說的話編輯得非常好。他們很清楚溝通不是理所當然的事情，彼此無法理解的時候要比能夠相互理解的時候多得多了。不但對言辭齟齬一事非常敏感，也有一種危機意識，生怕自己弄錯了別人話中的含義。至於媒體工作者，卻只會在自己理解的資訊範圍內整理訪談內容。這麼一來，印成鉛字之後原意往往已經扭曲了。但是自由學苑的學生完全沒有這種情形。對我來說這既新鮮又驚喜。於是，當時我就曾經想過，這些學生是否會改變日本的未來。關口先生，也許這麼說有點幼稚，但強者，也就是在生態系中享有既得利益的物種，是會停止在那裡不再進化的。

「但很可惜的，這幾年來自由學苑和棄學兒在素質上已經產生了一些變化。一旦棄學兒被歸類成一種類型，他們就有了歸處，因此從幾年前開始拒絕上學的學童人數就直線上升。當然並非全部如此，可是自由學苑也喪失了昔日的危機意識。說個不好笑的笑話，兩、三年前曾有一則新聞，連自由學苑的棄學兒也在急遽增加。接著，關口先生，就在我對自由學苑死心的時候，生麥出現了。」

山方又喝起白蘭地，然後毫不掩飾地再次看錶。時間只剩五分鐘了。我幾乎什麼話都還沒說。看來他並不是來聽我說話的。忽然間，我很想問問山方在打什麼主意。想知道這傢伙想利用拒絕上學的學生來達成什麼目的。

「受到生麥啟發而離開學校的學生們，大聲說了no。也就是說，他們已經宣佈，不願意再聽成年人的話了。他們希望能以自己的語彙，在國家權力的最高機構，也就是負責立法的國會，向全國宣佈這個論點的正當性。在這一點上，我覺得關口先生也有同樣的看法，不是嗎？」

好像是吧，我曖昧地表示同意。山方所說的絕對不能算錯。可是，總覺得哪裡不對勁。至於哪裡有問題，我一時也說不上來。

「我已經和幾個團體接觸過了，可是並沒有與小砰的組織取得聯繫。據我所知，小砰不單純只是明和第一的學生，事實上，他已經擁有全國性的強大影響力了。而且，他似乎並沒有明白表現出自己是領導人。」

嗯，我點點頭。

「我希望能邀請小砰以參考人的身分出席三月的預算委員會，可以麻煩關口先生幫忙打聲招呼嗎？」

我原本打算，若是他提出引見小砰的要求就加以拒絕。雖然一時找不到拒絕的理由，但就是本能地這麼想。或許純粹只是因為我討厭喋喋不休的人吧。

「事實上，我等一下去和民主黨為主的年輕國會議員碰面，為的就是這件事。很抱歉，跟您有約卻沒有足夠的時間。我先告辭了。」

說著，山方便準備起身。

若是能以網路現場連線的模式邀請他們擔任參考人的話，應該會答應，我說。

「網路？」

山方原本露出了驚訝的表情，然後一副若有所思的模樣。網路啊，這倒是個好主意，說著對我笑了笑。

「說得簡單點，投資人會在不正常的低價時買進股票，投機客則是以不自然的高價賣出貨幣，但由於政府不斷說謊，財政與實體經濟的狀況到底惡化到什麼程度，有時就會變得誰也無法預測了。」

由美子帶回來的豬肉乾甜中帶辣，很適合用來下啤酒或威士忌。不知道為什麼，每個人從國外回來時都是充滿活力。由美子在台灣停留了十天，但可不是去度假。雖然由美子直呼採訪很累人，但看來卻是精神飽滿。

聽由美子說，台灣經常處於緊張的狀態。不僅要處理和中國的關係，也非常擔心最後會被美國遺棄。這種狀況，是從被解放軍趕出本土的蔣介石在建國時，檢討在中國慘敗的原因時就開始了。這是個伴隨著痛苦的反省，但是他們也發現了幾個重要的原因。惡性通貨膨脹、官僚腐敗、貧富差距、落伍的農業，以及忽略了科學技術與資訊。為了救亡圖存，蔣介石與國民黨確立了台灣的政治經濟體系。雖然他們對本省人的暴行也是不爭的事實，但的確也在遭解放軍攻擊這個現實的危機中存活下來，之後也經常必須思考如何在以美國為首的國際社會的排斥中求生存。

危機感正是思考的原動力，那位年老的超級技術官僚這麼告訴由美子。必須痛定思痛，然後進行實際有效的分析。日本自然無法做到這一點。國際流動資金與投機客總是不斷搜尋下一個獵物。畢竟沒有大型獵物的話，他們也無法生存。最肥美的獵物就是各國的中央銀行，因為他們有能力發行鈔票，金庫不可能是空的。

「去年，布魯克林研究所的經濟部門不是把日本產業的國際經濟競爭力指數提高了一級（notch）嗎？他告訴我，那也是投機客劇本中的一環，並且預言，接下來穆迪投資服務公司將會把公債的評等拉回到Double A噢。但這並不表示布魯克林研究所與穆迪氏直接參與了這個陰謀喲，過去在十九世紀時，因為殖民地的無知與無力，列強才得以自由運用他們的資源，對不對？同樣的，對既無知又無力但擁有缺乏憑依的資產的國家進行掠奪，是國際資本主義的鐵則。就好像水往低處流，雪山的雪在夏天必定會融化一樣自然。噢，雪山是台灣第二高的山，意思是積雪的山。」

這是沒辦法預防的吧？

「我也問了同樣的問題，他告訴我辦法只有一個。」

什麼辦法？

「就是日本出現一個擁有危機意識，能夠指引出新視野的大型集團，就好像被逐出中國的國民黨一樣。這麼一來，投機客就會擔心日圓隨時都有可能升值，不敢輕易賣空了。」

這是不可能的啦，沒有這種政黨嘛。

「對啊，我也說這是不可能的。可是，這位和藹的老人聽了，卻笑了出來。」

在我們邊吃豬肉乾邊談論這個話題的一週之後，穆迪氏宣佈將日本的長期公債評等調高一級，恢復到Double A。正如那位年老的超級技術官僚所言。從那天起，日圓就開始詭異地升值了。

二〇〇一年三月，在現金賠付宣佈延期解禁之後，全日本便產生了一種奇妙的放心感。到頭來什麼也沒有改變，好像已經放棄了似的放心感。日圓確實已經貶值下滑，股價在兩萬點與一萬五千點之間震盪，失業率也超過了百分之七，但是老百姓的實際感受卻變成認為情況幾乎沒有任何改變。

長期利率在二〇〇〇年下半年度急速上升。根據由美子的說法，這是由於大藏省判斷前年度景氣復甦政策的追加部分等因素使得赤字公債的發行額度達到上限，所以宣佈將減少國債債贖回所引發的效應。據說類似的狀況在前一年也曾發生過。長期利率的上升導致日圓升值。兌美元匯率衝破了一一〇日圓，朝一〇〇日圓逼近，美國照例出面干預。基於種種理由，美國並不希望日圓升值。最大的理由就是擔心影響本國的股價。若是日本長期利率也帶動美國利率上升的話，遠超過一萬美元的股價便可能有暴跌的危險。

大藏省與日銀隨後又做出更正，宣佈將依往常慣例繼續贖回公債，長期利率再度調降，這下又使得日圓兌美元暴跌至一三〇。日圓匯率被形容為暴風雨中的小船。日本的長期利率之後又發生了多次大起大落，每次都確實使得日圓下挫。一旦日圓走軟，出口相關企業為主的各股股價便自然上漲。

但在匯率到達一六〇日圓時，對亞洲各產業出口國家的嚴重影響又遭到了批評，於是日本便發表了準備已久的日圓圈構想以對應這種非難。設立以日本為中心的亞洲貨幣基金，並進一步推動亞洲各國的一籃子貨幣制度。出乎意料的，這個構想得到美國與ＩＭＦ的支持，在亞洲貨幣基金的籌備委員會在香港設立總部之後，日圓匯率一時又回復到一四〇的價位了。亞洲貨幣基金將在二〇〇二年正式開始運作，也就是今年，時間是六月。

中村君突然打電話來，說他正在我的公司附近，希望能見個面。與山方見面之後已經過了一個月。

《Media Weekly》編輯部所在的大樓位於西神田的十字路口，中村君與ARAI君就在路邊，一看到我便輕輕揮揮右手，彷彿是零食廣告中出現的那種爽朗而自然的招呼方式。中村君身穿奶油色厚毛外套，ARAI君則做灰色西裝外加大衣的打扮。我原本打算請他們到我常去的咖啡廳坐坐，但中村君卻指了指十字路口對面的漢堡店。原來KONDOU君在那裡等著。

「小砰在國會發表演說的事有可能成真嗎？」

中村君問道。還不清楚，不過應該可以實現吧，我回答。看到久違了的中村君，我莫名地激動起來。部分原因是他們的氣質也改變了。ARAI君與KONDOU君穿起西裝已經很稱頭了，中村君也和在飛曼谷的飛機上初次邂逅時判若兩人。可是具體上到底是哪裡有了改變，我也搞不清楚。既沒有染頭髮，也沒有戴耳環。以中村君來說，他並沒有如ARAI君和KONDOU君一樣改變打扮，可是卻給人截然不同的印象。

狹長的漢堡店裡並沒有飯桌，只有個U形的桌檯。我們走進店裡時，KONDOU君正在與兩名男子交談。兩人都穿著深藍色西裝，大衣搭在手腕上。依我看，年紀大概在二十五歲到三十歲出頭之間吧。關口先生來囉，中村君說，KONDOU君隨即對那兩人說：「那就這麼說定了。」並拍拍他們的肩膀。那就拜託了，兩人向KONDOU君與中村君他們輕輕點頭致意之後便離開了。見我望著那兩人的背影，

「他們是律師。」中村君說道。

「聽說在美國念過書，但是覺得現在的工作很無聊，表示想要加入我們。剛才是面試。

KONDOU，情況怎樣？」

中村君轉向KONDOU君問道。很不錯喔，KONDOU君回答，然後喝起剩下的奶香汽水。在漢堡店裡面試？我問道。因為他們目前工作的事務所離這裡很近，KONDOU君回答。我倒是想到，中村君他們並不需要辦公室，也與夜間的應酬無緣。ARAI君為我送上了用保麗龍杯盛裝的熱咖啡。漢堡店裡還有其他幾群客人，中村君他們一點也不起眼。原來那兩個人是律師啊，我心想。由於大霹靂政策的緣故，司法考試法與律師法的部分條文在去年夏天進行了修正，司法研究所與司法研究生制度也有了改變，據說未來十年內會有目前人數三倍的新律師誕生。但是由於日本經濟的復甦停滯，年輕律師反而有供過於求的現象，實在是一大諷刺。與外資企業合併後獲得新生的金融機構與企業大多聘請外籍律師，大批日本律師的飯碗被通曉日語的美國人或是華人律師搶走，在美國取得律師執照後返回日本卻面臨失業的年輕律師也為數不少。

聽說小砰與中村君他們已經在拍賣會中標到了位於川崎與橫濱交界處的一家商務旅館。雖然是值得紀念的名下第一號不動產，但中村君只是輕描淡寫地跟我提了這件事，彷彿沒什麼大不了似的。生麥通訊和ASUNARO與外資債權管理回收人聯手大舉收購不良債權的擔保不動產，這個謠言曾數度成為媒體的話題。但由於生麥通訊與ASUNARO根本未曾在媒體上亮相，不論全貌或是細節都包裹在謎團之中。但無論如何，他們在某種程度上還是需要借助大人的力量。例如購買不動產或成立公司時的代理人、稅務師、會計師，以及律師等。

「之所以會打電話，是因為有件急事想請教一下，在國會上的對話，確定電視會播出嗎？」

固定是由ＮＨＫ獨家轉播喔，我回答。果然是ＮＨＫ啊，ARAI君低聲說道。不知道他們如今是否繼續借用那間住商混合大樓的咖啡廳樓上的房間。憑電子郵件無法知道居所，電話號碼我也只知道手機的。沒有辦法想像中村君他們的所在地。

「還有那個什麼來著？也會對海外轉播嗎？」

中村君問道。應該不會有海外轉播才對，我回答。曉得了，謝謝您。語畢，中村君便在店裡以行動電話開始輸入電子郵件來。那麼，我就先告辭了，KONDOU君說完便離開了。我的咖啡似乎是ARAI君付的帳。原本我打算問他們是否還待在那棟田園都市線的住商混合大樓的三樓，但還是打消了念頭。除了ＮＨＫ的事以外，中村君似乎就沒什麼話跟我說了。我是第一次和中村君在這種地方見面。算來，自從在曼谷認識他至今也不過八個月的時間。我也知道這種年紀的孩子只要一陣子沒碰面就會覺得變了很多。然而中村君的變化並不屬於這種類型。

離開漢堡店的KONDOU君在西神田的街上走著。中村君則是彷彿KONDOU君從來沒來過似的，繼續發送電子郵件。ARAI君這下也掏出手機打起電話。他們十分忙碌。不好意思，很快就結束了，中村君剛才向我道過歉。雖然我並不是被冷落，卻還是感到和中村君之間有著距離。在曼谷的時候並沒有感覺到這種隔閡。

想到小砰和中村君他們的事情，有時會令我感到憂鬱。我出生在東京，在記憶中，小時候若是東西沒吃完就會被父母責罵浪費。雙親生長在戰亂的時代，曾經有過食物匱乏的經驗，因此不珍惜食物總會讓他們產生罪惡感，身為長子的我也不斷受到訓誡。但是這種想法卻隨著經濟成長逐漸式微。事實上，比我小八歲的么妹若是點心沒吃完也大多不會被罵，而妹妹的孩子們更是敢當著父母的面丟掉夾在漢堡裡的生菜。

沒必要努力維護的傳統注定要風化，缺乏實感的口號效果也注定薄弱。道德層面上的情況也一樣。即使擁有技術，我可能也不會印偽鈔吧。並不是因為我喜歡守法。不論某個傢伙有多麼討厭，我大概也不至於會窺探他的背包或偷拆他的信件。與其說是畏懼受罰，不如說是對這類行為感到厭惡。也不會認真考慮要把老人隔離。要積極從事惹人厭的事情，一般人都會產生抵抗。然而小砰與中村君他們可不一樣。為了刺激景氣並測試電子貨幣，今年三月將配發全國的老人每人三萬圓的ＩＣ卡，用以取代不受好評的地域振興券。小砰曾表示他們打算偽造ＩＣ卡。他們很可能會實行吧。偽卡一定會賣給伊朗人、哥倫比亞人、祕魯人或是中國人吧。這些外國人在祖國還有嗷嗷待哺的家人，小砰和中村君他們當然沒這個壓力。小砰也曾提到準備違法截取電子郵件等來蒐集勒索的材料。從ASUNARO監視那家婦產科的畫面看來，他們也很可能真的會截取電子郵件吧。畢竟這個時代裡有太多個人和組織願意購買曝光的祕密了。或許是因為虛擬犯罪的罪惡感比較少。這與實際印製偽鈔，撬開信箱偷拆信件不一樣。與受害者的物理接觸也少。但是本質並非如此，我心想。

眼前這些男孩感覺毫不拖泥帶水。他們既善於溝通，又頗具想像力，可是，難道他們對於自己的言行將會給對方造成影響沒有什麼感覺嗎？他們在大量的資訊中成長。資訊是單方面湧入的，接受者無法做出任何反應。即使這些資訊再無趣，也無法反應這些資訊有多無聊。唯一能做的只有關掉開關而已。沒有辦法對電視或遊樂器的螢幕做出回應。由於自己無法做出回應，他們也沒有接受對方回應的經驗。換句話說，他們並不期待來自他人或外界的反應。打從頭就認定他人是不會有反應的。他們在某種無力感的伴隨下長大，而且可能還對這種狀況毫無自覺吧。中村君應該並不知道我頗懷念曼谷的事情。若是我把這件事說出來，大概會被認為是個惹人厭的成年人吧。遭UBASUTE遺棄的老人會做出何種反應，相信他們是無法實際體會的。

「請讓我再確認一次，以網路進行現場連線真的沒問題嗎？」

發送完電子郵件後，中村君問道。我點點頭。

「能夠有一個小時嗎？小砰準備講這麼久。」

我想應該沒問題吧。

「警察應該會拚命追蹤我們的發信伺服器才對。最近不是才通過一個討厭的法律嗎？」

他指的是通信截聽法。能夠做到什麼樣的程度呢？我問道。能做到相當程度的，中村君回答，一臉覺得麻煩的模樣。

「雖然警察經常在追蹤ASUNARO的伺服器，但是到目前為止還無法識破我們的手法喔。不過，我認為他們是絕對會盡全力去追蹤這次的國會網路現場連線。」

這和電話的追蹤基本上是一樣的嗎？

「是一樣的。ASUNARO的伺服器遍佈全球，想要查到小砰的所在地，對警察而言是件非常棘手的工作，但若要進行網路現場連線，就得在國會設置螢幕才行。螢幕必須連接在ＰＣ上，以便將傳送過來的影像訊號解碼。因此，只要查出經過壓縮的影像訊號的來源，就可以追蹤到攝影的地點了。而小砰本人一定會在攝影現場。所以我們打算同時架設多部伺服器，以程式將信號在伺服器之間隨機轉換，但即使如此，相信警察還是會卯足全力進行追蹤，所以，我認為最多只能撐到一個小時吧。我們也考慮以衛星的轉頻器來收發訊號。不過，這又牽涉到轉頻器租用的問題，所以我們希望能在一個月之前敲定前往國會的日期。請問有沒有可能？」

這應該沒問題吧，我回答。

不過，什麼是轉頻器？

「轉頻器就是通訊衛星的轉播器。這個VLTAVA有，或許得向他們租一整個時段才行。不過VLTAVA以前都會便宜租給我們，這次應該也不成問題吧。對了，ASUNARO的成員一致決定，由ASUNARO，橫濱的小砰前往國會發表談話。」

我和中村君只在這家漢堡店待了十幾分鐘。那麼，我們就先告辭了，兩個前國中生說完便消失在午後神田的人群之中。中村君好像長高了些，但是久別重逢所感覺到的變化當然不在這件事上面，而是一種無所不能的氣質，與無法從事任何具體工作的孱弱感覺共存。四個月前我就這麼認為，這種感覺至今依然沒變，還是一樣令我無從掌握。回編輯部的路上，我才突然想到自己從沒有遇過這種人。因為從來不曾與這種對象打過交道，才會連對方有了改變都無法弄清處到底是哪裡不一樣了，我心想。

回到編輯部後，我又發了好一會兒呆。怎麼啦？身旁的後藤問道。剛才和中村君碰了面，我說。為什麼沒有找我一起去呢？後藤責怪道。

「正打算問問有關ASUNARO還有UBASUTE的事呢。」

ASUNARO的網絡不斷擴大，卻還沒有任何一家媒體能夠具體掌握他們的活動。每當小砰與中村君有事相詢的時候，我總是會聽聽他們有什麼話想說，但一直認為自己還是應該避免主動詢問比較好。並不是覺得不好意思，若是過於積極發問，說不定會觸及他們不想聽到的問題。或許南美的人習慣直來直往，所以後藤並不會顧慮到這一點。雖然心直口快的率直個性是他的優點，但後藤不斷以電子郵件向中村君他們發問，最後終於落得沒有回應的下場，也只有感嘆的份了。後藤並不是沒有對等看待這些國中生。後藤自以為與小砰和中村君他們之間已經建立起信賴感，因此是以對待朋友的方式與他們打交道。當然，不論我或是後藤，都不是中村君他們的朋友。

後藤問我到底和中村君談了些什麼。ASUNARO已經一致決定由小砰擔任國會網路現場連線的代表了，我回答。

和中村君碰面的次日，晚報上以毫不起眼的小版面刊載了一則新聞。國中生的新聞通訊社ASUNARO的千葉地區代表前往ＮＨＫ訪問的消息。報導中推測，或許ASUNARO準備與ＮＨＫ進行某種形式的合作，未來可能會簽訂購買新聞畫面的契約。怎麼看都應該是一則大新聞才對，但這不過是社會版上的一則小方塊，而且只出現在《每日新聞》上。雖然全日本都知道ASUNARO是棄學國中生的公司，但幾乎已經沒有媒體會大幅報導了。因為ASUNARO已經在不知不覺間變成了禁忌。

ASUNARO與老人或殘障人士的看護團體，愛滋病、白血病以及亞急性骨髓神經病變的志工團體，還有骨髓銀行、角膜銀行、安排器官移植的組織，交通意外遺孤中心，為自殺、偏差行為、兒童虐待、家庭暴力，以及為配偶性暴力、校園暴力、強暴案的女性受害者進行電話輔導的義工團體等等組織合作，開始建立起廣泛而緊密的網路，也為歸國子女設置了許多郵件群組，與環保組織合作的網路也在發展中。

這類組織或團體的活動都有個共通弱點，就是缺乏豐富的人才、資金以及後援，而ASUNARO就為他們提供這方面的協助。例如某小學有女學生受霸凌投訴「校園暴力110」，ASUNARO受理之後便派遣「採訪小組」前往，將朋友師長的證詞拍攝下來，製作成影像檔放上網路流傳。各義工團體的反應也會以影像的方式送上網路。ASUNARO設立了網路版的「救命110」，還成立了監控事業廢棄物處理機構的網絡。只要接獲通知，不論在任何地點，ASUNARO的採訪小組都會帶著數位相機趕赴現場，進行二十四小時的嚴密監視。若是遭到任何物理上的阻撓，稱為「任務小組」的國中生特勤部隊便會攜帶武器同行。ASUNARO除了在網際網路上報告這些活動之外，為了進一步蒐集資料，還發行了一份電子報。電子報中附有各組織團體的網址，用滑鼠一點便能連結上，訂閱人數不到半年就超過了五十萬。

就算與媒體工作無關的人，對這些情況也略知一二。在世界盃足球賽會場的青蛙事件之後，青少年雜誌紛紛製作了ASUNARO的專題，但是他們的全貌與實際活動狀況當然都還是個謎。雖然曾出現過形形色色臆測性質的報導，但不出幾個月，既有的媒體便不知何故相繼停止ASUNARO的相關報導了。既不是因為大家已經看膩了，也不是因為ASUNARO缺乏新聞價值。

這段期間，透過VLTAVA，ASUNARO所拍攝的新聞畫面在包括CNN在內的無數媒體中播出。澀谷紋身店裡在大腿刺上玫瑰圖案的高中女生、利用音樂壓縮技術販賣CD的盜版集團，以及漫畫同人誌發表大會的介紹等等，這些由ASUNARO所拍攝的新聞畫面，幾乎每天都在國外的電視台播出。有一個在英國大受歡迎的日本電子樂團，在接受採訪的時候，就曾經指明要找ASUNARO。他們公開對日本的媒體表示，唯有由ASUNARO進行採訪才接受。而指名只接受ASUNARO採訪的年輕藝術家、作家、藝人、服裝模特兒以及運動選手越來越多。ASUNARO已經逐漸成為新舊媒體差異的象徵了。地面電波電視對衛星數位傳送、網際網路，傳統電話與傳真機對行動電話、電子郵件，平面媒體的書籍、雜誌、報紙對漫畫同人誌與漫畫市集，這一類新舊媒體的落差確實逐漸擴大，而哪一方正在逐漸沒落也已經十分明顯。宛如老人們日漸凋零般，傳統媒體的人口正日漸減少。演歌、歷史小說與相聲確實在逐年沒落。但由於傳統媒體掌握了既得利益，對此並沒有警覺。ASUNARO的活動明顯日益擴大，但包括媒體在內的成年人們都拒絕承認這個事實。只因為承認他們就等於否定自己。ASUNARO並無意引發革命，和意識形態或宗教也沾不上邊。他們並沒有試圖拋棄日本這個國籍，卻依然與海外世界緊密連結。

由於ＮＨＫ堅持開發類比式高畫質的播放技術，在數位播放方面就顯得落後了。似乎對數位播放的概念與可能性欠缺正確的了解。這是缺乏變通性的半官半民組織中常有的情況。有人詢問ASUNARO是否將接受ＮＨＫ某方面協助，千葉的代表這麼回答：

「沒有。只是請ＮＨＫ讓我們參觀而已。」

看到這則回應，我有一種不好的預感，並且想起昨天中村君也曾詢問有關ＮＨＫ的事情，也還記得在漢堡店談到如何躲過警方追蹤的話題。雖然我並沒有電訊追蹤方面的專業知識，還是認為警方無法輕易打敗小砰他們。雙方存在著差異。小砰他們總是會做最壞的打算，但是警方則否。在提到將在網路現場連線中與警察交手之前，中村君問了我有關ＮＨＫ的問題。第二天ASUNARO・千葉的成員便訪問了ＮＨＫ。其中明顯有關聯，但是我看不出ASUNARO在打什麼主意。

兩星期後，我接到山方的電話。國會傳喚國中生的事將安排在六月，他說。因為三月的預算委員會重點放在亞洲貨幣基金上。不過，民主黨議員對於傳喚國中生為參考人這個想法的反應非常良好，山方說道：

「他們很清楚這個問題的重要性。尤其是年輕議員，他們的危機意識特別強烈。」

相信山方對國中生集體棄學絕對抱有危機意識，年輕議員會憂心此事應該也是事實吧。想當然耳，他們企圖利用這些開始擁有力量的國中生。

政黨的分裂重組變得頻繁起來。二〇〇〇年的大選中，執政聯盟再度過半；相反的，保守黨、公明黨與自民黨的合作卻開始動搖。尤其是公明黨，不但在大選中席次減少，部分對於政權回歸保守傾向過於強烈持反對意見的成員也紛紛脫黨。接著，自民黨與保守黨在二〇〇〇年的財政結構改革爭議中對立，聯合政權終於宣告瓦解。在憲法討論中，民主黨也產生了實質上的分裂，民主黨主流派與公明黨部分成員、共產黨、社民黨，以及保守黨部分成員，組成了在野黨民主聯合。二〇〇〇年秋季，失業率超過了百分之五・五，國會再度宣告解散，民主聯合在這次的大選中取得的席次超過了自民黨。自民黨的年輕議員與殘餘的民主黨聯手成立新的政黨：共生黨。還留在自民黨中的議員則將黨名改為自民新黨，與公明黨和自由黨的殘餘黨員組成了執政聯盟，試圖規避對高失業率的責任。

二〇〇一年，民主聯合因為實施現金賠付的問題發生爭議而分裂，共產黨與社民黨宣佈退出，並與公明黨的殘黨組成國民再生戰線。就任議長的社民黨主席宣佈，應該以備戰的標準來衡量這個嚴重不景氣。在國會決定現金賠付延期之後不久，爆發了牽扯到金融監督廳、大藏省以及多家銀行、保險公司和企業的賄賂事件，以自民新黨為核心的執政聯盟被迫解散。民主聯合在大選中獲得過半席次而取得政權，民主黨則成為執政黨的核心。發展到了這個地步，連政治記者們都已經弄不清楚三年前哪個議員是屬於哪個政黨了。雖然景氣還有公共事業在繼續支撐，ＧＤＰ於二〇〇〇年恢復成長，但是失業率仍持續攀升。

民主聯合已經做了充分的考量，認為應該可以替自己加分，才會打算促成邀請國中生擔任參考人這件事，而且，為了亞洲貨幣基金構想的具體化而將此事延期，也是經過仔細的考量。亞洲貨幣基金構想的目標原本是為了安定亞洲的經濟，卻在不知不覺間逐漸轉化為復興日本的一大目標了。

「還有，我們內部已經決定，在六月的時候傳喚小砰擔任國中生的代表了。」

山方也提到了這件事。山方可能也與其他的ASUNARO代表接觸過了吧。然而，全國的ASUNARO成員卻已經一致決定推舉小砰為代表。山方應該不會願意仰仗像我這樣一個小小雜誌記者的協助才對，想必是打算靠自己的關係把全部的事情搞定。我摸不清這個山方在打什麼主意，相信山方也不認為小砰會在國會裡說些讓政府高興的話吧，可以感覺到他似乎在打什麼算盤。

我告訴山方，小砰希望至少在一個月前知道出席國會的正確日期。沒問題，他回答。

「這沒問題。日期已經決定了，是六月八號。也就是世界盃足球賽開幕前一星期。」

山方來電那晚，我和由美子一起吃飯。每個月一起吃一次飯幾乎已經成為我們的例行公事了。一月吃的是印度菜，這個月是中國菜。在青山的一家藥膳餐館。主廚與中醫在飯前來到我們這桌。經過簡單的把脈觸診，發現我是肝臟不好，由美子則是腎臟較為虛弱。當中醫輕輕碰觸由美子的小腹時，我暗自祈禱不要聽到子宮或卵巢這些名詞。聽到是腎臟，我不禁鬆了一口氣。

就可能性來看，到底是什麼人，會以什麼方法奪取日本的金錢呢？從台灣回來以後，由美子已經試著向幾位分析師和記者請教過這個問題。

「大家都覺得很不可思議，說我竟然會聽信什麼國際金融資本陰謀論這種騙小孩子的故事。就算話中沒有這個意思，但每當問到我從哪裡聽來的，一說是台灣，也不知為什麼，反應都是，噢，台灣啊，好像不值得大驚小怪似的，然後就不了了之了。長久以來，來自國外的消息就一直有不受重視的傾向，一來日圓確實要比以往安定，而且一般也都同意亞洲貨幣基金是個不壞的主意，跟他們聊過之後，對於日圓可能已經被盯上一事，就連我自己都覺得越來越沒有現實的味道了。」

的確，國外的觀點在這個國家就是沒有現實的味道。報導名揚海外的日本人的雜誌就是賣不好，就連美國經濟學家對日本提出的警告最近似乎也不受重視了。那麼，莫非這種感覺就是崩壞的徵兆？在開著暖氣的溫暖屋子裡，我們面前是鋪著全新桌巾的花梨木餐桌，坐的是靠背鑲有貝殼拼花的椅子。此外，吃的是整塊去調理的魚翅藥膳，喝著冬蟲夏草的湯。藥草、魚翅和冬蟲夏草應該全都是進口貨。有能力進口這些東西，證明日圓應該還很夠力；再說，雖然失業率已經超過了百分之七，街上也並沒有發生暴動。某種不祥的事情正在進行的曖昧預感以及不可能發生嚴重事態的曖昧安心感同時存在，自從上個世紀的一九九〇年代至今一直沒有改變。

大多數日本人都不清楚亞洲貨幣基金的意義何在，我自然也一無所知，只是覺得由日本所主導的亞洲貨幣基金聽起來還不錯。可以想像自己站在一種指導者的立場，儼然成為亞洲的盟主。幾乎聽不到反對亞洲貨幣基金的聲音。

就連我自己也越來越搞不清楚了，由美子說道：

「大家總認為日本人擁有一千兩百兆圓的個人金融資產，也一直認為外資正在打這筆龐大資產的主意，不是嗎？但是到頭來，個人資產並沒有如想像中那樣流向外資，大多數的日本人如今依然把錢存在日本的銀行或郵局裡。雖然金融危機暫時已經穩住，但就如同老舊房子裡腐朽的地板一塊塊碎裂，保險公司和銀行接二連三倒閉，而國家和地方政府的貸款情況到底如何仍然不明，而且似乎還真的是無從了解。就算向政府人員打聽，他們都會很老實地表示真的不知道。換句話說，郵政儲金不是財政融資和資金運用部門的資本金嗎？老百姓的存款是會被政府拿去運用的喔。已經用於造橋鋪路、興建機場的那些貸款，也不知道是不是真的能夠收得回來，對吧？」

亞洲貨幣基金應該沒問題吧？

「就連馬來西亞也改變主意表示贊成了。幾年前，當日本表示願意替亞洲各國的貸款做擔保時，馬來西亞還表示與其開這麼大的支票，還不如多開放進口，那是因為馬來西亞還有能力發行公債的緣故。後來由於評比下滑，到頭來還是只能靠出口，局勢也一直無法安定。韓國也差不多，泰國和印尼不是還有龐大的呆帳嗎？新加坡、台灣還有香港則因為擔心人民幣貶值，若是日本提供鉅額準備金，以貨幣基金來避險，他們自然表示歡迎。這麼一來，對中國當然也有好處。畢竟朝著以自由開放為前提的民主同盟推進，也是個可以讓人放心的材料。民主同盟總是比較沒有霸權的感覺嘛。就算大家各打各的算盤，至少也沒有理由反對。」

吃著慈菇、百合根、雞內臟和香菇的雜燴，我和由美子都不想再碰亞洲貨幣基金與日圓危機的話題。因為會破壞難得的一頓飯。到頭來只留下一種徒勞無功的感覺，由美子最後這麼說。比如說根本弄不清楚財政投融資的呆帳到底有多少，一切討論只能靠臆測，最後全都是白費力氣。就是這麼回事。

資訊還是必須公開吧。每次提到資訊公開，我都會憶起由美子墮胎的事情。當時我們並沒有經過充分的討論。說是說我們，事實上我是選擇了逃避。由美子判斷，若是徵詢我的意見只會更受傷，於是決定一個人默默處理。不過，直到現在，我都不知道當時該說些什麼才好。討論越是充分，或許只會讓彼此受傷更深。可是我覺得還是應該要談的。因為，這個話題至今依然還是我倆之間的禁忌。把國家財務危機拿來與墮胎比較並不恰當，但是兩者有個共通點。就是說，開誠佈公的時間拖得越久，想要修復就越困難，這是一定的道理。

由美子開始談起小砰和中村君他們。ASUNARO開始逐步掌握了人才，這件事在由美子的圈子也已成了話題。小砰他們應該不難找到成年人幫忙才對，由美子說。即使出國拿到了ＭＢＡ位，在目前的日本也不見得吃香。討論國中生的話題還真輕鬆呀，由美子說。

「時下的日本，最懂得有效利用資源的，應該就是那群國中生了吧。當然，所謂的資源也包括他們自己在內。」

在二〇〇二年三月的預算委員會中，亞洲貨幣基金構想正式上路。消息一傳出，日圓就又升值了。沒有任何人注意到這其實是個不祥的預兆。

經過了長期的不景氣之後，老百姓體會到了一件事。那就是，即使未來日本經濟真的復甦，也無法像過去一樣人人豐衣足食了。僅僅在二〇〇一年裡就有超過十萬人自殺。失業率超過了百分之七，近百萬名國中生棄學。不過仍有部分企業獲得了鉅額利潤，個人年收入超過一億的高收入者也越來越多。隨著能力給薪制的引進，即使同一家公司的員工之間的薪資差異也表現得非常露骨。中高齡員工依然陸續遭到裁員，缺乏技術的勞工只能從事低收入的工作，這種現象越來越明顯。雖然政府不斷推出不切實際的就業政策，失業率依然不見下降；相反的，這卻暴露出政府的力量正逐漸衰退。換句話說，在全面近代化的成熟社會裡，很明顯的，政府所扮演的角色已經越來越不重要。歷經幾回不幸事件之後，政府開始與金融體系保持距離，於是產業的重整與合併開始急速進行，隨著政府逐步廢除限制，產業界也漸漸回復生氣。不但有政黨開始提倡國家應該轉換為寬鬆的聯邦制，報紙和電視上有種論調也很引人矚目，說是冷戰的結束與全球單一市場的出現導致國民國家的觀念日益淡薄。甚至還有一位關西的財經人士表示，大阪、兵庫與京都等行政區應該以西日本國為國號宣佈獨立。

這股風潮，令逐漸失去既得利益的舊統治階級，以及無法忘懷與國家猶如一體那種幸福的人們感到焦慮不安。從一九九〇年代起，由於教科書等等問題，一批新的歷史修正主義者趁機崛起。這些人不斷宣揚讚美戰前價值觀之類的復古言論，吸引了對國際化感到不安的階層。這些歷史修正主義者大多是些沒有國際聲望的人。因此，只能獲得那些對世界顯得無知，無法在海外從事經濟活動的民眾支持。他們的支持者階層是新誕生的沒落者，而且數目在這波經濟大低潮中持續增加。

於是，日圓圈・亞洲貨幣基金的構想，首先在他們之間獲得認同。這不但與昔日的大亞洲主義扯上了關係，也刺激了這些新生沒落者的自尊。對敵視白種人式全球主義的人而言，日圓圈・亞洲貨幣基金的構想已經成為他們無論如何都要完成的悲願了。

支持日圓圈・亞洲貨幣基金構想的人，並不是只有舊統治階層與反動派沒落者這些右派而已。由於藉此可以與亞洲團結合作，國民再生戰線與革新在野黨也轉向支持。就連被稱為國際派的開明文化人士與雜誌同樣表示支持。幾乎所有的媒體也都表明支持的態度。最具象徵性的就是《朝日》與《讀賣》了。這十幾年來，兩家報社首度在社論上表達了相同的意見。財經界同樣表示歡迎。投資人認為對亞洲投資將趨於安定，出口產業則認為匯率風險不再，可以增加對亞洲的輸出量。

對於日圓圈・亞洲貨幣基金的構想，日本的財務省則另有算計。認為藉由增加日圓在亞洲的流通，或許可以穩定亞洲貨幣兌日圓，以及日圓兌美元的匯率。同時也期待，在人民對日圓圈・亞洲貨幣基金構想的擁護下，或許能在財政改革方面達成共識。財務省表示，要主導日圓圈，成為貨幣基金的主要金主國，也就是成為亞洲的盟主，健全的財政是不可或缺的。在建立日圓圈這個大義名目下，增稅是順理成章的事情，老百姓也不得不同意。

在不知不覺間，日本上下都以為自己已經掌握了未來的藍圖。雖然沒有任何人能夠保證日圓圈・亞洲貨幣基金一定能開創出日本的未來，但除此之外也找不出其他稱得上藍圖的方案。亞洲還留有廣大的市場，人民的勞動意願高又有積蓄，日本、中國與香港的外匯存底分佔全球第一名至第三名。日本政府在二〇〇二年三月的預算委員會中全場一致同意，為實現日圓圈・亞洲貨幣基金的構想，將努力成為入超國並致力於財政健全化，同時宣告二十一世紀是亞洲人的世紀。

這段期間，日圓持續走強。雖然政府決定階段性調高購物稅至百分之十二點五，直到二〇〇三年春季為止，但是這個法案就連共產黨都沒有反對。來自亞洲的進口量從二〇〇一年底開始急速增加，隨著亞洲貨幣基金一千億美元的準備金到位，歐美對亞洲的投資也開始增加了。

二〇〇二年四月，日本以日圓對泰國進行融資，日圓圈・亞洲貨幣基金的構想正式啟動。五月中決定，東亞與東南亞國協區域內的貿易保險將獲彈性運用。也就是說，若是出口企業沒有進口國銀行的信用狀，亞洲貨幣基金籌備委員會將會扛下信用擔保的責任，此事已拍板定案。

日本、中國、韓國、台灣、香港、新加坡、印尼、馬來西亞、泰國、菲律賓，以及越南，都加入了亞洲貨幣基金籌備委員會。籌備理事會中，則有日本、中國、香港，還有台灣、韓國與馬來西亞的代表。亞洲各國貨幣從此將緊盯日圓。香港方面提議暫時固定美元與日圓的匯率，以便讓港幣緊盯日圓。此事獲日本同意之後，各國也都比照辦理。這時，日圓匯率升到一二八兌一美元。固定美元與日圓匯率以便讓港幣緊盯日圓，等於設立了這麼個體制：若是亞洲各國貨幣遭投機客攻擊時，日圓將挺身防禦，一旦日圓告急，則反過來由亞洲各國共同保護。比如說若是再度發生一九九七年泰國金融風暴那樣的狀況，日圓便能率先作為防波堤。由於從泰國流失的將不是美元而是日圓，沒有任何人認為日圓會遭受攻擊。日圓是日圓圈中的軸心貨幣，因此日本的地位就相當於是歐盟中的德國或法國，在一九九二年遭投機客攻擊的是價位高過馬克的英鎊。

原本表示反對的美國也隨即改變了主意。在改善中美關係為優先考量，維護遠東地區安定的名目之下，終於認同了日圓圈・亞洲貨幣基金的構想。歐盟則靜觀其變，僅僅發表評論表示，美元、歐元與日圓三種貨幣圈的成形，是人類世界一項壯觀的實驗。

雖然認同日圓圈・亞洲貨幣基金的構想，但是對暫時固定日圓兌美元匯率，再讓各國貨幣緊盯日圓這種複雜的貨幣政策表示反對的經濟學家也並不是沒有。也有些經濟學者批評這個政策並沒有明訂為國際條約，因而反對緊盯日圓這種做法。貨幣基金籌備委員會的理事們解釋，之所以沒有明文化，是因為亞洲的金融是靠亞洲各國的道義來維護的。雖然有歐美媒體指出，無法締結條約的原因其實是各國的利害關係錯綜複雜，但是亞洲的道義、亞洲的盟主這些字眼，還是抓住了因經濟蕭條與文化的閉塞感而備感疲倦的日本人的心。由於反對的意見不受重視，終於，反對者也都從媒體上銷聲匿跡了。

由於馬斯垂克條約令歐盟各國縛手縛腳，才會導致投機客對英鎊發動攻擊，香港理事的這番解釋聽在日本人耳中相當受用。到了六月，日韓共同主辦的世界盃足球賽開幕在即，電視台也製作了許多以日圓圈或是亞洲貨幣基金為主題的新聞性節目。報紙上也出現了「新亞洲共榮圈」這個名詞。沒有任何人提出日圓有遭受攻擊的危險。在不知不覺間，由美子也不再提起這件事了。於是，日圓圈・亞洲貨幣基金，彷彿是二十年前便已開始計畫的政策一般，成了滲透人心的既定事實。

二〇〇二年四月，正值櫻花盛開的時節。我和後藤收到了中村君的電子郵件，邀請我們參加ASUNARO・橫濱開設的技術訓練服務中心開幕典禮。這家中心位於東名高速公路川崎交流道旁，以旅館改裝而成。開幕典禮在中心裡的大會議室舉行，約有三、四十人出席，可是沒看到小砰和中村君人影。會場周圍有一些看似便衣刑警的人，小砰他們可能是擔心遭到逮捕吧。不過，在會場一隅有另外幾個國中生，可能是ASUNARO・橫濱的代表。文部省的山方也來到了會場。雖然這是第一個由國中生所創辦的機構，卻沒幾家媒體出現。只有三名地方報社的記者、一名生活情報雜誌的編輯，以及NHK橫濱分局前來採訪而已。大眾已經對持續集體棄學的國中生感到厭煩了。製作以國中生為主題的節目根本不會有什麼收視率，若是作為雜誌的特集，當期的銷售量也會明顯下滑。

開幕典禮十分鐘左右便結束了。會場沒有講台，也沒有裝飾鮮花。沒有麥克風也沒有喇叭，就連充當會場的大會議室的佈置都十分簡樸，只有細長的合板桌，以及鋼管和帆布組合而成的簡單椅子。不過，牆壁、地板所使用的都是自然材料，百葉窗與冷氣機也都是最新型的。代表中心致詞的是一位穿著舊西裝的男子，年紀大約五十出頭。

「對未來的年輕人而言，訓練是不可或缺的。為了因應未來的產業所需，橫濱技術訓練服務中心將會提供充分的訓練機會，只要有心，不論任何技術都可以在我們這裡學成。」

雖說是大會議室，也只有容納數十人的大小。會場牆邊站著幾位應該是職員的女性，她們身上穿的不是制服，而是牛仔褲與襯衫。看起來不像職員，反而比較像義工。我覺得她們的穿著反應了國中生們不喜歡浪費的想法。代表訓練中心的中年人與女性職員都是當地的人。想必是因為失業，才姑且來這裡找工作的吧。ASUNARO已經在全國成立了數十家以成人為負責人的人頭公司。由於全國充滿了失業人口，不愁找不到成年人幫忙做事。

令人驚訝的是，在訓練中心代表簡短的致詞之後，當地的市議員竟然發表了充滿期待的講話。議員是民主黨籍的，可能是山方安排的吧。

「這是一個劃時代的創舉。我相信，這個機構將會不斷為我們培育出建設新時代日本的人才。我更相信，各位的挑戰，將會帶動地方的繁榮。」

國中生們默默聽著大人們講話。不論是代表的致詞或議員的講話都沒有鼓掌。他們面無表情地在會場一隅看著開幕典禮進行。這是怎麼回事？後藤小聲地問我。

「搞不懂，那個議員怎麼會來這裡講話。還有那個代表的致詞，國中生三個字好像連一次都沒提到。」

國中生開辦的機構已經變成禁忌了，我低聲對後藤說。

「那為什麼還要舉行開幕典禮？」

國中生們當然不認為有舉行開幕典禮的必要。從這場典禮也可以看得出來，他們徹底討厭搞排場。舉行這場開幕典禮不是為了宣傳機構，也不是為了展示財力。最近小砰與中村君他們，與其說是沒有必要曝光，不如說是要盡量避免招搖。換句話說，小砰他們覺得舉行開幕典禮反而比較不會引人注意，我想。在機構開幕的時候，成年人一般都會舉行某種儀式。無視於這種慣例反而會引人側目，這的確是小砰才會有的考量。當地的記者也幾乎沒提出什麼問題。正如後藤所說，是個奇怪的典禮。這是個由國中生創辦的機構，也只有國中生能到這裡上課。儘管如此，卻根本沒有人提到這一點，也沒有人就此發問。

根據在門口派發的簡介上說明，這個職業訓練機構佔地八百坪，十一層的建築物中共有十九間教室與一大一小的兩個會議室、音樂與影像剪輯室、辦公室，此外還有備有床位與淋浴設備的宿舍、自助洗衣間、設有自動販賣機的休息室等等。在開幕典禮之後，我們也參觀了這些設施。所有的教室都配備了電腦，而且全部以最新型的區域網路和交換伺服器連線。為我們介紹這些設備的是那些講師。他們全都是沉默寡言的男性，年齡在二十五到三十五歲之間。問他們擁有什麼專長，得到的答案分別是程式設計、語言學、電腦繪圖、非線性剪輯，或是化學物質分析等等。那位中年的代表、辦事員還有講師們，領的都是國中生發放的薪水。他們很可能是日本第一批向十四、五歲的孩子領薪水的成年人吧。可是他們找不到其他工作。社會上有太多失業的成年人了。他們身上有種獨特而共通的氛圍，似乎背負著受雇於國中生，但是又找不到其他工作的雙重恥辱。

最後來到休息室，有人送了果汁來。我很想喝咖啡，但自動販賣機裡並沒有咖啡。休息室裡當然也禁止吸煙。那些孩子可能不愛喝咖啡吧，山方說著朝我走來。那些孩子，這種說法聽來有點刺耳。聽起來有種自認十分了解這些國中生，國中生們也十分依賴他的感覺。休息室裡很無趣，但窗外的風景卻十分迷人。翠綠的山巒與住宅區的街景盡收眼底。休息室也裝有冷氣，雖然天氣並不太熱，冷氣卻還是開著。

「那些孩子應該也不喜歡炎熱和潮溼吧。」

山方在我身旁坐了下來。我原本還猶豫是否該把山方介紹給後藤，但後藤似乎一見面就覺得山方不順眼，丟下一句不好意思，就拿著果汁離開了座位。山方雖然只穿著普通的訂做西裝，在當地的人群中卻顯得很特別。包括媒體記者在內，前來參加開幕典禮的幾乎都是當地人，他們的打扮都是鄉下人的模樣。年紀大的人不知何故全打著領繩，有些女性職員的襯衫上還有粉紅色的圖案。講師們清一色穿著深藍色西裝，但其中有些人還將長髮綁成馬尾或是將頭髮染成淺褐色，與西裝並不搭調。好像身上穿的就是他們唯一的一套西裝，有這種感覺。和後藤比起來，那些地方報社的記者與攝影師也顯得很不自然。明明是初夏，居然還有人穿著燈芯絨夾克，也有人穿著色彩鮮豔的麻質夾克。攝影師身穿有許多小口袋的背心，在東京已經很難看到這種打扮了。總之，所選擇的都是讓人一眼就能看出他們是記者或攝影師的打扮，但這反而顯得不自然。山方穿著墨綠色西裝配咖啡色領帶。合身的剪裁，僅從服裝無法看出職業。看來既像是大學的講師，說是外商證券公司的職員也不覺得奇怪。年輕官員的服裝就是這副模樣。雖然現在已經不是從服裝判斷職業的時代了，但鄉下人還是試圖以打扮表現自己的職業。

「關口先生，這位曾在加州大學學過電腦動畫。對吧，KANOU君？」

山方把一位講師叫到旁邊來，說道。是，這個叫KANOU的講師點點頭，然後輕輕向我點頭致意。年紀看來好像才二十出頭的KANOU曾在加州大學攻讀電腦動畫與電腦繪圖，回日本後曾在遊戲軟體公司上班，但由於工作缺乏創造性，沒多久就辭職了，也曾在美國的設計公司工作過一陣子，覺得工作得講英語很麻煩才決定回到日本的。KANOU講話時臉上也是沒有什麼表情。

「聽KANOU君說，電腦動畫方面的工作，從十四、五歲起步是最適合的了，對吧？」

是的，KANOU回答。因為動畫或繪圖軟體大多每半年升級一次，若是二十歲左右才開始，就無法了解原理，只能學到技術了，他以唸課本般的聲調這麼解釋。KANOU蓄長髮，左耳戴耳環，穿著有四個釦子的深藍色西裝。說話或聆聽時表情都沒有變化。

「我嘛，希望能夠在傳授年輕人技術的同時，發現自己想畫些什麼。」

他們幾乎都是美國的大學或專門學校畢業的唷，山方指著講師群說道。在就業高度不安，失業率超過百分之四的時候，「專長」變成了流行語。終身雇用或年資制度已成為歷史，未來的時代需要的是技術專長，所以技能訓練要比什麼都重要，這一類的說法經常可以聽到。由於媒體報導了在美國大學取得企管碩士之後成為獨立交易員、經紀人或基金經理人的成功案例，留學也開始受到重視。要想成功，就必須習得沒有什麼人擁有的技術，缺乏專長的人就會經常擔心失業。結果，想要學習一技之長的年輕人就越來越多了。技術資格開始受重視，加上政府提供輔助，職業訓練遂形成一股熱潮，前往歐美留學的學生人數成長為十年前的四倍。據說在法國和義大利著名餐館實習的外國人裡，有百分之九十是日本人。

只不過，他們大部分都沒有真材實料。有人戲稱企管碩士的縮寫MBA三個字母分別代表蠢才（manuke）、笨蛋（baka）以及阿呆（aho）。在外資企業裡，會講英語但不會做事的人，重要性還比不上不通英語但能力強的人。不論英語或其他技術都不過是種工具，是成功的必要條件，但並不是充分條件。日本國內充斥著空有技術但不懂得活用的人。這些人只能靠傳授自己的技術討生活。他們變得很虛無，不論是國中生也好、黑社會也好，或是鄉下的文化學校也罷，不論哪裡有工作機會，他們都願意去。

這個技術訓練中心，並不是任何一個國中生都可以進來。這個中心成立的消息一在ASUNARO的網站上曝光，就有大批希望入學者殺到。除了電腦程式設計、網頁設計、電腦動畫、非線性剪輯等實習課程之外，還有英語等外語、雷腦語言學、基礎有機化學、數學、基礎生物學與哲學等課業科目。入學限由本人申請，父母無法置喙。實習課程方面，這裡只收取教科書與教材的工本費，課程免費。申請者必須將ASUNARO・橫濱網頁上的技術訓練中心的手冊從頭到尾讀過才行。手冊總共有四十八頁，每八頁就出現問題，回答之後才能進入下一頁。入學申請的說明刊載在最後一頁，只有讀完整份約四萬八千字手冊的人才能取得入學申請表。限定名額三百四十人，經過篩選之後已有三百一十人獲准入學了。

「據說檯面下有許多企業為他們撐腰，關口先生可知道實際情況嗎？」

山方問道。噢，不清楚耶，我隨口敷衍。是有不少企業試圖向ASUNARO靠攏。然而，這些國中生們沒有必要仰賴既有的企業。不久前，中村君才在電子郵件中表示，ASUNARO已擁有充裕的資金。從四月起，ASUNARO開始實施幾項新服務。例如家庭暴力輔導，以及免費代為向企業或政府單位提出損害賠償要求。ASUNARO也在私立女子高中、女子大學，以及護士學校的宿舍裡裝設攝影機，提供二十四小時轉播的收費服務。雖然看不到高中女生或護士寬衣解帶的鏡頭，但是這項服務依然大受歡迎。

ASUNARO雖然藉網路運用資金，但小砰與中村君他們似乎還住在江田車站附近的那家進口雜貨店的樓上。他們沒有什麼物質慾望。既不想買車，也不會想買什麼衣服。他們連輕型機車的執照都還不能考，也不適合穿亞曼尼的西裝；雖然其中也有些國中生團體因見錢眼開而與黑道接觸，但中村君表示，會立刻與這些傢伙斬斷關係。在網路上沒有肉體的接觸，既無法誇示體力，也無法逞兇鬥狠。ASUNARO並沒有由上而下的命令系統。資金雖然交由人頭公司的成年人管理，但是在網路銀行上並沒有辦法操控資金的流向，不論匯款或是支出都非得在資產負債表上面透明化不可，自然也沒有人能夠侵吞資金。

以前的不良少年之所以會抽菸喝酒、注重打扮，或是騎乘汽機車，主要都是想模仿大人，中村君曾表達這樣的看法。可是小砰與中村君他們並沒有模仿成年人，而是已經和大人有同等的作為了，所以酒啦汽車啦服飾啦這些東西可能都不會放在眼裡吧。酒啦汽車啦服飾啦，與其說為生活帶來喜悅，其實不過是泡妞時的必需品罷了。我只要回憶一下自己的過去就知道，十四、五歲的男孩子並不是滿腦子只想到要跟女孩子上床。不過，部分地方好像也出現了同居或是生子的國中生情侶，中村君曾在電子郵件中這麼說：

「關口先生，要是我們能從現在開始多生些孩子，或許就能夠解決低生育率的問題了。」

休息室一隅，山方正在與國中生們談話。山方忽而望望天花板，雙臂環抱在胸前笑著，談話間還不時拍拍國中生的肩膀。未來、重要、真正的、充實、國會、雜草等字眼斷斷續續傳到我的耳裡。國中生們一直都面無表情。

六月二日，美國西岸某網路供應商發行的電子報上有一則報導指出，中國的人口事實上可能已經超過了二十億。

「……雖然中國在九〇年代轉為糧食進口國家，但是這既不是因為工業化導致耕地減少，也不是洪水等災害導致農作物受損，真正的原因在於人口過度膨脹。大家都知道，中國的一胎化政策在八〇年代中期出現破綻，而且邊疆與自治區的山岳民族與少數民族根本從來就沒有遵守過一胎化政策。台灣某球鞋工廠的業務部人員，曾經以電子郵件向總公司報告了在內陸興建工廠時的事情。內容如下：

「這真是個可怕的經驗。我們在福建省內陸興建工廠。土地幾乎等於免費。勞工週薪台幣九百元，約折合二十五美元。勞工是由附近的村子以式樣古怪的七輪軍用卡車送過來的。聽說是毛澤東時代的軍用卡車。根據我得到的資料顯示，這附近的十一個村莊的人口總共是十二萬。在這一帶建廠的並不是只有我們公司而已。另外還有幾家工廠。勞工一批又一批送來。我只覺得這一帶好像有無限多的人，不免感到害怕。跟在卡車後面徒步而來的人絡繹不絕。人潮一直排到地平線的遠方，三天後，他們的週薪就跌到台幣三百元了。令人難以置信的薪資，平均每天只有一塊半美元。人群盤據在工廠四周，等著分到工作。搞不清楚到底有多少人。而且數目還與日俱增。後來工廠已經完全被人海包圍。他們的排泄物的臭味令我頭痛。我就在這種情況下工作了半年以上。無法估算出來中國人到底有幾十萬人。有一天我問一個常碰到的陳姓十九歲青年：『這附近到底住了多少人呢？』令人驚訝的，陳姓青年的答案竟然是超過兩百萬。聽說不是十二萬人嗎？我說。陳姓青年卻笑著說道：

「『那是二十五年前的數字喲。』」

「根據可靠情報顯示，中國的人口在九八年就已經超過了二十億。據說國務院也已經掌握了確實證據。美國海軍的偵測衛星已經在中國北部的半沙漠地帶與長江南岸原本為放牧地的草原區發現了大型聚落。全世界最大的穀物供應商卡基爾公司以自己的衛星進行觀測，預估中國今年的穀物產量很可能僅有去年的七成，中國的人口問題可能會對全球穀物市場造成重大影響……」

在這個消息發表之後，穀物價格暴漲，而中國的股價則發生慘跌。在二〇〇〇年，除了軍事、高科技、基礎建設產業之外，中國共有約四百家國營企業民營化。另外還有一百八十家重要企業也分割出子公司，讓獲利較高的部門發行股票，並以所得的資金改善賠錢部門的體質。這些公司的股價都暴跌。次日，六月三日，上海與深圳的證券交易所在中午關閉之後，香港與新加坡的股市也受到波及而暴跌。恆生指數在一天之內便下跌了百分之十八。

到了六月四日，人民幣開始被大量抛售。很快的，港幣、新台幣與韓圜都成為投機客的目標。香港和台灣為了自保而企圖從市場上吸收本國貨幣，導致利率急速上升，這麼一來，股市就變得更加混亂了。

日本政府・日銀的反應就顯得遲鈍了。最早抛售的不是日圓，而是中國的股票與各國貨幣。政府・日銀判斷，受攻擊的將不會是日圓。這是因為東亞各國將本國貨幣緊盯日圓，日圓兌美元一時之間甚至還上升了些許。

六月四日傍晚，我在電視上看到了東亞金融危機的新聞。根據政府・日銀以及大多數經濟學者判斷，這次狀況的導火線在於中國的人口問題，而以偏高匯率緊盯日圓的東亞貨幣才是投機客的目標。雖然也有評論家認為這是國際金融資本對亞洲貨幣基金的挑戰，但是持這種觀點的人寥寥無幾。關於人口問題，中國政府表示這是美國穀物商蓄意營造的陰謀。卡基爾公司則同時對美國西岸網路供應商與中國政府提出反駁，表示並沒有預測中國今年度的農穫量。美國農業局也發表了與卡基爾公司如出一轍的聲明。

「情況到底怎麼樣了？」

我打了個電話問由美子。電話那頭很吵，由美子得用手摀著話筒說話。

「還不知道呀。這裡也是一片混亂，沒什麼消息進來。」

之後由美子只說了句今天很晚才能回去，便掛斷了電話。

新聞結束後，開始播放世界盃足球賽的特別節目。幾個日本代表隊選手和足球評論家、藝文界的特別來賓聚在攝影棚裡進行的談話節目。我和後藤還有其他幾個記者一起邊喝啤酒邊看電視。這次的目標是什麼？女主持人問一名日本選手。聽到他的答案是與韓國爭奪冠軍，坐在攝影棚裡的球迷便紛紛鼓掌。有沒有搞錯啊！後藤罵道，我們全都笑了起來。日本的立場有點特別吧，另一位選手說道：

「我們幾乎不會去注意到，自己其實是亞洲的隊伍。只有在和歐洲或南美的代表隊比賽時，才會想起，啊，自己是亞洲人。也就是，該怎麼說呢，身處亞洲時並不會意識到自己是亞洲人，一旦離開亞洲，或是與亞洲以外的球隊比賽時，才會覺得自己是亞洲人。」

聽了這位選手的話，我有種不祥的預感。我發覺日本與亞洲之間存在著矛盾。日本已經將日圓圈‧亞洲貨幣基金的構想付諸實行，目的是穩定亞洲的金融與促進亞洲的經濟發展。若是日本真的只是為了這個目標而建立日圓圈的話，可能還不會有問題。可是，骨子裡難道沒有打算向歐美誇耀自己身為亞洲盟主的意圖嗎？難道沒有以成為亞洲第一來滿足自己虛榮心的慾望嗎？有沒有會為了亞洲各國做某種程度犧牲的覺悟呢？的確，亞洲貨幣基金擁有一千億美元，其中有百分之九十來自日本。日本真的有即使血本無歸也要保護亞洲金融的決心嗎？「一切為亞洲」的大義，以亞洲盟主的地位與歐美抗衡的虛榮，兩者其實是互相矛盾的。若是虛榮戰勝了大義，日本可能會棄亞洲於不顧吧？日圓將會遭受投機客攻擊，我忽然想起了由美子所說的話。

二〇〇二年六月，日本遭受了雙重攻擊。也就是日圓與亞洲貨幣基金同時遭到攻擊。對加入亞洲貨幣基金構想的國家而言，日圓是一種緩衝機制。香港解散了舊有的貨幣評議會，將既有的外匯存底配合亞洲貨幣基金，並將自國貨幣緊盯基金內的日圓。在港幣遭受投機客攻擊時，香港中央銀行以亞洲貨幣基金中的日圓與其對抗。換句話說，他們不再像一九九七年金融危機那樣拋售美元來保護港幣，這次拋售的是日圓。

中國以亞洲貨幣基金為後盾，將人民幣轉為浮動匯率制。人口問題的消息一曝光，投機客立刻開始大量拋售人民幣。亞洲貨幣基金的總額是一千億美元，其中九百億由日本出資，日本投入了百分之四十的外匯存底作為基金。不用說，對亞洲貨幣基金構想•日圓圈最熱心的就是日本。雖然這對日本而言是拚命必達的悲願，但是各參與國的盤算卻有著微妙的差異。中國只不過是因為幾年來與美國關係緊張，必須以日圓作為權宜之計；香港、台灣、韓國以及新加坡，也只是在以日圓作為緩衝機制這個條件下加入的。為了達成這個悲願，日本對參與國的提案大多做了讓步。將總部設在香港而非東京就是一個例子。雖然理事國所選出的理事與委員有權決定如何運用資金，但人數並不是根據出資的比例來分配，而是每個國家各推選兩名。

六月六日，日本時間的上午，不僅是港幣與人民幣，所有亞洲貨幣基金參與國的貨幣均遭到拋售。看來，投機客發動攻擊的目的是為了摧毀亞洲貨幣基金。

「國際金融資本對日本與全亞洲展開攻擊已經很明顯了，只要亞洲貨幣基金繼續存在，攻擊就不會停止吧。」

日本時間六日上午，美國財政部長發表了一篇簡直像在看好戲的談話。這番彷彿早已預測到投機客的攻擊才同意亞洲貨幣基金上路的談話，引發日本部分媒體抨擊美國政府有與投機客狼狽為奸的嫌疑。

雖然市場早就陷入混亂，但日本政府直到六日下午才承認日圓遭到攻擊。日本號稱擁有一千兩百兆圓的個人金融資產，一兆美元的對外純資產，每年有將近一千億美元的經常帳盈餘，以及兩千兩百億美元的外匯存底。但其中有九百億美元已經投入了亞洲貨幣基金。

「不論遭遇任何攻擊，日圓都會穩如泰山。政府・日銀將以堅定的態度保護亞洲貨幣與日圓。」即使到了六日下午，大藏大臣還在重複這種論調。之所以會把問題看得如此簡單，部分原因是報告沒有及時從香港傳來，但是政府・大藏省對於貨幣政策過於自信也是事實。為了模擬亞洲貨幣基金構想與日圓圈，大藏省不斷干預匯市，將匯率維持在一二六至一二八日圓兌一美元的價格。也就是說，日圓讓以港幣為首的日圓圈各國貨幣緊盯著，進一步更實際讓美元固定在一二八日圓左右。據說這個平穩的日圓匯率背後有美國在協助，但是沒有人知道真相如何。

下午，我們編輯部也是一團亂。亞洲貨幣基金在幾個小時之內便已失血過半。首先是港幣與人民幣遭集中拋售。亞洲貨幣基金召開了緊急理事會，決定要保護港幣與人民幣。香港與中國幾乎不必承擔任何風險，只要以基金買回遭拋售的本國貨幣即可。編輯部特約經濟評論家們的意見分歧。從認為這不過是場突發的暴風雨，只要沉著就能夠熬過去，到認為亞洲貨幣基金遲早會面臨這種命運，國內利率會因保護日圓的政策而暴漲、半數銀行倒閉的都有，他們的見解可說是南轅北轍。總而言之就是沒有人了解實際狀況。

「在搞什麼啊！趁早賣美元呀，笨蛋！」

常進出編輯部的經濟線記者堀井對著電視大吼。我們這些特約記者也都聚在電視機前。螢光幕上，大藏大臣正談到並不打算賣掉美國公債云云。這時是六月六日下午一點多。雖然沒下雨，但還是個溼氣很重的典型梅雨天。編輯部的冷氣機沒有除溼功能，開了會讓人覺得太冷，關掉又覺得悶熱，是個會令人皮膚感覺麻痺的半吊子天氣。

我昨晚熬夜趕稿，因此在編輯部過夜，除了在沙發上打了個盹之外，從早到現在都在看電視新聞。幾個同樣熬夜校好稿子的特約記者自然也聚在電視機前。到了中午，進出編輯部的特約記者幾乎已經全員到齊。就連通常要傍晚才會出現的記者們也睡眼惺忪地來報到了。大家似乎都感到很不安。

好像強烈颱風逐漸逼近似的，後藤說道。電視上傳出一股壞事即將發生的氣氛。但是編輯部的人，也就是這家出版社的正式職員們，從組長與總編輯以降，都拖到下午才會一個個來上班。看到我們都聚集在電視機前，他們這才發覺氣氛不太對勁。正職職員與約聘人員或特約記者不同，一般來說比較缺乏危機意識。所謂危機意識，就是人對於自身是否面臨危險所產生的不安。因此理所當然地，在不論自己處在什麼樣的場合都安全的前提之下，就不會產生危機意識。與我們相比，正式職員可要安全得多。不但至今依然受到工會保護，即使公司內發生異動，也幾乎不會丟掉飯碗。至於我們這些特約記者或約聘人員，要是總編輯看不順眼，或是在工作上連續犯下明顯的錯誤，就會被炒魷魚。現在聚集在電視機前的特約記者中，有幾個人就曾經數度被先前所屬的編輯部開除。除非能夠想到之前的慘痛經驗可能會再度發生，否則是不會感到不安的。我們這些特約人員對於正職員工還有種類似情結的情緒，因此對外界的威脅特別敏感。正式職員剛過來看電視的時候，甚至還有人在說無聊的笑話。看到電視上一直播放香港證券交易所的畫面，就開始談起過去在香港玩女人的經驗。但是誰也沒笑。

要是趁昨天就把美元賣掉或許還有得救，堀井這麼說。堀井是特約的財經記者，以前曾是某中型駐外銀行的外匯交易員。

「要是昨天晚上賣美元或許還來得及。應該要趁市場還沒有被美元賣單淹沒之前脫手才對。市場上的日圓買氣已經消失了。因為香港與中國正在用基金買回港幣與人民幣，也就是說，日本正在承接大量的港幣與人民幣。日本為亞洲貨幣基金所提供的美元已經換成了港幣與人民幣。日本正在以極低的匯率用所持有的美元去承接港幣與人民幣。等到港幣與人民幣暴跌之後，我們手上就只剩下大量形同廢紙的亞洲貨幣啦。」

說著這番話的堀井臉色鐵青。堀井就在我旁邊。這些話是對著我說的，我也偶爾回應幾聲，可是我和堀井平常幾乎沒有交談。堀井同學，幫忙上堂課吧，有個組長開玩笑地說，但並沒有換來任何笑聲。

ＮＨＫ延長了新聞時段。ＮＨＫ第二衛視持續播報金融危機的消息，簡直就像在報導颱風、地震或火山爆發似的。隨著香港與東京的證券交易所全面下挫，大家也變得更為不安。好像配合著亞洲貨幣基金急速流失似的，日圓也開始受到拋售。ＮＨＫ似乎情報不足，畫面十分有限。螢光幕上播放著香港的證券交易所、東證、銀行的交易室等鏡頭，而記者則在大藏省、日銀與總理官邸等地進行報導。財經記者、解說委員與經濟學家則在攝影棚裡分析情勢。

他們開始賣空日圓了，堀井說。「他們」指的是什麼人？有人問道。不是說避險基金已經掛掉了嗎？電視上的經濟學家正好也談到避險基金的事情。

「儘管過去曾被形容是二十一世紀的妖怪，但是代表性的避險基金資產規模已經在這幾年急速萎縮了。他們應該已經沒有能力攻擊日圓才對。因此，這次炒作亞洲貨幣與日圓的投機客還是個謎。」

謎個屁啦，王八蛋！堀井對著電視機罵道。日圓先生上了富士電視台囉，有人喊道。手握遙控器的記者在經過堀井同意後轉了台。曾被稱為日圓先生的前大藏省財務官被請到了富士電視台午後新聞談話節目的攝影棚。日圓先生表示，昨晚曾打過電話給索羅斯。日圓先生笑著敘述當時的談話內容。

「索羅斯先生很清楚地告訴我，可以想像尚未成熟的日圓圈可能會受到投機客的攻擊，但是情況據他研判並不嚴重。」

喬治・索羅斯出現在螢光幕上，還出現了日圓先生與索羅斯握手的照片。索羅斯說的是反話，堀井低聲說道。富士電視台開始播放避險基金的資料畫面。主要的避險基金，總公司都登記在被喻為避稅天堂的加勒比海島嶼，例如開曼群島這種地方，任何人都無法檢查他們的投資目錄與投資組合，就連投資人都無法明瞭。他們的活動在九〇年代末期的美國達到巔峰，但之後由於G8各國政府與中央銀行所擬定的規範上路等因素而逐漸退燒。也曾有日本人組織的避險基金，但如今大部分都已遭淘汰。這些事情，是配合著九七年亞洲金融風暴的資料畫面來說明的。一段不可思議的影像，讓人覺得從那影像中完全無法了解避險基金為何物，但似乎又有那麼一點了解。

轉回NHK吧，堀井說道。NHK地面波的新聞已經結束，開始播放地方台製作的《午後小憩》之類的節目。一名諧星在螢光幕上介紹某地著名的露天澡堂與傳統旅館。看到這種悠閒的鏡頭，我們在一瞬間都說不出話來。雖然我覺得彷彿看到的是外國電視節目似的，但是一般大眾的感覺或許正是如此吧。仔細想想，這只不過是日本的外匯流失而已，又不是飛彈來襲，也不是地震把哪個大城市震垮了。

我們轉到NHK第二衛視，正在進行的是香港亞洲貨幣基金總部前的現場連線。香港的天氣晴朗，負責報導的記者手持麥克風站在摩天大樓的門口。由理事與委員共同召開的會議從早上一直持續到現在。那個馬球衫下淌著汗水的男記者這麼報告。

堀井表示，避險基金不可能已經消滅或是失去力量。真正掌握資金的並不是避險基金，堀井說道。

「持有龐大資本的那些傢伙並不會消失，即使避險基金絕跡了，有辦法動用世界規模鉅額資本的組織還是會接連冒出來。何況避險基金根本就還沒有消失。喬治・索羅斯是因為談話引人注意，所以總是只有他被拿來討論，可是避險基金並非只有索羅斯一個，而且還有些投資公司則是討厭避險基金這個名稱而打著別的名號出現。不管怎麼說，他們做的不過是選定合適的目標扣下扳機而已。即使是九七年的亞洲金融風暴，左右市場的也並非避險基金。

他們的資金來源主要是歐洲的資本家，其中包括皇室和貴族，還有企業、金融機構以及個別的投資人。他們可能在瑞士、荷蘭或是比利時等小國家擁有小型投資銀行。不論日本政府、日銀或日本的金融機構幾乎都沒有他們的相關情報。只有擁有海外現地法人的特優日本企業的部分人士與他們有接觸。他們藉由複雜的資金操作，對日本幾家最出色的製造業進行投資。

當然，匯市的投資者並不是只有他們而已。即使他們握有再龐大的資本，應該也不到整個市場的一成吧。但是，一旦市場朝某個方向傾斜，就很難再矯正回來。政府與日銀都不了解市場的可怕。那是因為曾藉市場干預而獲得某種程度的效果才會這麼認為。匯市的可怕之處就在於無法掌握投資者的數目與趨勢。拋售日圓的或許只有十個人，但也可能有五十萬人。

大藏省似乎認為能藉市場干預來保護日圓。若是二十四小時之前採取行動，或許還有可能。而且，若是能夠避免與日圓賣單硬碰硬，而是採用悄悄在市場上提供買單這種方法的話，應該就有可能。還有，一旦買單有人承接，還必須繼續將供給往上拉。由於日本擁有龐大的外匯，不但可以與市場反向操作，還可以提供美元的賣單。」

電視上反覆播放著相同的鏡頭。是昨天晚上亞洲貨幣基金總部記者會的畫面。香港籍的理事長一臉為難地回答：基金正在流失。還有政府與日銀對這場記者會的初步反應。總理、官房長官以及日銀總裁分別召開記者會，他們的回答是：資金的確有流失的情形，還需要進一步蒐集情報，並且審慎地持續觀察情勢發展云云。另外就是今天下午政府、日銀與大藏省所發表的談話。

「我們將以堅定的態度保護日圓與亞洲貨幣基金。」

NHK第二衛視在亞洲貨幣基金總部前的現場連線結束後，一位經濟學家在攝影棚裡回答主持人的問題。

「日銀將開始吸取資金。我們擔心短期利率將會上升。體質較差的銀行很可能會出現資金調度困難的情形。沒有實施現金賠付的弊病，居然在意想不到的地方發作了。」

經濟學家以事不關己的語調說著。語氣聽起來彷彿事不關己的不只是這個經濟學家。不論日銀總裁、大藏大臣、總理大臣或是官房，都是以事不關己的語氣發表對這次金融風暴的看法。

「關於資金流失的情況，我們希望先蒐集更多情報之後再做出最適當的處理。關於所謂投機客攻擊基金以及我國貨幣日圓這件事，我們的想法是，應該與鄰近各國密切配合，並且以堅定的態度來因應。」

至於現階段受創的情況如何、該由誰負責主導、實際該以何種對策因應、實施後會有多大效果、如果無效的話又有什麼替代方案，還有，當對策無效市場干預失敗時該由誰負起什麼樣的責任？這些事情，在談話中都沒有說清楚。並不是故意不說清楚，而是由於話中的主詞曖昧，讓人搞不清楚到底是誰在負責執行這場貨幣保衛戰。假設是政府，假設是日銀，假設是大藏省，在遭遇日圓受到攻擊這樣的緊急狀況之際，卻說出絕對不容坐視，該以堅定的態度面對這種話來，只會讓人搞不清楚到底誰會採取堅定的態度。

外匯的敲價，就好像是人與人的邂逅或是會話喲，堀井小聲說道。堀井的眼裡佈滿血絲，看來昨天整晚沒睡。編輯部裡有人大聲唸出紐約時報電子版上的報導。消息指出，亞洲貨幣基金已經流失了六百億美元了。堀井聽了，只是無奈地搖搖頭。

窗外，太陽在雲間忽隱忽現。編輯部的牆上貼著世界盃足球賽的海報，以及賭哪一國奪冠的下注一覽表。陽光忽而照在那張白紙上忽而消失。由於溼度很高，空氣彷彿都凝滯了似的。電視上出現了某銀行外匯交易室的畫面，裡面盯著顯示器的人個個都表情凝重。這個畫面並不是現在拍的，堀井說道。

「交易室裡的顯示器上密密麻麻排列著買賣的數據。銀行同業市場的交易員首先必須報價。這並不是買賣的下單。比方說客戶有一千萬美元時，我們必須根據盤中那一瞬間的，嗯，簡單說就是行情走勢吧，根據走勢來報價。一二九點五〇圓到點五五圓。五〇—五五，我們會這麼喊。意思是想賣的話就以一二九點五〇圓賣出，想買的話就以一二九點五五圓買進，若是顧客這時喊出『Yours!』，也就是『賣了！』的話，我們就得強制性地買進這個額度。若是這時手上原本沒有部位的話，接著就要將這種狀態軋平（square），意思是說，我已經擁有了一千萬美元的多頭部位，也就是買超部位。然後，就要將買進的部位倒回市場，如果是以一二九點五〇圓拋出，我就無利可圖。在預測美元將在市場中走高而美元持續買超，若是美元實際漲到一三〇日圓的話，我就賺了五百萬；相反的，要是跌到了一二九點〇〇圓，就損失了五百萬。

「判斷市場行情必須利用各式各樣的手腕，但是最重要的，就是邂逅。一旦有人以一二九點五〇圓賣出美元，我就得判斷這應該是五〇—五五中的五〇，還是四五—五〇中的五〇。也就是說，同樣是以一二九點五〇圓賣出美元，分辨出究竟是由賣方主導拋出，還是由買方主導收購的，這一點很重要。認為即使交易者持續買超美元還是會跌，或是覺得美元已經探底準備回升，就必須藉這種買方與賣方之間邂逅中微妙的趨勢，憑直覺做出判斷。交易員的手腕高明與否，就取決於對這種邂逅的嗅覺是否靈敏。

「賣方與買方邂逅的時候會以數字進行對話。日本政府的市場干預則無視於這些邂逅與對話。他們對邂逅的反應遲鈍，也不懂如何進行對話。這種對話非常敏感，裡面包含著種種意義，乍看之下似乎怎麼解釋都可以，但正確答案只有一個。市場上的對話，這玩意兒十分複雜，就好像計算天體運行的公式似的，而且，我經常在想，外匯市場上所有的邂逅，若是轉換成語言，一定會是首美麗的詩篇；如果轉換成音樂，或許可以譜出媲美莫札特的旋律與和弦吧。不過，這種邂逅有時候會完全停止。例如市場凍結就會使得邂逅消失，還有就是整個市場會發狂似的巨幅震盪，這些狀況，當政府干預市場的時候就很容易發生。還有就是當政府的干預引起反彈的時候，市場經常會發生扭曲。

「目前市場上的情形，就是這類發狂狀態的一種。這種時候，同業市場的交易員都會顯得非常憂鬱。彷彿眼前發生了重大災害，卻只能眼睜睜看著住宅和民眾被捲入濁流似的，心情變得很沮喪。

「所以，從這些交易員個個驚惶失措地大聲喊叫的情形看來，這應該是昨天拍攝的畫面吧。現在，交易員們應該只能愣愣地在顯示器前嘆著氣，靜靜看著這場悲劇吧。」

六日傍晚，日圓已經跌到了一三一點二五圓兌一美元。日本政府與日銀召開記者會表示，正在考慮以所持有的美國財政部證券為擔保調度美元現款。看來已經被美國威脅不得拋售財政部證券，否則美元暴跌，會使得全球經濟為之崩潰吧。堀井笑著說。東京證券交易所的日經平均股價已經滑落到一萬五千點了。

校稿完畢後，後藤找我一起去喝一杯，但我以疲憊為由婉拒了。其實我未嘗不想喝點酒，但還是決定回家。雖說日圓受到攻擊，但畢竟不是爆發戰爭。在酒吧喝酒的時候並不會有飛彈來襲。我的確是疲倦，和後藤一夥去酒吧大聲談笑喝個酒，或許就可以忘卻煩惱。也不知為什麼，我還是獨自搭上了電車回公寓住處。時節已近夏至，天色還很亮。聽堀井說，外匯市場是二十四小時運作的。這個時間大家應該還在拋售日圓吧。

澀谷車站前聚集著一群手持數位攝影機的國中生。有近百人，兩人一組，一個負責訪問，另一個手持攝影機，訪問著車站前往來的上班族和職業婦女。他們身穿印有ASUNARO字樣的T恤。在亞洲貨幣基金構想啟動時，ASUNARO就曾進行萬人錄影訪問。相信已經沒有哪個日本人不知道ASUNARO這個名字了吧。而且，應該也很清楚這是個棄學國中生的組織。全國的國中很可能都已經變成空屋了吧。很明顯的，這應該是個緊急狀況，卻看不到任何具體的因應對策。

走向車站時，也有國中生來問我問題：「請問您對日圓遭受攻擊有什麼看法？」只見一部比手掌還小的數位攝影機正對著我的臉。發問的是一個紮了馬尾的女孩，拿著攝影機的也是個女孩子。打扮同樣是T恤配牛仔褲外加球鞋。看到我好一會兒都沒有回答，發問的女孩便自己對著攝錄影機錄音：「澀谷八十九號無意見。」然後便向我致意：謝謝您接受採訪。

下了電車之後走在商店街上，我發覺東京西郊多摩川沿岸的市鎮幾乎感覺不到金融風暴的影響。柏青哥店依然傳出喧囂的音響，蔬果店的老闆也在大喊：今年首批毛豆到貨了，今晚可得喝點啤酒才行囉。掛著法文招牌的糕餅店，櫥窗裡陳列著可愛的蛋糕，一個手牽著媽媽的孩子正朝裡面指指點點。體育用品店牆上掛有寫著「一同在世界盃足球賽中為日本隊加油」的布條。上班族們在菸霧瀰漫的串烤小館裡喝著啤酒；電動遊樂場門前，有高中生坐在路邊抽菸。

看到南斯拉夫內戰新聞的時候，我曾對老百姓在戰爭中依然過著尋常的生活一事感到訝異。我試著想過，一旦失去所有的外匯存底會變成什麼樣子。或許大家都會買不起舶來品，或許也沒辦法再出國旅行。銀行和企業紛紛被外國買走，失業人口會繼續增加吧。香菸攤販售的晚報，頭條全都是日圓危機。《朝日》還加上了「亞洲貨幣基金失血七成」的大標題。《讀賣》的大標則是「國際投機客的陰謀？」。這黑色的大標與周遭一如往常的景致之間的落差，令我感到心神不寧。發生了這樣決定性的大事，原本平穩的生活說不定會在突然之間就結束了。想到這裡，只覺得平常的商店街景色看起來好像都變得不一樣了。

小砰後天就要受邀當參考人了。在目前這種狀況下，我不禁擔心大人們是否仍會關注小砰的演說。時機太糟了。堀井說，明天的情況會更糟。到了明天，恐怕韓國、泰國與馬來西亞的貨幣都會開始賣出吧。投機客的攻擊會持續到亞洲各國和日本將自己的貨幣貶值才會停止。到了後天，一般人大概也都會注意到事態嚴重了吧。到那個時候，成年人們是否根本不會理睬小砰在國會裡說些什麼了呢，我心想。

六月七日凌晨，歐洲中央銀行總裁發表了談話，表示對亞洲貨幣與日圓的危機感到憂心。聽由美子說，這是由於歐洲擔心日本的金融機構會同時拉高歐元的緣故。這麼一來，或許可以期待歐洲會協助承接支撐日圓，那說不定可以稍微穩住日圓，由美子這麼說。

「但是反過來說，萬一歐洲決定不幫忙，轉眼間就變得很可怕了。我相信，德國與法國還在暗中觀察日圓的賣壓到底有多強吧。」

早上七點我睜開眼睛時，由美子已經起床了，正在邊喝咖啡邊看ＮＨＫ第二衛視。由美子昨晚什麼時候回來的，我也不知道。但是我直到凌晨一點才上床，想必她根本沒怎麼睡。

「把你吵醒啦？」

由美子已經換好衣服畫好了妝。自從爆發金融危機以來，我倆都沒好好說過話。吃過東西了嗎？我問道，由美子搖搖頭。我說冰箱裡有披薩，她只說到公司再吃，便開始收拾桌上的筆記型電腦。看來已經準備去上班了。同樣是特約記者，但是由美子經常得去採訪財經人士的早餐會報，平常都比我早起。雖然有時也會留在公司趕稿而晚歸，但我還是第一次看到由美子忙成這個樣子。

接下來會怎麼樣呢？我邊把冷凍披薩放進微波爐，邊問正在穿鞋子的由美子。各方資金正準備撤離日本，由美子回答。微波爐發出了叮的一聲。我走到玄關送她出門。我撫摸由美子的頭髮，在她的臉頰親了一下，然後又問道：那會有什麼後果呢？

「國家會破產呀。」

由美子如此回答。

到了七日的上午，亞洲貨幣基金已消失殆盡。日圓仍持續遭到拋售。七日早上，政府與日銀舉行了記者會。會場聚集了超過兩百名的國內外記者。有很長一段時間，攝影機的鏡頭都在拍攝外國記者的表情。

據說到日本時間凌晨三點為止，全球外匯市場已經拋售了大約二十兆日圓，一個日本記者以這個問題揭開了記者會的序幕。

「據我們所知大概是這個數目。」

日銀總裁回答。總裁不住眨著眼睛。總理和大藏大臣也是一臉疲憊。喬治・索羅斯先生曾在非正式場合表示，這次的日圓攻擊並不是以往的避險基金所為。不知道各位對他的意見有什麼看法？一個亞洲面孔的記者問道。

「我們還沒有掌握這次投機客的身分。」

記者們不斷提問。

是否打算出售美國財政部的證券呢？

「並沒有出售的打算。不過，的確是考慮以美國公債做擔保來調度資金。」

這是美國政府的要求嗎？

「並沒有接到美國政府這方面的要求。這是政府・財政省的決定，之所以不出售美國公債，是為了保護全球的金融體系。要是美元繼日圓之後出現賣壓，將引發經濟大恐慌。」

意思是要以日圓作為全球經濟恐慌的防波堤嗎？

「可以這麼解釋。」

韓國、馬來西亞以及泰國的貨幣都已經下跌，即使基金被掏空也要保護亞洲貨幣嗎？

「保護亞洲貨幣圈是日本的義務。日本政府決定堅守亞洲貨幣基金創立時的信義。」

據說香港與中國正在保存外匯存底？

「事態發展到最後，有可能必須請求兩國支援。」

那是指什麼時候？

「目前還無法回答。」

各位認為這兩國真的會支援嗎？

「我們相信亞洲的信義。」

據說市場利率正在上升？

「畢竟這是個緊急狀態，希望民間金融機構能夠體諒。」

意思是，即使短期利率上升導致某些金融機構破產也無可奈何嗎？

「根據研判，還不至於發生那種事情。」

是否有暫時關閉東京證券交易所的可能性呢？

「若是股價有明顯異常的波動，是有可能採取停止交易的措施。」

是不是該解散日圓圈・亞洲貨幣基金，迫使香港與中國將貨幣適度貶值呢？

「我們不考慮解散日圓圈・亞洲貨幣基金。日圓匯率現目前仍然維持在一三〇圓，而且，我國的外匯存底與海外資產，也擁有足以承受任何投機客攻擊的實力。」

大藏大臣的這個回應引起記者會會場一陣小小的騷動。大藏大臣接著又說出下面這番話：

「所謂亞洲式的信義，與西歐式的，也就是依靠契約行事的做法，是完全不同的價值觀，不會彼此強制、不互相威脅，也不會見死不救，而是相互之間維持著尊敬與信賴。」

大藏大臣說得臉上泛紅。日本記者群中為大藏大臣這番話響起了掌聲。我在編輯部的電視上看到了這個場面。「亞洲人的信義」這種說詞，在亞洲貨幣基金構想的實現過程中一再出現，已經變成亞洲貨幣基金與日圓圈的關鍵詞了。絕大多數的日本人聽在耳裡都很受用，不論立場是保守抑或改革。堅守亞洲信義正象徵日本的亞洲盟主地位，這滿足了右派分子的自尊，也為主張改革的良知派提供了拭去昔日歷史罪惡感的機會。亞洲的信義這種說詞，帶有奇妙的解放感與安心感。當然，真正的信義是要能夠與他人相互信賴，而且需要長時間的培養。即使高喊「亞洲的信義」一百萬次，也搞不清楚對方心裡怎麼想。也不知道為什麼，日本人似乎有種先入為主的觀念，以為只要自己表現出誠意，對方自然會做出善意的回應。

「在經濟的規模與成熟度方面，我們與日本都不一樣。亞洲貨幣基金是不可能消滅的。只要日圓支撐得住，亞洲各國的貨幣就會復活。我們對日本的資本實力有信心。」

亞洲貨幣基金會理事長，也就是香港中央銀行總裁，在七日上午發表了上述的評論。香港政府與中國政府對日圓遭受攻擊一事依然保持沉默。一副事不關己的態度。《紐約時報》分析，這場貨幣戰爭的關鍵，將取決於這兩國是否會對日圓提供支援。CNN的報導則認為投機客的準備周詳，無論如何，勝負都將在短期內見分曉。

六月七日下午，由於日銀從市場吸收資金，短期利率破天荒地上升到百分之四十。在東京證交所，缺乏短期資金的銀行及其往來企業的股價全都暴跌。

政府與日銀宣佈，已經用美國財政部證券為擔保，調度了相當於五百億美元的歐元。聽到這個消息，堀井認為已經完蛋了。

「我們的政府怎麼這麼沒魄力呢？都這種時候了，沒有個一兆美元根本沒意義嘛。難道還以為這種半吊子的步數可以解決事情嗎？」

幾年前金融風暴的時候不也是一樣嘛，編輯部裡有人說道。起初是六千八百億，接著是三兆圓，在山一證券與北海道拓殖銀行倒閉之後，才準備了六十兆圓。怎麼一再重蹈覆轍呢？後藤低喃道。

「關口兄知道嗎？在美軍登陸瓜達康那爾之後，面對四萬敵軍，日本卻僅僅投入三千兵力噢。敵方有五百門大砲，日軍卻只有兩門。於是，登陸的海軍陸戰隊當然是全部陣亡，但第二次，甚至第三、第四次，依然都還是以三千人左右的部隊發動攻擊。好像就是喜歡這樣一點一點去搞。」

日本發表向市場調度的歐元額度之後沒有多久，英國便發表評論表示，若採取配合日本的政策，不僅危險也有違歐盟的理念，法國對此也表示支持。緊接著，德國中央銀行總裁也代表官方發言，表示歐盟將靜觀這場日圓危機。日本已經被逼到絕境了。

「日圓最後會跌到多少呢？」

《華盛頓郵報》公佈了這麼一份問卷調查的結果。回答中的最低值是美林的分析師所預測的三六〇圓。由於中國和香港仍然保持緘默，日圓像雪崩般繼續被拋售，到七日晚上已經跌到了一四五圓。日本政府宣佈放棄只是時間上的問題，《紐約時報》的頭版出現了這樣的報導。

六月八日上午十點，小砰就在這種情勢中進了國會。

二〇〇二年六月八日一大早，山方打行動電話找我。清晨還不到六點。我的手機鈴聲是古早古早的電影主題曲。記得那首歌的歌詞裡有這麼一句：「總有一天，幸福會從彩虹那端而來。」但是大清早的電話大都不是什麼和幸福有關的事。我睡眼惺忪地接起電話時，發現由美子已經起床了。她剛洗好澡，頭上裹了毛巾，穿著淺綠色浴袍，客廳裡瀰漫著咖啡壺傳出來的咖啡香。

「不好意思，在這個時間打來。我是文部省的山方。」

的確是山方的聲音，但聽來不似平常那麼有架子。

「看到今天的報紙了嗎？」

山方問道。報紙呢？我問由美子。還沒拿，由美子搖搖頭說，這才走向門去拿。《朝日新聞》國際版上的大標題「中國人口將在網路上揭曉？」映入眼簾。《讀賣》在頭版右角也刊載了幾乎相同的報導；《日經》雖然是登在國際版，但篇幅要比其他兩報來得大。

「日本時間八日凌晨，美國的CNN以及《華盛頓郵報》等主要媒體均表示，網路影像新聞社所整理的中國人口報告可信度相當高。該報告指出，中國人口據估算在十四億到十四億七千萬人之間，因此，舊金山的國際性電子報社《青天論壇報》於二日發表中國人口已經超過二十億的報導，與事實並不相符。」

這篇報導最後還提到了ASUNARO。

「比利時的網路影像新聞社VLTAVA，總共匯集了中國沿海地區與內陸地區城市共約四千個點的報告，協助調查與統計工作的是，日本的國中生所經營的新聞社ASUNARO及其東亞網絡組織。咸信，這則新聞將會對目前發展中的亞洲貨幣基金與日圓危機產生影響。」

《日經》則表示，美國市場上已經可以看到人民幣與港幣的買單在動了。由美子隨即打電話到某銀行的交易室，聽留守到清晨的交易員說，市場上人民幣與港幣的買單並不明顯。我的心裡突然有種莫名的不安。

「關口先生有沒有聽小砰提到什麼呢？」

什麼也沒有，我回答。這樣喔，山方說著沉默了一會兒。彷彿可以聽到山方的心跳聲。我只覺口乾舌燥，便喝了口由美子放在桌上的柳橙汁。倒是今天的參考人邀請案，還是會照常舉行吧？我問電話那頭的山方。

「沒錯。」

山方的回答伴隨著一聲嘆息。

「日圓都已經這個樣子了，還有誰會注意什麼國中生以網路現場連線出席預算委員會這種事呢，昨天晚上我和民主黨那些傢伙聊起的時候，大家都這麼認為。」

這樣喔，我的回答聽來像個傻瓜似的。雖然不論我或是山方都有同樣的疑問，但不知為什麼就是說不出口。那就是，ASUNARO是否在這場日圓危機中扮演什麼重要的角色？一方面認為不可能有這種事，一方面又隱約覺得小砰他們的組織在搞什麼名堂。這種感覺已經有過很多次了。

「國會可要一團亂了。」

山方的聲音有氣無力的。這是那新聞見報之後的事。媒體今天大概全都會殺到預算委員會採訪吧。

「一點也沒錯。不過，您也知道，一來NHK的預算委員會轉播只在國內播放，而政府對小砰將說些什麼也感到非常不安，主張取消這場預算委員會的人實在很多。不過，因為擔心這麼做反而會招致國際社會猜疑，眾議院議長剛才已經決定，還是依照既定計畫進行小砰的參考人邀請案。」

那群國中生呢？不是要為今天的轉播做準備嗎？

「昨天就準備妥當了。很嚇人唷。預算委員會室已經被攝影機、燈光、電腦，以及纜線淹沒了。還有一部大螢幕，看起來好像比一張榻榻米還大呢。器材是小砰他們指定的，再請業者搬來裝設，說是雙向傳輸什麼的，也已經測試過了。大概有一分鐘左右吧，小砰出現在螢幕上說了聲『嗨』，還比了個勝利的手勢。將在今天進行質詢的議員在測試的時候說：『嗯——今天天氣晴朗（註：今天天氣晴朗是日本人測試麥克風時的慣用語），聽得到嗎？』小砰一聽就笑了出來。郵政省遞信委員會的議員和通產省職員們也都觀摩了現場作業，個個都讚嘆不已。」

我好像想到了什麼。一件相當重要的事。心跳快得好像要衝到喉嚨似的。

「還有件無關緊要的事，網路轉播的經費，全部由眾議院負責噢。」

最後山方這麼說，然後笑了。我還是沒能夠想出那件重要大事是什麼。

一個典型的六月梅雨天。細雨時降時歇，溼度高到一接觸外面的空氣就開始流汗。

我和由美子一同出門。才早上七點半，但我還是決定去編輯部。因為一切都捉摸不定，留在家裡只會感到不安。雖然也考慮過是否該去田園都市線那家雜貨店的三樓瞧瞧，但是小砰他們不一定會在那個祕密基地。而且，就算小砰和中村君在，大概也不會告訴我什麼。

「你在想什麼？」

由美子穿著芥子色的風衣，撐著一把淺綠色的雨傘。也因為睡眠不足的緣故，在前往車站的路上我一語未發。那則中國人口的新聞，會對日圓危機產生影響嗎？我問由美子。

「不知道耶。投機客畢竟是沒有辦法支配市場的，因為市場最後總是會往某個方向走的。」

真的已經有人開始買進人民幣和港幣了嗎？

「我想應該是真的吧。只是還不明顯罷了。就算只是謠言，敏感的市場還是會起反應喔。要是接下來可以看到人民幣和港幣價格明顯反彈的話，說不定會引起雪崩唷。」

什麼是雪崩？

「就是美元開始回流亞洲貨幣基金的意思。要知道，動作慢的投資者是撈不到好處的。因為拋售日圓的走勢太強，日本只好拚命承接，看來就像全世界都成了敵人似的。不過，大家之所以會拋售日圓，其實是因為認定日本遲早會舉手投降，要是情況與這種預期相反，大家便會趕緊將賣超的部位斬斷，這麼一來，只要市場上稍微顯現買進亞洲貨幣基金的傾向，原本賣空日圓的那些傢伙就會為了攤平而改為持有買進的多頭部位，搞不好局勢會在一瞬間逆轉唷。」

要是真的演變成這樣，ASUNARO不就拯救了日本嗎？

「雖然我覺得沒有這麼單純，但是相信真的會有人這麼認為。我所想到的倒不是這種事。嗯，還記得我採訪過的那個台灣高官嗎？」

記得啊。

「還記得他曾告訴我，若是日圓遭到攻擊，只有一個方法可以迴避嗎？」

也記得啊，我說。記得那位老技術官僚曾說過，防止日圓遭受攻擊的唯一方法，就是日本要出現一個能指引出新方向的大集團。

「小砰將要說些什麼，應該也會產生很大的影響吧。」

由美子最後這麼說。

ＮＨＫ預定在綜合電視台與第二衛視轉播國會實況。早上十點，我和後藤還有堀井他們一起坐在編輯部的電視機前。大家都很緊張。有人說，簡直就像世界盃足球賽提早一個禮拜開幕似的。

在非常古老的「國會實況轉播」標題卡之後，排放著古怪嚴肅色調桌椅的眾議院預算委員會室出現在螢光幕上。現在我們在預算委員會室為您轉播平成十四年年度特別會計預算修正案，響起了播報員不帶感情的聲音。

「本委員會預定傳喚持續棄學的國中生代表作為參考人進行質詢。」

委員長首先介紹質詢者。自民新黨的SAITOU（齋藤）委員、民主黨的KONDOU（近藤）議員、共生黨的SIRASAKI（百崎）委員，以及共產黨的SASAKI（佐佐木）委員等。這時小砰的臉孔突然出現在委員會室中央的電視螢幕上。頭髮剪得很短，身穿白色馬球衫。他坐在一張式樣簡單的椅子上，面前是一張同樣式樣簡單的桌子，後方貼著印有ASUNARO標誌的海報。畫面下方的螢幕有一行字幕

「ASUNARO・橫濱代表・楠田讓一君」。

第一位進行質詢的委員走到螢幕前，是自民新黨的議員。ＮＨＫ的攝影機可以同時拍到那位議員與映著小砰臉孔的電視螢幕。

「本席是自民新黨的SAITOU。以下將提出幾個問題。」

SAITOU議員與小砰交互出現在電視畫面中。

「首先，能不能談一談你們為什麼拒絕去上學？」

這個SAITOU議員年約五十來歲，身穿深藍色西裝配橘色領帶。左手拿著為質詢準備的文件，談話中不時用右手將頭髮往上撥。「楠田讓一君。」委員長催促小砰回答。

「想知道我們不去上學的理由嗎？」

小砰反過來這麼問。是的，SAITOU回答。小砰映在螢幕上的臉比SAITOU的上半身還要大得多，感覺就像是科幻片裡的場景。

「那麼，這個國家為什麼會有國中存在呢？我想就這一點請教一下。」

小砰又問。表現得挺不錯嘛，後藤低聲說道。

「這個嘛，因為法律規定國民必須接受義務教育，只要是年紀到了，任何人都必須去上國中才行。」

SAITOU議員好像曾經當過大學教授。對小砰一直不回答自己的問題顯得有點不耐煩。小砰聽到這個回答，沉默了一會兒之後說道：請換下一位質詢者。為什麼呢？委員長問小砰。

「因為無法溝通。」

小砰說這句話時面不改色，但是SAITOU議員的臉卻越來越紅，還看到他喉頭下垂的肉在晃動。那傢伙生氣了，堀井樂得說。

「抱歉，這麼說實在很失禮，但時間只剩下四十分鐘了。現在，警方正在追查我的所在地。這都是拜偉大的竊聽法之賜。」

小砰說著指一指桌上放在一旁的筆記型電腦。電腦螢幕顯示著動畫。一枝十字弓的箭慢慢朝畫有紅心的臀部飛去的動畫。上頭還有一個用英文寫著「剩餘時間」的數位時間顯示，畫在臀部上的紅心每秒閃爍一次。現在的時間是三十九分二十四秒。

「什麼叫做無法溝通？」

SAITOU提高了音量。

「你一開始就問我們為什麼不去上學，可是，目前棄學的國中生大約有八十萬人。所以說，不去上學的理由大概也有八十萬種。雖然做的是相同的事情，但是每個人的理由各不相同。不過，幾乎所有這些前國中生都認為，根本就不需要像現在這樣的國中。只因為你認為是有必要的，所以我才會問為什麼。講什麼義務教育，這種話根本不必你來說，大家全都知道。」

小砰說完，正當SAITOU準備開口時，現場轉播的畫面突然斷訊了。

「現在暫時將國會轉播的現場轉回攝影棚。」

隨著這字幕之後，畫面上出現了ＮＨＫ的棚內景。播報員又將字幕一字不差重複了一遍。

「現在暫時將國會轉播的現場轉回攝影棚。」

播報員一臉困惑地聽取耳機中傳來的指示。ＮＨＫ的轉播整體顯得有點奇怪。編輯部裡有人接到外面打來的電話，大喊道：「聽說ＢＢＣ正在轉播國會現場實況！」在取得眾人的同意後，堀井將頻道轉到了有線電視的ＢＢＣ。只見ＢＢＣ的金髮新聞主播身後的螢幕上是日本眾議院預算委員會室與小砰的畫面。新聞主播正在說明目前ＮＨＫ的影像傳輸中斷云云。聽說ＣＮＮ也在轉播喔，另一個正在收看民營電視台插播新聞的人說道。堀井將頻道換到朝日電視台。在晨間新聞談話節目的特別專題裡，主持人正興奮地談著ＮＨＫ的影像已經傳到全世界的事情。

我還沒有搞清楚發生了什麼事情。怎麼回事啊，一旁的後藤低聲說道。

「ＮＨＫ剛才向各新聞媒體表示，現階段不對這件事發表任何意見。」

富士電視台的新聞主播這麼說明。

「實際的數字仍不清楚，但是根據富士電視台的調查，除了ＢＢＣ與ＣＮＮ之外，法國的ＴＦＩ、義大利的ＲＡＩ，以及亞洲各國的主要電視台，都在轉播眾議院預算委員會質詢國中生參考人的實況。這位名叫楠田讓一的國中生代表，經營了一家名為ASUNARO的影像新聞社。昨天，ASUNARO這家公司才透過某國際性的網路新聞社提供ＣＮＮ等媒體關於中國人口的報告，一般推測，這次ＮＨＫ國會轉播向全世界播放可能也與這件事有關。再重複一次，ＮＨＫ目前尚未對相關情況發表任何意見。不過，ＮＨＫ當初只對國內轉播的計畫已遭破壞，國會預算委員會參考人質詢的影像幾乎已經在全世界播出了。目前ＮＨＫ的國會轉播已經中斷，但是原因並不清楚。」

ＮＨＫ這下手忙腳亂了吧，堀井說著又將頻道轉回ＮＨＫ。畫面上只有國會議事堂的遠景以及「國會轉播暫停」的字幕而已。我越來越覺得不安。有件事情在我心中逐漸膨脹。我好像已經想到了。突然間，畫面一片混亂，隨後小砰的臉部特寫出現在螢幕上。小砰正要求委員長發言。幾名議員圍著委員長，似乎正在商議著什麼事，但螢幕中的小砰卻自己開始說起話來。

「趕快開始吧。轉播不會再中斷了。有件事我得告訴ＮＨＫ的技術小組。你們那間控制中心的系統還不賴。不論昇陽的Ultras或是Solaris，感覺都很好，不過我們的程式設計人員要我轉告，鍵盤還是換成Type Five的英文版比較好。」

ＢＢＣ和ＣＮＮ正在解釋小砰剛才說話的內容啃，編輯部裡有人喊道。

「昇陽指的是Sun Microsystems，Ultras則是電視台之類的機構所使用的UltraSPARC工作站。Solaris是專業等級的作業系統，而Type Five的英文版鍵盤據說是每個程式設計師都會選用的機種。小砰那邊的程式設計師說，ＮＨＫ控制中心的系統感覺還不錯，但只有鍵盤是日文版的，應該換成英文版的Type Five比較好，換句話說，小砰他們已經摸清ＮＨＫ控制中心的系統了，而且，現在還由外部登入控制了系統。聽說只要事前有機會碰過這些電腦，要做這種事情非常簡單。」

那就是，在與中村君他們久別重逢的次日。報上一小角刊載了ASUNARO的千葉地區代表赴ＮＨＫ觀摩的消息。記得那則報導寫著，全力投入高畫質而在數位技術方面顯得落後的ＮＨＫ，似乎準備與ASUNARO進行某種形式的合作，或許日後會打算簽約購買新聞影片吧。

雖然ＢＢＣ與ＣＮＮ對國中生劫持ＮＨＫ線路一事似乎抱著幸災樂禍的態度，但編輯部卻出奇地安靜下來。原本正向大家報告ＢＢＣ說明的記者也察覺到這異常的氣氛，中途閉上了嘴。小砰這次玩得太過火了吧，後藤平常應該會這麼說，卻見他暫時將視線從預算委員會轉播移開，什麼話都沒說。

我一直以來對小砰與中村君他們的看法，恐怕已經傳染給整個編輯部了。我自己終於承認，那無疑是一種恐懼。不過，並不是單純畏懼他們的技術。他們所擁有的知識、資訊與技術確實超乎我們的想像，但是僅僅如此並不足以造成恐懼。自己缺乏先進的知識、資訊與技術，的確是個令人不安的因素。當不得不承認這些在社會上真的有用，而且自己卻有所欠缺的時候，就會因明顯落伍並擔心將受別人壓榨而產生不安與恐懼。我們說不定是第一個注意到資訊、知識與技術在求生存上比什麼都重要的世代。

然而，小砰他們之所以令我感到恐懼並不只是因為這一點。而是因為他們完全不知道控制。宛如某種物質傳熱或導電一樣，事物無機地從他們之間通過，然後又被他們釋放出來。對他們而言，個人電腦或網路都是極其自然的工具，利用這些工具，他們會毫無顧忌地去實現任何可能性。沒有任何人教導過小砰他們有時候必須要有所節制。過去曾經流行過「新人類」這種溫和的名詞。被稱為新人類的，事實上就是我們這個世代。新人類這個帶有親切感的字眼裡，包含著大人們認為我們現在雖然不可理喻，但遲早會認同他們的價值觀的溫和期待。當某個世代或團體讓人們真正感到恐懼時，是不會流行這種無聊的稱呼的。像希特勒少年團或紅衛兵，就從來沒有過這種親切的外號。

預算委員會室的情況也與編輯部類似。ＮＨＫ的轉播已經流出海外的事，大概自委員長以下所有的人都知道了吧。自民新黨的SAITOU議員，不知何時回到了自己的座位。已經沒有任何議員想要質詢，自委員長以下，個個都神情木然說不出話來。沒有人知道應該如何是好，彷彿整個預算委員會都凍結住了。

就在這樣的氣氛之下，彷彿早就料到會有這種事，並且正等這一刻來臨似的，小砰冷靜地開始說起話來：

「這個國家什麼都不缺。真的是什麼五花八門的東西都有。可是，就是沒有希望。」

一聽到這個聲音，我立刻起了雞皮疙瘩。彷彿預算委員會凍結的空氣整個就這麼被打破了。

「不過，從歷史上看來，這也是理所當然的，而且我覺得，至少要比戰後那種除了希望之外什麼都沒有的廢墟時代好一點。九〇年代，這個我們成長的年代，大家一味地只會檢討泡沫經濟，自信蕩然無存，基本上卻還是什麼都沒有改變。如今仔細想想，我們認為，自己可能已經成為大人社會這種優柔寡斷的做法和想法的犧牲者了。

「愛情、慾望和宗教，或是說生活所需的糧食、飲水、醫藥、汽車、飛機、電器製品，還有馬路、橋樑、機場、碼頭港口、上下水道建設等等一應俱全，但就是沒有希望，在這樣一個國家，接受和除了希望什麼都沒有的時代幾乎沒有兩樣的教育，這叫我們該怎麼辦才好呢？我想，只要不是白癡，任何一個國中生都想過這個問題。

「由於除了國中生之外，連高中生和小學生也起來造反了，相信這個國家的教育制度遲早會改變，但生於過渡時期的我們已經無法再悠哉地等下去了，這也是個事實。嗯，以小孩子來說，一開始除了模仿，或是說參考大人的做法之外，並沒有辦法想出其他的生活方式，也就是說，到底該模仿什麼人才好，這些事情他們根本就搞不清楚。如果模仿政治人物怎麼樣呢？大家可以學我這樣過生活，有哪個政治人物敢說這種話呢？怎麼樣呢？各位。」

預算委員會室裡只聽得小砰透過喇叭放大的聲音，也只看得到小砰在螢幕中動作。甚至連預算委員會的議員們清喉嚨的聲音都聽不到。

「委員長，怎麼樣呢？」

突然被小砰這麼一問，可以看出委員長因為緊張而脊背一挺。要是小砰實際與他們共處一室坐在對面，議員們的反應或許會大為不同。然而小砰的身影只出現在螢幕上，而且十分巨大。不論委員長或其他議員，都不知道該怎麼去應付一個在螢幕上說話的人。委員長支支吾吾地答不出話來。

「為什麼各位不能理直氣壯要我們仿效時下政治人物的生活方式，像現在的政治人物一樣過生活呢？SAITOU先生，您說呢？」

會中頭一個質詢小砰的自民新黨SAITOU議員突然被點名，狼狽得令人同情。小砰並沒有高聲怒罵，但由於聲音透過麥克風傳到喇叭，聽來特別響亮。甚至有種壓迫感。在我旁邊看著電視的後藤倒抽了一口氣。編輯部依然鴉雀無聲。SAITOU這下子成了矚目的焦點，但他卻是滿臉通紅，一句話也說不出來。大家來仿效時下政治人物的生活方式吧，為什麼對我們這麼說呢？小砰問得很直接，完全沒有國會平常質詢應答的那些曖昧、客套與推托。這種問題，像SAITOU這樣的人是沒辦法即刻回答的。因為會擔心萬一回答得不好，會丟臉丟到全世界吧。除了自己的模式之外，他們無法以其他方式進行溝通。

「沒有人能回答嗎？好吧。另外，還有一種行業叫老師。在現在的日本，這個行業在白領階級中的排名，幾乎快敬陪末座了。雖說老師的立場是負責教導我們，但是老師卻不知道到底要為了什麼而活。在學校裡，我們越來越不明白應該做個什麼樣的人，只會像個傻瓜一樣要我們用功唸書，進好高中，進好大學，進好公司，有個好工作。但是隨著我們從幼稚園、小學，到升上國中，除非是笨到了極點，否則都會發現，就算上了好學校、進了好公司，也不見得會有多好的結果。可是卻沒有任何人告訴我們其他還有什麼選擇。

「的確，大人們是有值得同情的地方。像瘋子一樣拚命工作，直到某天才恍然大悟，根本沒什麼事值得自己像個瘋子般賣命。我們出生在『廣場協定』（註：Plaza Accord，一九八五年在紐約廣場飯店簽署的協定，決定美元幣值過高的因應對策）的時代，稍微懂事的時候泡沫經濟便已結束。有些地方是值得同情，而且對泡沫經濟做反省也是應該的。不能夠原諒的，是他們意志消沉，懷念過去，盡是抱怨。什麼以前的日子比較好啦。說什麼物質不重要，重要的是心。既然以前真的這麼好，為什麼不一直維持那個樣子呢？」

小砰看了一下桌上的顯示器。剩餘時間，十三分五十四秒。

「時間不多了，光是罵人也沒什麼建設性，我就講一下目前的情況以及未來的計畫來收尾吧。這場網路轉播，透過NHK的控制中心傳送到以下各電視台。美國ABC、CBS、NBC、CNN；英國BBC；法國TF1；德國ARD；義大利RAI；韓國KBS；挪威NRK；瑞典SVT；丹麥DR；愛爾蘭RTE；荷蘭NOS；比利時VRT；芬蘭YLE；加拿大CBC；捷克CTV；西班牙TVE；肯亞KTN；墨西哥Televisa；巴西TV・Globo；阿根廷ATC；委內瑞拉VTV；中國CCTV；香港TVB；台灣TTV；印尼TVRI；新加坡TCS；泰國UBC；澳洲ABC；紐西蘭

TVNZ；沙烏地阿拉伯ART；以色列IBA；希臘ERT；馬來西亞RTM；菲律賓PTN；玻利維亞ENTV；南非SABC；奈及利亞NTA；俄羅斯ORT；印度DDI；阿富汗RTA；土耳其TRT。

「大家好，我是ASUNARO的代表，楠田．小砰．讓一。」

小砰開始唸起事前準備好的演講稿，螢幕上還配合著英文字幕。

「ASUNARO，透過中國大陸三千八百九十二人的網絡，根據人口靜態統計與生命表分析．靜止人口理論，概算出沿海與內地兩千一百四十八個地區的就學人數、投保人數、國營電視台收視戶數，以及自行車生產數與擁有輛數，並進一步以七百六十五位人民公社成員的生存、出生與死亡準確率作為年齡方程式，修改出新的電腦程式。詳細的調查方式與調查結果，已經在網路新聞影像公司VLTAVA的網站上發表了。

「中國的人口，就如同過去各單位所發表的數字，大約在十四億到十四億七千萬人之間。ASUNARO的合作夥伴VLTAVA，已經取得了國際穀物公司雷邁普投資舊金山《青天論壇報》電子報的相關電子交易拷貝以及密碼。關於現況的報告到此結束。」

剩餘時間，八分二十二秒。

「最後，我打算談一下ASUNARO今後的活動與基本戰略。只能透露一部分。自二〇〇二年四月至今，ASUNARO已經開設了十三所技術訓練中心，但是細節我無法在此透露。ASUNARO也正考慮與幾家企業合作，相關的詳細內容遲早會由各企業公佈。

「我說過，這個國家唯一欠缺的就是希望。對人類而言，希望是否果真必要，我們自己也還沒有結論。可是，只要隸屬這個國家的體系之下一天，就沒有辦法驗證這個問題。在一個已經確定沒有希望的國家裡，要去思考人類是否真的需要希望，我們認為是不可能的事情。

「雖然沒有辦法證實希望對於生產力的提升能有多大幫助，但從外國的角度來看，對失去希望的國家所應採取的最佳策略，應該就是掠奪吧。在歷史上，這種掠奪已經被實踐過無數次了。由於歐美各國領導人大多還沒發現這個狀況，這個國家才得以苟延殘喘，但是國際金融資本卻已經注意到了，第一階段的行動已經在一個星期前以日圓危機的形式展開了。雖然這次的攻擊多半不會成功，可是接下來應該還會不斷捲土重來吧。

「講明白一點，這種時代的政治人物全都是蠢才，沒辦法下決心攫取虛弱的獵物，可是金融資本可不會手軟。金融資本就好像肉食動物，會先挑選最弱的獵物攻擊，並從最柔軟的部分下手。國際金融資本，是不會去碰例如回教基本教義派這種抵抗強烈的勢力。他們攻擊的目標，是如羔羊般不知道自己已經被盯上的國家。

「在他們將一切掠奪殆盡之前，ASUNARO將持續掠奪這個國家的財產，並且考慮脫離這個國家。若是我們的計畫無法搶得先機，或許這個國家整個會變成一座養雞場吧。人要是變成了像是關在狹窄雞舍裡定時接受餵食的雞，就會在對掠奪一無所知的情況下被掠奪殆盡。藉由媒體的力量，養雞場已經擴張到這個國家的各個角落了。養雞場裡的雞，是不會認為自己有任何匱乏的吧。就和這個國家目前的情況一樣，養雞場裡唯一欠缺的就是希望。這場轉播就到此為止。」

在剩餘時間變成零的同時，小砰也從螢幕上消失了。

小砰從螢幕上消失之後，我的手機隨即響起。是山方打來的，聲音相當激動。這是怎麼回事？他劈頭便大吼。雖然聽得出是山方的聲音，我還是把手機拿得離耳朵稍遠一點，問道：「請問是哪一位？」我是文部省的山方，山方又大聲說道。文部省三個字說得比山方還要大聲。

「你事前就知情吧？」

山方這麼問道。由於大家都在討論對小砰演說的感想，編輯部裡鬧哄哄的。我朝窗邊走去，問道：「到底是什麼事情？」並且盡量保持冷靜。

「小砰他們將影像傳向全世界的事，你事先知情對吧？」

我並不知道，我回答。何況將影像傳送到全世界的，正確說來並非小砰他們，而是ＮＨＫ。影像是透過ＮＨＫ的器材、線路以及衛星傳送到全世界的。接下來我就等著被民主黨議員、郵政省，還有預算委員會那些傢伙清算了，山方說完這些後就自行掛掉了電話。

編輯部裡，電視上正一一介紹著ASUNARO開設在全國各地的職業訓練中心。在民營電視台的新聞特報裡，橫濱中心的所長正被攝影機包圍，直說只是奉派經營這家訓練中心而已，對ASUNARO的一切都不清楚。

ＮＨＫ宣佈，控制中心的運作已恢復正常。ＢＢＣ和ＣＮＮ在晚間新聞時段繼續播放小砰演講與ASUNARO的畫面，還報導了中國人口的相關報告與統計結果，以及暗示ASUNARO今後將與哪些企業合作之類的新聞。其中包括日本的家電與製藥廠商、系統軟體開發公司、正在實驗電子交易的簽帳販賣公司、涵蓋北海道地區的有線電視，以及遊戲軟體公司等等。小砰的演說最後只提到「幾家企業」，但ＢＢＣ與ＣＮＮ卻介紹了超過四十家的日本企業與金融機構。

其中部分企業的確投資了ASUNARO，也有某些公司派遣講師到ASUNARO的職業訓練中心授課，或與其簽訂了市調合約。ＣＮＮ的主播還估算了若是ASUNARO上櫃的話將會產生出多少資產。ASUNARO提供給ＢＢＣ與ＣＮＮ的影像，在日本的電視頻道上都看不到，包括地上電波、衛星以及付費頻道，因為沒有簽約。ＮＨＫ與民營電視台只能一再播放ASUNARO網站的首頁而已，因為ASUNARO除此之外一切播映權都不給。

「太厲害了！」

正與別人通電話的堀井說道：

「東證的股價暴漲！」

ＢＢＣ和ＣＮＮ介紹過的企業與金融機構的股價全面翻紅。

到了下午，港幣與人民幣的價格也開始回升。據堀井表示，拋售日圓的動作也已經逐漸平靜下來。

「關口兄，我們不會有事吧？」

吃著烤味噌鰆魚的後藤這麼問我。地點是公司附近的一家小和食屋。我點了山藥汁麥飯，可是沒什麼食慾。

「畢竟我們是少數接觸過小砰他們的成年人之一嘛。」

這家店的老闆剛才也說過類似的話。年近七十的老闆，據說已經在神田經營這家小和食屋四十年了。關口先生，你認識那群國中生是吧？我一進門他便這麼問。話中的意思聽起來似乎是：認識這些麻煩人物，不會出事吧？

「該不會被逮捕吧？」

後藤的表情很認真。不知道後藤為什麼會這麼想。我們又沒有犯法。何況與小砰和中村君有所接觸的又不只我們兩個。企業或金融機構的高層應該也和他們有過接觸吧。而且ASUNARO並不是只有小砰他們這個集團而已。小砰說過，他們是個擁有六十三萬人的網絡。他們的溝通模式我並不清楚，只知道跟我們是不一樣的。小砰雖然是代表，但應該並非領導人。

不過，我也不是不能夠理解後藤的不安。小砰在預算委員會登場之後，我似乎就失去了現實感。後藤現在一定是在回憶當初認識的小砰和中村君他們吧。前往橫濱郊外的明和第一中學，去見挾持校長和老師的小砰他們。事後，邊喝著他們請的可樂，邊講了蒙古少年兵的故事。當時的他們還具有實體。每當我想起在曼谷結識中村君時，也會有種莫名的不安與不舒服的感覺。從曼谷機場打電話給母親時，他還哭了。手臂和肩膀彷彿用力一抓就會骨折似的，給人孱弱的感覺。從那時至今還不到一年。似乎有什麼東西已經發生了急遽的變化，令我抓不到現實感，給人被拋棄在後頭的感覺。

「說得也是。不可能只有我們兩個人。搞不好甚至已經和政府的人見過面了。」

後藤邊用筷子將味噌鰆魚的魚肉弄碎邊喃喃說著。小砰他們的事情令我覺得難以想像。幾年前就聽說比爾・蓋茲的資產超過了十兆日圓，似乎比好幾個中南美洲國家的GNP加起來還要多。沒有多少人能夠想像比爾・蓋茲是如何獲得如此龐大的資產，而小砰他們的曖昧程度也和這頗類似。並不是說他們買下了鐵路公司、興建好幾棟摩天大樓，或是建造了大型客輪。他們只不過是將人類溝通的方式略做調整罷了。

國中生們目前已經得到什麼，今後還會得到些什麼，我們並無法看到。一群窩在田園都市線一棟住商混合大樓裡的小鬼成了BBC和CNN所介紹的人物，還能夠影響股價和匯率，連日本政府和媒體都無法忽視他們的存在了。但是，到底有什麼人能掌握到他們的實體呢？

隨著歐元市場開始交易，貨幣攻擊已經明顯走入尾聲。亞洲企業・銀行的股價明顯止跌回升，承接港幣與人民幣的投資個體戶持續增加，美元也開始往亞洲貨幣基金回流了。

我傍晚時回到公寓住處，邊看著電視上這些新聞，邊獨自啜著酒。只覺得神經疲勞，很想喝烈酒。

我開了一瓶忘記是誰從國外帶回來的威士忌，也沒加冰塊或對水就喝起來。電視新聞上一再出現小砰的影像。連國外媒體也把小砰當成了熱門人物。紐約時報與華盛頓郵報的國際新聞版，都以頭條介紹了小砰。標題分別是「國中生拯救了日本」和「我們是日本的希望」。

國外媒體都在嘲笑預算委員會議員們的狼狽相。自委員長以下無人能夠回答小砰質問的場面在BBC和CNN播放了好幾次；十五歲男孩提出的問題竟然能夠令六十歲的國會議員無言以對，主播們說著相視而笑。紐約時報上寫著：小砰在預算委員會的表現，有著日本人前所未見的幽默與機智。

晚間七點的NHK新聞，說明了畫面之所以會傳送到全世界的原委。科技線記者配合著國會轉播影像訊號的傳送流程圖說明，當時NHK控制中心的電腦遭外力控制，無法從內部操作。同時，警方也表示無法鎖定小砰他們發送訊號的場所。根據說明中使用的圖來看，先以一部攝影機拍攝小砰，所得影像經由國中生自行開發的程式編碼壓縮，再輾轉經過衛星與世界上多部伺服器，最後連接到安裝在國會裡的個人電腦上。雖然警方並沒有發表詳細內容，但表示在四十分鐘的時間內所能追查的伺服器相當有限。

這些國中生的技術到底有多高明呢？NHK的主播問科技線記者。他們所用的並不是最先進的技術，但是綜合準備周詳，有能力負擔衛星線路與伺服器的租金，還必須擁有組織完善的網絡這幾點來研判，ASUNARO的實力應該已經足以與中型通訊社匹敵了吧，記者這麼回答。意思似乎是說，不管怎麼看都很驚人。

在朝日電視台的新聞訪談節目剛開始時，由美子打通電話回來說會很晚回家，聲音聽起來很疲倦。由美子表示，外匯市場又開始正常買進亞洲貨幣，彷彿什麼事都沒發生過似的。只要亞洲貨幣基金的美元回流，對日圓的攻擊就已經失去意義。這下子，投機客非得大量買進亞洲貨幣不可了。因為之前賣空的港幣、人民幣與日圓已經急速回升。最後，大家將如雪崩般開始大量買進亞洲貨幣與日圓吧，由美子說道。

「這都是拜小砰之賜唷。」

由美子這麼說，好像在誇獎小砰是個好孩子似的。好像是吧，我雖然嘴上這麼回答，但不論我或由美子，甚至說全日本，都不清楚小砰實際上到底做了些什麼。

朝日電視台的新聞訪談節目邀請了ASUNARO・荃木的代表到現場。兩個看來都是品學兼優的男孩，穿著整潔的白色馬球衫與夾克。既沒染頭髮，也沒有穿耳洞。我覺得這兩人與小砰和中村君他們很像，或許是因為都只有十五歲，在大人眼裡看來感覺都一樣吧。

「兩位看過今天預算委員會的轉播了吧？」

男主持人首先這麼問。看過了，身穿藍色夾克的男孩回答。

「看過之後怎麼樣呢？」

對於這個問題，身穿格子夾克的男孩卻反問道：「什麼怎麼樣？」被反問的男主持人以求助的眼神望向女主持人。

「看了今天的轉播，兩位有什麼感想呢？」

女主持人像在和自己的弟弟交談似的，溫和地這麼問。兩個代表互看了一眼，又反問女主持人：「妳認為呢？」反應和小砰在預算委員會反問質詢議員時一樣。女主持人一時語塞。因為這是預期之外的反應。一來她沒辦法說出自己的感想，而且一般對小砰的評價也還沒有成形。雖說結果是挽救了亞洲貨幣基金，但也可能被指控為挾持電波的罪犯。一個民營電視台的主持人，是沒辦法就此予以肯定或加以否定的。被反問自己的看法卻一語不發的女主持人，一張臉被無情地拍成特寫，成了被嘲笑的對象。兩個前國中生你看我我看你，但一直面無表情。

「請問，今天以參考人身分出席預算委員會的楠田讓一君，是兩位的朋友嗎？」

受不了這種狀況的男主持人打破了沉默。不是，格子夾克男孩簡短地回答。

「可是，他不是代表你們接受國會的傳喚嗎？」

女主持人問道。她已經開始緊張了。是我們的代表沒錯，但不是朋友，格子夾克男孩說；他在橫濱而我們在荃木，藍夾克男孩又補了一句。

「今天，楠田君表示，日本已經沒有希望了。這是什麼意思呢？」

兩人再次面面相覷。接著再度反問：什麼是什麼意思？

「喔，我的意思是，今天呢，你們的代表不是說過，日本已經沒有希望了。就在國會的預算委會上。我想請問那是什麼意思。」

男主持人已經有點不耐煩了，似乎在努力保住威嚴。「在來這裡之前，」藍夾克男孩說道，「我們剛接受過ＢＢＣ的採訪。他們還認為日本的國中生表示什麼都有就是沒有希望的這個主張十分清楚，可以讓人明瞭日本目前所處的狀況。這件英國國家電視台都表示理解的事情，你卻問是什麼意思。難道你聽不懂『日本已經沒有希望了』這句日本話嗎？」被十五歲的孩子這麼一搶白，男主持人的臉都紅了。一個在好幾本雜誌上寫專欄，據說相當受家庭主婦歡迎的主持人。

無法溝通，小砰曾在預算委員會這麼說。這應該不是存心針對質詢議員，而是真的這麼想吧。例如新聞節目中訪問獲勝的運動選手時，第一個問題一定是「請問您現在的心情怎麼樣？」。明知道受訪者必定是滿心歡喜，但還是試圖要他們多說一點。「今天正好是母親的忌日，令我格外高興」「一切都歸功於教練的指導」，或是「非常感謝隊友的鼓勵」，總之非得補充些什麼不可。我覺得這像是一種確認的儀式。一種讓包括電視機觀眾在內的所有人確認自己處於同一理解圈之內的儀式。仔細想想「日本已經沒有希望了，這句話是什麼意思」是個很可笑的提問。除了日本已經沒希望之外，這句話沒有別的意思，也不必再進一步說明。可是新聞節目的主持人卻這麼問。這就是確認的儀式。拒絕上學的十五歲男孩根本不受這種儀式的束縛，但就如同那預算委員會的議員，主持人們也沒有發覺這一點。

「兩位今年幾歲啦？」

換了一個問題。發問的是女主持人。十五歲，兩人這麼回答。

「現在住在什麼地方呢？」

我住在宇都宮郊外，職業訓練中心的宿舍裡，藍夾克男孩回答；格子夾克男孩則表示租了公寓一個人住。

「兩位的父母難道不會擔心嗎？」

為什麼要擔心？

「一般來說，像你們這個年紀，不是應該去學校上課，用功準備考高中嗎？」

女主持人說道，男主持人也連點好幾次頭。

ASUNARO‧荃木在二〇〇二年第一季的營業額有十二億。我們利用這筆錢來擴充職業訓練中心、收購生化研究所，並且拓展其他新的業務，剩餘資金則用來成立基金。

格子夾克男孩的回答中有「那麼，我們父母還有必要擔心嗎？」這種意思。兩位主持人聽了只得苦笑，一臉「真是拿這些孩子沒辦法」的表情。

「簡單說，就是日本的國中很無聊囉？」

男主持人苦笑著這麼問。聽起來像是在說「夠了夠了，叔叔拿你們沒辦法啦」。企圖將之前的部分當作莫名其妙的東西加以排除，以維護成人的威嚴。

不，不只是這樣，藍夾克男孩冷靜地提出反駁。

現在的日本有個致命的缺點，就是無法掌握風險。

「風險？」

是的。相信您也知道風險管理的重要性，但若無法掌握風險，根本就談不上管理。這個國家，是會針對核能啦內分泌干擾物質啦，或是包括這兩者的環境建立研究模型，此外，對於安全保障啦、治安啦、以及金融體系啦、這一類的巨觀模型也還不錯。換句話說，對於發生機率在百分之二、三左右的中小規模事故或危機還能夠做風險掌握，但是對於發生機率只有百分之〇・〇〇〇〇一的超大規模事故或危機，卻是打從頭就認為沒有做風險評估的必要。從家庭到整個國家，在各種單位的共同體都可以看到這種傾向，結果就沒有辦法做風險管理。由於這種情況實在是危險，所以我們認為，唯一可行的方法就是想盡辦法脫離原本所屬的共同體，對我們來說也就是脫離學校或是家庭。例如新興宗教或基本教義派的恐怖活動、核能發電廠事故，甚至包括將來踏入社會之後該如何生存等等，一般來說，學校這種地方要能夠為我們分析這些個風險，並且提供這種風險管理的訓練或是課程才對。既然無法做到這一點，若是不離開，試著以自己的方式去掌握風險，並進而加以管理的話，不是太危險了嗎？

藍夾克男孩以淡淡的語氣說著，兩個主持人一臉彷彿在聽外國話的表情。透過畫面，可以看出藍夾克男孩審慎選擇措辭用語，並且盡可能以淺顯易懂的話來表達。而且，這番話也確實容易理解。這些前國中生明白表示，繼續接受中學教育對他們而言是個致命的危險。可是對兩位主持人而言，這番話似乎異常艱澀。既然連談話的內容都無法理解，他們當然也不曉得該怎麼做出什麼樣的反應才好。自覺不論說什麼都會顯得愚蠢的男主持人，這時說道：「讓我們先進一段廣告。」為了盡可能給人沉穩的印象，他是面帶微笑這麼說的，但畫面卻沒有隨即切換成廣告。在衛星定位行動電話的廣告開始之前的十秒鐘裡，螢幕上依然是這主持人的特寫鏡頭，只見他那做作的笑容逐漸消失了。

之後仍然進行同樣的對話。「剛才所說的掌握風險，是不是有什麼理論基礎呢？」男主持人突然問了這麼個令人覺得多餘的問題。藍夾克男孩立即談起了渾沌理論。在提出諸如正反饋、非線性系統的碎形現象、費根鮑姆圖、不動點吸子、蝴蝶效應、諾亞效應等許多艱澀的專有名詞之後，最後他表示，渾沌理論雖然已有點老舊，但在掌握風險方面還派得上用場。

「你們那裡的各位都研究這麼艱深的學問嗎？」

女主持人這麼問。這個女人終於提出一個正經問題了，我心想。在顧及禮貌的情況下，遇到不明白的事情就誠實發問，這是採訪的基本注意事項。有人是出自興趣而去研究的；有些人雖然未必喜歡，但是認為有需要而去研究；覺得自己不適合念書的人可能就沒接觸了，各種情況都有，格子夾克男孩回答。

「時間都用在這麼專業的東西上面，會不會影響身心均衡發展呢？」

身心均衡發展是什麼意思，我不明白，格子夾克男孩這麼說。說得也是，女主持人說著也笑了，這個單元便就此結束。

ＴＢＳ的新聞談話節目也邀請了兩個前國中生到現場。一人是ASUNARO・埼玉的代表，是個女孩。短髮，身穿很普通的橘色襯衫，戴眼鏡。另一人是ASUNARO・浦和的代表，身穿白色馬球衫，外面套了件嗶嘰色夾克。兩人同樣都沒有染頭髮，女孩則連指甲油都沒擦。當然，也都沒有穿耳洞。

ＴＢＳ的兩名主持人可能看過朝日電視台的節目沙盤推演過了。態度看起來盡量不去注意十五歲這件事，試圖以對等的態度交談。

「請問生麥通訊社和ASUNARO之間是什麼樣的關係？」

訪談以男主持人的問題揭開序幕。生麥通訊是一個網絡組織，而ASUNARO則是新聞社，不過名稱已經在去年統一了。女孩回答時還邊撩著頭髮，說話方式相當乾脆。

「兩位是ASUNARO這個組織、公司，或者是網絡的，嗯，代表，請問這表示兩位是主管嗎？」

因為是網絡組織，並沒有主管，而且也並不是金字塔型的公司組織，男孩回答。彷彿只是重述已經說明過好幾十次的事情。剛才上朝日電視台的那兩人以及這對男女說不定都是宣傳相關部門的人員，我心想。莫非已經準備好可以應付一切問題的手冊了嗎？

「可是，就算是網絡組織，還是需要管理者，或是說經營者吧？難道沒有那樣的人嗎？」

有的，女孩說。

「而且，龐大的資料也需要人手來整理吧？」

那當然，男孩答道。

「類似這樣的工作責任分配是怎麼處理的呢？畢竟還是需要主管一類的人才吧？」

我們並沒有組織性或是設計性的架構。也就是說，並不是由上而下決定組織形態，再依據設計圖分配職務、安置人才的，所以並沒有主管。

「是不是類似ＮＰＯ（非營利性組織）或ＮＧＯ（非政府組織），可以想像成一種小規模網絡的集合體呢？」

應該很類似吧，女孩推推眼鏡後回答。ＴＢＳ主持人提問的方式雖然頗為紳士，卻也可以看出對這兩個十五歲的孩子心存畏懼。因此盡量避免發生摩擦，裝作一副能夠理解他們的模樣。

「如果以新聞供應服務為例，也是形形色色的新聞都有嘛。從某個鄉鎮的燕子生了小寶寶到兇殺案都有，對吧？到底是由什麼人，以何種方式，從中挑選出有價值的新聞呢？」

我們負責的區域以埼玉縣浦和市為中心，涵蓋了川口、春日部、川越、飯能、所澤，以及秩父和群馬的南部，所拍攝的畫面先交由各分部概略剪輯，有時會再送到橫濱或東京設備完善的ASUNARO處理，有時則會直接送往簽約的國外網路新聞社。早期因為沒有自己的線路，不得不以錄影帶一捲一捲遞送，不過我們最近掌握了有線電纜，已經可以輕鬆傳輸影像數位化的影像。基本上，所有的新聞畫面都是經由數位傳送。由於網路新聞站台非常多，並不會發生供過於求的問題。

「那麼，不去上學的學生們全都加入了ASUNARO嗎？」

不，並不是這個樣子，各種情況都有。有人只是很普通的打工，有人去上自由學苑課；也有些人並沒參加ASUNARO，但是在我們的職業訓練中心受訓。

男孩回答。也有人參加了ＮＰＯ、ＮＧＯ或是其他環保義工團體，還有很多人想成為心理治療師喔，女孩又加以補充。

男女兩位主持人笑咪咪地聽著這兩個前國中生談話，不時點點頭。男孩右手搭在椅背上，以輕鬆的坐姿侃侃而談。看得出他已經很習慣與媒體打交道了。我覺得好像在觀賞一場表演。「各位觀眾，看到了吧，他們可是擁有高超技術、了不起的孩子喔。」可以感覺出兩名主持人在專訪中企圖表達這種想法。朝日電視台的主持人們因為把兩個十五歲男孩當小孩看而導致失敗。ＴＢＳ的主持人以此為戒，以理解為前提來面對他們。感覺就像是在觸摸膿包似的。

有許多關於ASUNARO的謠言。有人懷疑他們在關西某婦產科裝設攝影機進行二十四小時監視，藉此勒索了許多人。也有謠傳指出，某次採訪事業廢棄物處理機構時，ASUNARO的武力部隊「任務小組」曾經殺害了一名業者。還聽說他們在高中或大學的女生宿舍安裝攝影機、轉播自殺實況，以及正在開發以某真實城市為背景的連續殺人網路遊戲。事實上，也有控告ASUNARO誹謗的官司。在北海道，ASUNARO的關係組織UBASUTE正日漸擴展勢力。UBASUTE曾經露骨地表明考慮對老人進行篩選並將其中一部分遺棄。如今，他們又非法入侵ＮＨＫ的控制中心。ＴＢＳ的主持人完全不理會ASUNARO這些黑暗面，話題始終維持在沒有爭議性的層面。

ＢＢＣ、ＣＮＮ和《Newsweek》等國外重要媒體對小砰他們十分感興趣。的確，小砰他們不太有那種日本的封閉感。對那些經常感嘆日本的政治人物、官員以及企業主不知所云的外國媒體而言，想必覺得小砰一夥人有種新鮮感吧。很可能讓他們覺得自己所主導的近代西歐溝通方式，終於有日本的國中生學會，並且在國會表現出來。不過這或許只是小砰他們的策略而已。小砰他們之所以操控NHK的控制中心對國外轉播，是因為深知國外媒體的影響力。對於受到國外媒體認同的日本人或是日本組織，日本的媒體就失去了批判力。受到國外媒體認同的日本人或是日本組織，就會自動脫離日本媒體的評判基準。例如「國際的KUROSAWA」（註：黑澤明），像這樣不以漢字來表示名字，不論是要在日本這個圈子之外加以吹捧或是說要不予理會，總之就是沒有一個稱讚或是批評的基準。因為以往是不需要這種基準的。

男主持人問道：「對於今後的日本社會有沒有什麼期待呢？」聽到十五歲的女孩答說沒什麼特別的期待，他便滿足地笑了。日本成年人的社會的確已經不行了，你們就是日本未來的主人翁，而我將會站在你們這一邊喔，有這種感覺。我不禁覺得越來越不舒服。甚至懷疑自己是不是在嫉妒他。感覺上小砰與中村君已經離我很遠了。正如後藤所說，原本能夠與小砰和中村君接觸的成年人只有我們而已。見ASUNARO被當成小孩子令我氣憤，但是看到無條件接受他們並加以讚賞的成年人又會覺得不舒服。

國中生們在想些什麼？今後有什麼打算呢？往後他們的黑暗面會持續擴大嗎？最大的問題在於，他們並不了解這些事情的黑暗。小砰與中村君他們已經掌握了實力，然而他們並沒有必須遵守的規範。畢竟他們的人生經驗只有十五年而已。

小砰在國會發表演說的一個星期之後，日韓聯合舉辦的世界盃足球賽揭幕了。由年輕選手組成的日本代表隊勉強通過分組預賽，決賽的第一場在經歷ＰＫ戰之後擊敗強敵智利隊。之後輸在德國隊腳下，最後只排名第八，但比起在分組便慘遭淘汰的韓國，已算是奮戰保住了地主國的顏面。日本代表隊的成員以活躍於外國足球聯盟的球員為主軸。

他們當然就此成了人民英雄，可是個個對日本國內的媒體都很冷淡。還有幾位選手以英語、義大利語或西班牙語接受國外媒體的採訪，對日本媒體卻是百般迴避。在準備加入國外聯盟的年輕球員中，甚至還有人明白表示是為了展現自己的實力而戰，並不是為了日本。事實上，在世界盃足球賽結束後，不但有幾位年輕球員投入國外聯盟的懷抱，失去魅力的日本職業足球聯盟（J League）也從此衰退。贊助廠商紛紛拋棄日本職業足球聯盟的球隊，追隨被國外球隊挖角的球員而去。日本代表隊在世界盃的表現竟然搶走了日本職業足球聯盟的魅力，實在是一大諷刺。後來，日本職業足球聯盟的球隊大約減少了一半，許多選手、教練以及相關人員都遭到解雇。

活躍於海外的足球選手成了一種象徵，讓大多數日本人認清了一件事實，那就是媒體過去拚命掩飾的差異已經變得非常明顯。很明顯的，成功的日本人，今後並不一定會與所有同胞分享自己的名利。不知道從什麼時候開始，媒體就已不再使用贏家與輸家這種方便的分類了。因為這種字眼只在勝負雙方難分難解的時代才有效。一來可以煽動危機意識，再者，當輸方仍為數不多之際也具有讓全體宣洩情緒的功能。可是，在輸家不斷湧出的情況下卻只會招致異樣的反感。

世界盃閉幕之後，日本再度陷入沉悶的氣氛之中。雖然政府宣佈二〇〇二年第一季的GDP較去年上升了百分之〇・七，但幾乎所有國民都覺得，國家的GDP根本就和自己的生活沒有什麼關係。失業率依然沒有下降的跡象，十五至二十四歲的年輕族群，失業率超過了百分之二十。

各種事件不斷發生。八月，一個平實的二十二歲青年因為連續殺人而遭逮捕。他在去年底被機械零件公司解雇，半年內連續殺了歌舞伎町的中國酒家女、油漆公司的菲律賓人、清潔公司的哥倫比亞人等八名外勞。犯案的年輕人必須扶養病弱的雙親，心中害怕失業保險停了之後雙親只有死路一條。好像也認為自己找不到新工作都是外勞的錯。當某綜合雜誌刊載了他的日記之後，許多地方都發起了抵制外籍勞工的活動。

同樣是在盛夏，一個違法買賣人類皮膚的集團遭到檢舉。這個未獲政府許可的團體收集買賣十幾歲青少年男女的皮膚供作培養人工骨骼等之用。他們並不是暴力組織，而是幾個二十幾歲，被裁員的物流業年輕職員。一個把販賣皮膚當家常便飯的年輕人在接受電視採訪的時候表示，在這個買賣器官的時代，賣個皮膚有什麼好大驚小怪的，還解開繃帶展示被剝除皮膚的手腳。被問到拿賣皮膚所得買了些什麼，比如說流行的美國印花襯衫啦，他回答。

同時期還有一個在網路上販賣小學生猥褻照片的業者被捕；一位文藝評論家發表了〈出賣身體的時代〉長篇散文。一家保守派報紙的社論上寫道：既無商品也沒有通路的窮人們會將自己的身體送上市場展售，在這種情況下，年輕人皮膚的最後買主可能正是美國的醫藥公司，就如同數十年前日本婦女為了食糧而將肉體賣給美軍，時下的孩子們為了買襯衫而把皮膚賣給美國。

二〇〇二年秋天，冒出了一個提倡「合理而美麗的自殺」的宗教團體，而且在群馬縣和長野縣還真的發生了集體自殺事件。自殺者中還包括不少孩子，他們的父親也因為遭到裁員而自殺。自九〇年代末期至今，自殺的中、老年人已經超過十二萬人，留下的小孩子根本沒有人關心。因此，「遺棄弱者的腐敗社會裡，自殺具有崇高而重要的意義」的教義便在那些孩子之間蔓延開來。

二〇〇二年年底，英國的金融時報刊載了一則新聞，質疑半年前投機客對亞洲貨幣基金與日圓的攻擊可能是ASUNARO一手執導的戲碼。

在預算委員會的演講最後，小砰表示已經取得了能夠證明國際穀物公司雷邁普投資舊金山《青天論壇報》電子報的相關電子交易拷貝以及密碼。也就是說，他們有藉由散佈中國人口超過二十億的假情報，讓雷邁普穀物公司趁機哄抬穀物價格的嫌疑。

雷邁普並沒有否認小砰的發言。《青天論壇報》這份電子報的發行母體是舊金山一家名為Telecosmic的大型網路供應商。雷邁普集團則是Telecosmic的股東之一。所以，金融時報也表示小砰所言並沒有錯，雷邁普並沒有辦法控告ASUNARO誹謗。

換句話說，小砰並沒有明指雷邁普散佈假情報，只是說重新調查了中國人口，並表示數字在十四億到十四億七千萬人之間，以及握有雷邁普是《青天論壇報》股東的證據，如此而已。而這些全都是事實。

小砰不僅以巧妙的手法讓雷邁普無法提出訴訟，還對市場造成了無比的影響。金融時報還進一步指出，當時的《青天論壇報》與數百個網站訂有合約，純粹只是引用別人的新聞報導而已。事實上，負責編輯發行《青天論壇報》的只有兩個人而已。三十多歲，住在舊金山灣區的這兩人過去當過新聞記者，他們從簽約網站新聞報導中整理出有意思的消息，每個星期發行兩次《青天論壇報》。

兩人已經在Telecosmic的指示下停止發行《青天論壇報》了。原因是美國網路監察委員會認為有刊載惡質捏造新聞之嫌而勸告停止發行，他們接受了。《青天論壇報》的一個編輯在接受金融時報訪談時做了如下的回答：

「中國的人口已經超過二十億這種報導，以前也不是沒出現過。那篇報導，是引用自香港一個英文版新聞網站。可是不知道什麼原因，那個日本國中生在日本的議會發言之後，該網站就關閉了。由於關站之後我們就無法追蹤到所在的伺服器，查不出那則消息的來源。我們當然必須為引用那則報導負責，不過，這種事情在網路上其實並不稀奇。我的意思是，全世界有數以萬計的網站或電子報相互刊載對方的新聞報導。感覺就和相互提供連結是一樣的。」

該香港英文版電子報有可能已經被ASUNARO收購了，金融時報表示。全球有無數個人的新聞站台。VLTAVA和ASUNARO就是其中資本雄厚的佼佼者。若是VLTAVA或ASUNARO為了某種目的而要收購弱小的個人網站，可能比奇異融資去收購靠養老金生活的老人所經營的梅菲爾骨董店還容易吧。

在此，我們不妨試著計算一下，報導的最後寫道：若是ASUNARO誘使《青天論壇報》刊載這則新聞，繼而演出攻擊亞洲貨幣基金與日圓的戲碼，以槓桿原理買進被拋售的港幣、人民幣、韓幣與日圓的話，會怎麼樣呢？此外，若是ASUNARO真的與避險基金聯手演出攻擊亞洲貨幣基金與日圓的話，他們又能夠靠這齣大戲獲取多大的利益呢？

是由美子在網路上發現了這則金融時報的報導。在年底一個寒冷的深夜，由美子將列印下來的那則報導拿給我看。

「有什麼看法嗎？」

由美子一臉憂愁地問道。真的可能有這種事嗎？我說。

「什麼有沒有可能？」

我是說，國中生怎麼可能有能力參與這種事呢？

「就因為是國中生，才有可能這麼做吧。」

穿著睡衣的由美子披了件睡袍，喝著紅酒。朋友送的羅馬尼亞紅酒。這瓶釀造於西奧賽斯古時代的紅酒聽說味道相當不錯，可是香味卻令人莫名地感到鬱悶。想必是受到我此刻心情的影響吧。

二〇〇二年的年關非常淒慘。在九〇年代中期出現了「近代化的末日」這種說法，有位著名心理學者也在文章中表示，這意味著民族的悲情已經轉化為個人的寂寞了。的確，演歌與歌謠曲自八〇年代中期開始逐漸從市場消失，取而代之的是大批人在卡拉ＯＫ都能琅琅上口的中性流行歌曲。

但是在迎向二十一世紀的時候，卻誕生了一種與近代化途中的時代不同的，新的悲情。起初這是以遭裁員的中老年人自殺以及無法覓得工作的年輕人為非作歹的形式表現出來，隨著事態的發展，起因也逐漸明朗了。那就是經濟能力的差異。就算日經平均指數上升，也不是所有的類股都有人買，股價直漲的只有少數資訊電子相關產業與出口產業而已。在失業人數與日俱增的情況下，靠配股而賺進幾億、甚至幾十億的人卻不斷出現，起初媒體還會介紹這些人，但隨著一般民眾的反彈高漲，女性雜誌等最近已經幾乎看不到成功人士的相關報導了。

介紹豪華旅遊或超高級餐廳的電視節目也逐漸銷聲匿跡，因為不得不承認自己一輩子與這種生活無緣的階層持續增加。小康階級日漸消失。對於無法適應經濟能力差距的大部分日本人而言，這是件難以忍受的事情。八成到九成的國民陷入沒落感之中，羨慕與嫉妒變得越來越露骨。大家心中忿忿不平，卻又為無力感所籠罩。自然而然的，新興民族主義也隨之而起，產生了幾個新的右派政黨，在無力感中沉淪的民眾則被新興宗教所吸收。

「我也覺得無法相信，只不過，這種說法還是有它的可能性存在。亞洲貨幣基金，原本就是日本一廂情願地基於民族自尊所推動的嘛。日圓並沒有作為國際貨幣的基本實力，再加上亞洲各國的意見又不一致，有朝一日會成為到投機客的目標並不足為奇，但是沒有人想像得到會出自國中生之手吧。如果是隨便什麼人隨手寫出的劇本，行家是不會有動作的。這次手法與投機客不同，看起來像是偶發事件。只不過我並不清楚，小砰他們是不是算到了這一點，才策劃出一連串的資訊操作。我只能說，即使是資訊操作，操控者也絕對不能留下任何蛛絲馬跡。要是露出了馬腳，行家就不會出手了。不覺得小砰他們的手法既簡單又新鮮嗎？當然，我這番話是假設這一切都是出自小砰他們之手。」

二〇〇二年的年關之所以令人感覺淒慘，長期的經濟停滯並不是唯一原因。在上個世紀末仍然顯得模糊不清，類似日本的出路的東西，已經開始顯現，其中也包括今後日本國民的生活將不再一律富足這種一體感的消失。因為幾乎所有的國民都已經認識到，一體感消失了。

在這樣的國家裡，是不會產生人民英雄的。若是在二十年前，小砰他們可能會被媒體大力吹捧吧。說不定會被冠上「可怕的孩子」之類的稱號。保守媒體可能會加以批判，以年輕族群為對象的媒體則可能會鼓掌叫好吧。不管怎麼說，ASUNARO應該都會成為媒體的寵兒，可是業已失去一體感的國民可不會喜歡成功者的故事。日本媒體根本就沒有理會金融時報的報導。

若是這則報導屬實，ASUNARO可能賺了多少？我問由美子。五千億到十兆圓之間吧，由美子回答。

二〇〇三年已然來臨，可是不見任何新氣象，只是和過去相同的事態進一步發展而已。新的右派政黨與團體並不成氣候，也沒有出現擁有大批信徒的新興宗教。民族主義只在資訊封閉的時代有效，而且還必須設定出敵對國家才行，例如說與美國為敵。可是已經沒有任何國民相信這樣能夠維護自己的尊嚴了。一來經過資訊通訊革命之後，新的美式價值觀已經完全滲透進來，而且右派團體・政黨以去年亞洲貨幣基金危機為例強調保護主義的重要性也欠缺說服力。新右派同樣沒有宏觀的視野。

新興宗教如雨後春筍般冒出來，也引發了各種事件。二〇〇三年四月，群馬縣的館林有二十四名幼稚園學童失蹤。犯人是其中一名學童的母親，隸屬於一個叫做「新生村」的新興宗教團體。這都是為了拯救孩子，她對警方這麼說。還發生一個宣揚野外生活的精神運動團體在山梨的西湖湖畔集體凍死的事件。另外有個新聞，一家藥商老闆突然改信了回教系的新興宗教，帶著家人和員工遷居巴勒斯坦。可是沒有任何新興宗教獲得廣泛的支持，因為他們都提不出具有說服力的規範。

團舞賽在年輕族群間大為流行。過去在各地都曾舉辦過團舞賽，去年為了世界盃足球賽開幕前夕的慶祝活動而在東京會師。早期最出名的團舞競技賽就是札幌的「朱蘭祭」了，後來全國各地都開始舉辦類似的活動，由於去年世界盃的緣故，這股流行風更是熱到了極點。二〇〇三年夏季，全國共舉辦了近百場類似預賽的團舞競技賽，最後在大阪舉辦了全國大賽。贊助廠商是外資的電信公司。富士電視台當時播放了比賽實況，可是看到日本年輕人輪番在畫有外商電信公司商標的舞台拚命熱舞的模樣，感覺真是奇怪。

他們的舞蹈看起來如出一轍。由於沒有專業的舞蹈老師，每一隊的動作看起來都大同小異。我既沒有工作也沒有念書，人生的一切全都賭在團舞上了，一個臉上畫著怪妝的年輕人喊道。我們除此之外一無所有，年輕女孩們在接受採訪時流著淚這麼回答，只聽到負責轉播的記者反覆喊著：「這就是二十一世紀日本年輕人的活力！」大多數的日本年輕人，只能夠在外商電信公司打造的舞台上不斷跳著毫無創意的舞蹈而已。除此之外沒有任何事情可做。

二〇〇三年秋季，ASUNARO又成立了新公司。這個對ASUNARO而言是第十九家公司的福爾摩斯偵探社，主要業務是檢舉企業犯罪與解決糾紛，性質類似徵信社。雖然主要是針對公司內部區域網路的瀆職、犯罪以及敵對行為進行調查，但是網路跟蹤或是冒名等等網路糾紛也都照單全收，在全國成立了超過兩百家的分店。

網路瀆職或冒名等等線上犯罪過去之所以難以調查，是因為沒有任何一個同時擁有數位技術與大批調查員的組織。網際網路本身可以提高效率，削減人事成本。可是，要調查出網路上的匿名者在現實世界的住處或是公司，卻需要龐大的人力。只憑一個電子郵件信箱的線索就能夠在二十四小時內查出當事者的真實姓名、電話、住址、戶籍所在地以及工作單位的福爾摩斯偵探社，挾著ASUNARO的技術實力與全國數萬人的動員能力，轉眼之間便成為業界的龍頭。

二〇〇三年底，ASUNARO宣佈已經買下了全國二十三個城市的有線電視網。到了二〇〇四年春季，ASUNARO旗下三家公司的股票透過那斯達克上櫃，募集到了鉅額資金。

ASUNARO的職業訓練中心如今已改命為D學苑，在數量和規模兩方面都有所擴展。D是

discipline・「訓練」的縮寫，有許多年輕的外國人在這裡擔任語言教師。他們大都是申請工作假期簽證來日本的外國人。由於公立大學改革而失去工作的年輕助教與講師，遭企業裁員的律師、會計師與程式設計師，也紛紛投效D學苑。學校教育法於二〇〇四年進行修正，由於專修學校的認定標準擴大，D學苑也成為獲得認可的學校。小砰他們真的改變了日本的教育。

小砰與中村君他們已經十七歲了。這段時間，我只見過他們一次。那是在ASUNARO遷徙至北海道之前的事情。

二〇〇四年夏天，幾乎有三年沒聯絡的中村君突然打電話來。好久不見，我是中村，中村君說道。雖然中村君的聲音並沒有變，可是實在太過突然，聽到對方自稱中村，我一時還想不起來。來電的用意是希望我提供一些關於D學苑年齡限制的意見。據說現在希望能夠進入D學苑就讀的人，年齡從二十歲左右到將近五十歲都有。

「截至目前為止，只有當年那些前國中生，或是說ASUNARO的成員才能夠入學，但是一來我們也已經十七歲了，而且有些人還想繼續留在D學苑唸書，遲早得面臨設定年齡限制的問題，所以想聽聽關口先生的意見。」

令人驚訝的是，中村君他們居然還住在江田車站附近那棟住商混合的小建築物裡。「在哪裡見面呢？」我問道，「老地方。」中村君回答。

「就是三年前關口先生去過的那家雜貨店的三樓。」

翌日，我去和中村君他們碰面。只是為了聽聽有關D學苑年齡限制的意見，有必要專程找我過來嗎？我在電車裡思索著。如今他們身邊應該有許多成年人才對。不過，知道中村君他們還住在那家雜貨店的三樓，我的心情也放鬆不少。即使是為了其他目的找我也無所謂，我心想。

電車經過多摩川的時候，一所國中的校園映入眼簾。在耀眼的陽光下，有一群學生正在跑步。去年已經有新生進入國中，今年則有大約九成的新生入學就讀。也就是說，全國國中生集體棄學的社會現象持續大約兩年之後宣告結束。ASUNARO，是以小砰他們的年代，也就是在二〇〇一年就讀國中二年級的世代為核心所組成，之後在人數上並沒有飛躍的成長。

個中原因並非ASUNARO很封閉，純粹只是小學生很難理解ASUNARO存在的理由而已。而且ASUNARO從來不曾鼓勵比其更年輕的世代不要進入既有的國中，或許是認為不可能每年吸收小學生畢業生吧。即使如此，在二〇〇三年還是有近三成，二〇〇四年則有近一成的小學生希望進入D學苑而非既有的國中。

在田園都市線的電車車廂裡，有「白夜團到此一遊」「外勞滾出日本」等等紅黑色噴漆塗鴉。沒聽過白夜團這名字，可能是新興的右派團體吧。電車裡的廣告空間留著明顯的空位。這麼說來，東急電鐵並沒有幫忙挽救東急不動產與東急建設公司。下午兩點的田園都市線車廂裡，可以看到象徵著日本今日狀況的乘客。穿著皺巴巴的西裝看著報紙求職欄的中年失業者，以及一群全身名牌服飾，討論著搭船環遊世界的婦女。

三年來，江田車站附近幾乎沒什麼改變。小砰在國會的預算委員會演說之後，國中生們可能已經將這一帶所有的土地與大樓盡數買下，我曾經自以為是地這麼想像。想到這裡，我只有苦笑。在那想像中，小砰與中村君他們已經身處摩天大樓最頂層，對身邊的幾十個成人發號施令。他們搭乘由司機駕駛的大轎車，有身材高的秘書隨侍，四周圍繞著電子設備。

我在住商混合大樓對面的糕餅店裡買了送給中村君他們的見面禮。選了草莓蛋糕和泡芙，但不知道該買幾個，只好隨便挑了十個。這棟四層樓的住商混合建築已經完全沒了招牌。看不出改建的跡象，恐怕是他們已經將這棟樓房整個買下了。

一樓設有接待處。雖說是接待處，也並非像大企業的總公司大樓那樣設有大理石的櫃台和花枝招展的女職員，只有一個身穿深藍色制服、戴眼鏡的中年婦人坐在狹小的管理員室而已。我報上姓名之後，她便請我坐下來稍候。走廊上排放著鋼管椅和桌子。一會兒之後中村君現身了。好久不見，向我打招呼的中村君長高了不少。

「另一位還好嗎？」上樓梯時中村君問道，指的應該是後藤吧。他已經去南美洲囉，我回答。去年秋天與公司的合約一到期，後藤便渡海前往祕魯。餞別會結束之後，我們倆去喝酒一直喝到天明。喝醉的後藤直說留在這種國家根本沒搞頭。到祕魯去的話，又有什麼不一樣呢？我問道。後藤從祕魯的空氣開始滔滔講起。關口兄，祕魯雖然貧窮，利馬的貧民窟髒亂，軍隊像流氓，教育水準低落，在那裡生活的確很辛苦，但是怎麼說呢，空氣，是那種空氣。乾燥，早上會冷得令人打顫，或許這麼說會顯得有點幼稚，可是那會讓我覺得自己身體與世界的交界分得一清二楚。我自己在這裡，周遭裹著我身體輪廓的則是世界，也許這根本就是理所當然的事情，但感覺真的很明顯。來到日本，日子實在太好過了。總覺得很溫暖，覺得自己和世界的分界模模糊糊的，很輕鬆。也不必擔心會有十二歲的游擊隊員請我吃子彈。可是有時候，自己是不是真的身在此處的感覺會變得曖昧不清。自己的身體與外側世界的分界根本無從分辨。有時甚至會有彷彿自己的身體已經融化，無法確認自己軀體的感覺。要是無法確實感覺到自己與外側，或是說自己身體之外的東西，是在哪裡相接的，怎麼可能確認自己的存在呢？

「您好。」

坐在黑色木紋的書桌前面對一部超薄筆記型電腦的小砰站了起來，擺出笑臉和我握手。動作還真生硬啊，我心想。一句您好、站起來擺出笑臉、握手，小砰的這一連串動作顯得有些不自然。到目前為止，想必他已經用這一套招呼過許多成年人了，但還是略顯得生硬。感覺像在模仿什麼人似的。可是並沒有給我不好的印象。畢竟我事前曾想像過在可以俯瞰整個東京的摩天大樓頂樓，小砰蹺著二郎腿坐在大皮椅上的模樣。

小砰穿著白色馬球衫與嗶嘰色棉長褲。中村君的服裝也很類似，只是顏色略有不同。搞不好

ASUNARO所有成員決定，夏天穿馬球衫與棉褲，秋天穿素面夾克，冬天則要穿厚毛外套吧。小砰沒長什麼個子。大概只有一百六十左右吧。過去總是掛在肩頭的小掛包不見了，耳環和戒指也沒了。

「好久不見，請坐。」

他讓了把椅子給我。類似編輯部工讀生坐的那種便宜迴轉椅。屋子裡有兩張書桌、書架和電視機。電視機上連接著電玩的操縱桿，遊戲軟體則散亂在螢幕四周。油氈地板上可見洋芋片之類的碎屑，窗邊擺著塑膠製盆景。據說ASUNARO的資產在五兆圓至十兆圓之間。他們的代表的辦公室大小只有四坪左右，放著葉子上蒙著灰塵的塑膠植物，牆上掛著一份日本航空公司的「世界美女」月曆。

「關口先生這些年可好？」

小砰問道。還可以啦，我回答之後把蛋糕遞給他。謝謝，您太客氣了，小砰謝道。小砰的語氣變了。雖然過去聲音也同樣沉穩，但語氣和措辭總是帶著刺。

「相信中村已經提過了，我們所經營的D學苑，如今正考慮要有年齡限制，希望能聽聽您的意見。」

小砰的容貌也有了一些改變。印象中的他臉頰胖嘟嘟的，但是現在已經不再。並不是因為變瘦了，大概是臉型從小孩子變成青少年了吧。我冷靜得連自己都不敢相信。若是換成兩年前小砰在國會演說那一陣子，搞不好會緊張得兩腿發抖吧。有種自己的朋友變成紅得發紫的名人的感覺。彷彿小砰和中村君他們已經遠離，只有自己被棄之不顧似的。不過，自那之後已經過了一段夠長的時間，更重要的是，眼前的小砰和中村君已經不是小孩子了。

先請教一下，為什麼想聽我的意見呢？我說道。話中帶有「如今和當初認識的時候不一樣了，你們身邊應該有很多成年人吧」這種意思。小砰和中村君互看了一眼，似乎聽出了我的弦外之音。可以說嗎？中村君問道，小砰點了點頭。

「我們擬定了一個計畫，找您來事實上是想討論一下這件事的。和D學苑年齡限制沒有關係。而且，該怎麼說呢，由於計畫並不是很合理，想不出來還能找什麼人商量，所以我和小砰討論過之後，便把關口先生請來了。」

原來如此，我點了點頭，但總覺得缺乏現實感。

「我們已經和律師、會計師、經營者，以及投資顧問等形形色色的人共事過，差不多都很優秀，而且我們已經建立了一套讓別人騙不了我們的系統，到目前為止還不曾出過什麼問題。」

什麼樣的系統呢？

「說穿了也沒什麼了不起的。就是普通的風險管理。為了讓決策與帳目透明化，我們設計了許多監察系統，如此而已。我們雇用的律師、會計師，以及經營者等等，都被獎金制度給綁得死死的，既不會發生個人被收買之類的情況，他們也沒必要在帳務上動手腳。但相對的，不確定是否合理或有利可圖的計畫，就沒辦法徵詢他們的意見了。」

把計畫說來聽聽吧，我說。小砰隨即問道：「喜歡北海道嗎？」並不討厭，我回答。中村君接口說道：「我們考慮將ASUNARO遷居到北海道。」

遷居？

「ASUNARO如今已經發展成一個四十五萬人左右的組織了，成員分散在全國各地，其中超過半數，也就是大約三十萬人，正在考慮集體遷居到北海道。」

為什麼？

「也沒有什麼特別的理由，只不過覺得那裡幅員遼闊，應該會很舒服吧。我和小砰已經去看過好幾次土地，位於札幌與千歲之間。道廳和千歲北開發公社都願意以低價提供我們土地，幾乎等於免費。不知道關口先生覺得怎麼樣。」

你們打算利用那塊土地做什麼呢？我問道。

「首先要興建風力發電設備。此外還有生化研究所，旁邊緊臨著農場和牧場。另外還有二十五萬戶住宅、五千棟公寓、八所D學苑、二十一座公園、運動設施；所有的住宅與設施都將鋪設光纖電纜，而且要三百六十五天都能夠使用人造衛星，我們打算把那裡當作ASUNARO的情報發訊基地。」

是要在杳無人煙的土地上興建這些設施嗎？

「不是，我們買下的土地涵蓋了十三個鄉鎮市，未來將和那裡的居民合作建設新市鎮。」

我想起了一群少年漂流到荒島的故事，並且開始思索社會會有什麼樣的反應。或許有人會覺得高興，認為這麼一來就可以把那些異類隔離了，但可能也有人會因為整個城鎮被前國中生佔領而感到不安吧。

可是，小砰他們已經整合成一個集團，這令我感到有些沒意思。這些孩子不是混雜在現實的成人社會裡，如同癌細胞般擴張網絡，才將勢力發展到今天這種地步的嗎？原本還以為他們會一直保持與成人社會對立的立場。我希望他們能繼續顛覆成人社會，同時也覺得建設理想國的計畫與小砰他們並不搭調。

不過，這是個宏偉的計畫。一群十七歲的孩子將要建立新的城鎮。

「不過，小砰好像還有別的想法。」

中村君說著望向小砰。

「我打算發行貨幣。」

小砰這麼說。

貨幣？

「關口先生知道地域性貨幣吧？」

並不清楚，我回答。

「地域性貨幣大致可分為兩種：一種是類似很久以前便在英國一個叫做斯文敦的地方都市進行實驗的Mondex，是一種具有流通性的電子貨幣。另一種叫做LETS，全名是在地交換和貿易制度，這有點像是在特定區域內交換資產與服務的抵用券。我正在考慮發行一種結合這兩者的貨幣。LETS的特徵是沒有利息，也就是累積這種貨幣並不能產生任何利益，我覺得這點很重要。」

聽到發行新貨幣的構想，我想起了小砰過去曾說過的話。三年前，小砰就是在這間屋子裡從那可愛的小掛包裡掏出一張千圓紙鈔用手指捏著，說道：這張紙之所以是錢，是因為具有信用。還說過不信任日本這個國家的銀行券，若是有辦法自己發行具有信用的貨幣，說不定輕易就能夠獲得比日圓還高的信用之類的話。

「所謂地域性貨幣，終究還是得以信賴為基礎，因此，若是不對當地成員做一定程度的限制，是不可能實現的。這一點，嗯，可以說是我們考慮遷居北海道最大的動機。地域性貨幣是面對全球化市場的唯一防衛手段，不論通貨膨脹或通貨緊縮都有辦法處理。換句話說，不但可以對抗中央銀行所獨佔的鈔券過度發行，在經濟大恐慌的時候也可以應付地方貨幣極度緊縮的情況。

「由於這種貨幣的基礎是信賴而不是信用，因此非得限制流通範圍不可。雖說必須限定流通範圍，但因為我所考慮的是電子式的地域性貨幣，流通範圍將不只限於北海道的ASUNARO，還包括全日本的ASUNARO、已擴展至東亞的網絡，應該還會以VLTAVA為中心向歐洲和北美分散擴大。

「我打算將這種貨幣命名為ＥＸ。所謂ＥＸ，可以是Examined、Example、Except、Exchange、Express、Extra、Exodus等等各種意思的單字的縮寫，也具有『出走』這層含義。雖然只是北海道，但我們畢竟是離開了，之所以打算命名為ＥＸ，也有紀念這個行動的意思。

「我認為，ＥＸ可以在環保問題等活動上作為一種結算性的貨幣而發揮威力。我們將要求與

ASUNARO往來的國內外企業，部分款項必須以ＥＸ結算，然後納入ASUNARO所管理的環保基金之中，以便運用在各種有需要的地方。並且，若是某些價值觀與我們不謀而合，也可以加入ＥＸ貨幣圈，例如長久以來的合作夥伴VLTAVA就是一個例子。同時我們也正在討論進一步與各種ＮＰＯ合作，讓ＥＸ在難民營或戰亂地區流通，這一類的可行性。

「最能夠讓ＥＸ發揮威力的，就是區域內的各種服務事業。這方面最重要的就是醫療了，對吧。當然，Ｄ學苑的學費、餐館或咖啡廳等等餐飲服務、理髮廳和美髮院，從健身理療到除雪工作，從庭院除草到清掃公園，或是說從幼稚園到電腦維修，只要是在北海道ASUNARO的區內能夠自給自足的對人服務，都可以使用ＥＸ支付。不過，這個計畫還沒有跟我們的律師、經營者和投資顧問談過。他們滿腦子只有利潤，不知道到時候會有什麼反應。」

我還是搞不太清楚。他們似乎準備在北海道發行電子貨幣作為地域性貨幣。雖然搞不清楚，卻很有真實感。只因為小砰是以淡淡的語氣娓娓道來。既不顯得興奮，也沒有陶醉在自己的計畫裡。小砰看起來反而還顯得有些憂鬱。雖然已經決定將這個計畫付諸實行了，但是之前還有許多難關必須克服，真是麻煩啊，有這種感覺。

「關口先生有什麼想法呢？」中村君問道。老實說我並不太懂，我回答。這種前所未聞的事情，我既沒有辦法想像也沒有實際的感受。不過我心想，幸好這並不是那種搬到北海道建立理想國的天真想法。

「之所以想到要聽聽關口先生的想法，是因為這三年來與我們打交道的成年人個個都滿腦子只有利益和效率，雖然這並沒什麼不好，但是我認為他們也因此而無法理解北海道ASUNARO與ＥＸ計畫的意義。在我們仍然身無分文的時候，關口先生就願意聆聽我們的各種想法，所以，這次才想要請教您的意見。」

這和我的現實生活相距太遠，老實說根本沒有辦法想像，也沒有辦法提供什麼意見。不過呢，這麼說吧，聽來滿讓人期待呢。雖然我不是很懂，可是覺得滿期待的。我這麼說。

「聽到關口先生這麼說，我真的很高興。」

聽小砰這麼說，我嚇了一跳。小砰他們擁有的資金據說已達五兆到十兆圓之譜。聽到我的意見，有必要這麼高興嗎？

「關口先生，其實，我們有點累了。多少也已經了解市場是個什麼樣的東西。所謂市場，是一個傳染慾望的場所，就像是空氣，或說是像病毒般無孔不入，破壞原本太平無事的共同體。使得共同體原有的道德規範變得毫無意義。只不過，我們也是利用這麼一個市場來累積資金，進而與成人社會對抗，可是，如果要一直遵照這種遊戲規則，我們覺得那實在太蠢了。當然，市場畢竟是中性的，市場本身沒什麼不好，錯就錯在市場所導致的不均。自由經濟必定會產生失敗者，可是勝利者也必須活在遭失敗者報復的恐懼之中，不是嗎？不覺得這樣真的很划不來嗎？不是曾經出過一個因為要不到ＤＶＤ放映機而用球棒將母親打死的國中生嗎？也很多國中女生賣春對吧？還有出售器官的流浪漢或販賣皮膚的大學生，是吧？那都是因為市場已經滲透到我們生活的每一個角落，連器官或身體這些原本應該屬於個人的東西都成為買賣的對象了。再這樣下去，我覺得我們長大成人後也只會變得和自己憎恨的大人們一模一樣而已。」

有一個問題，我說道。

「請說。」

要怎麼樣和當地居民往來呢？聽了我的問題，兩人互看了一眼，臉上的表情似乎在說怎麼會問這種問題。就一般的方式嘛，中村君說道。接著簡單向我說明他們如何以公平的方式核算利益。該如何將利益分配給大家，似乎是個困難的問題。

ASUNARO的成員，也就是這些前國中生，會依據貢獻度計點制來分配利益。這種計點制的系統似乎可以直接將地域性貨幣ＥＸ套用進來。根據設計，這些利益不論何時領取都可以，已經有幾千名ASUNARO成員分別領到了數十萬至數千萬圓不等的酬勞，其中有人幫父母建了房子，也有人利用這筆資金出國留學去了。ASUNARO絕對不會對個人強加限制的，中村君說道。

「想離職的話，任何人都可以自由離開。此外，即使退出ASUNARO，點數仍然會保留著。」

其他的成年人合作夥伴，例如經營顧問等，是以固定薪資和配股的配套方式支領酬勞。會計師、律師、技術人員，以及Ｄ學苑的講師等等，基本上則是根據契約向人力仲介公司支領薪水。不過，ASUNARO本身也經營人力仲介公司。

「我們是不會從ASUNARO的人力仲介公司找人的。我們的人力仲介公司主要的業務，是安排D學苑的畢業生進入ASUNARO以外的企業實習。」

ASUNARO握有經營權的事業公司全部由一家名為UNIT的控股公司管理，各企業體、部門，以及職務之間的所有空隙，都佈滿了由多家會計公司所組成的監察網。

「只要能做到公平，應該就不會有問題。」

中村君如此表示。聽起來，他們也打算以一般的，也就是公平的方式與北海道當地人共事。

我也問了有關UBASUTE的事情。

在北海道，以前的生麥通信・札幌曾經搞了一個叫做UBASUTE的組織還是運動。不知道小砰和中村君他們對那個組織有什麼看法。

「UBASUTE被誤解了。」

小砰這麼說。

「UBASUTE根本就沒有攻擊老年人的意思。關口先生可知道UBASUTE現在從事什麼樣的活動嗎？」

只限於週刊雜誌和電視所報導的範圍，我回答。隨著ASUNARO成為一個龐大的組織，堂堂躍上社會正面舞台，UBASUTE也頻頻在媒體上出現。他們經常在網路上舉辦關於高齡化社會的問卷調查，並且將結果送交一般的媒體公佈。

・你真的喜歡老人嗎？

・長期與老人相處是否曾讓你感到憂鬱？

・你真的認為應該尊敬老人嗎？

問卷中有許許多多這一類的問題，對老年人而言，年輕族群的回答結果總是相當殘酷。另外，北海道的ASUNARO去年買下了一棟建在山上，能夠眺望洞爺湖的知名旅館。這棟旅館是一九九〇年代初期泡沫經濟的象徵。有媒體質疑UBASUTE可能準備將這棟旅館作為現代的棄姥山之用。

「UBASUTE是日本目前最深入思考老人問題的組織。」

小砰這麼說。感覺就好像希特勒少年團員宣稱納粹是最認真研究猶太人問題的政黨似的。

「關口先生，您知道安養保險已經出現破洞了嗎？」

被這麼一問，我點點頭。四年前安養保險開始實施之初，保費是固定的。在固定限制之後，無力繳納保險費的案例便層出不窮，其中要以低收入戶為主。去年秋季長期利率暴漲、赤字國債停止發行之後，失去國家補助而無法負擔保險費的鄉鎮市越來越多，投入安養市場的民間公司也有半數倒閉。

「不出幾年，不，大概從明年開始，就會出現地方公務員大批退休的情況。就是那些什麼世代的人。」

團塊世代，我幫忙補充。沒錯沒錯，小砰笑著說。

「在目前的財政狀況下，地方政府根本付不出這些人的龐大退休金。同時，國家又將開始把不良資產轉交給地方。從明年開始就要進入存量循環了。」

我不知道什麼是存量循環。

「就是指必須對道路、橋樑、水庫等進行再投資的時期。各處的道路會坍塌、橋樑會陷落、水庫會因為泥沙淤積而逐漸失去功能，雖然有這些狀況，但是到最後，地方政府在人員大量減少，甚至連那些退休金都付不出來的情況下，為了再投資所需，還必須進一步從國家手中接下爛攤子。不過現實問題是，地方公債自幾年前起就無法再發行了。由於財投法的修訂，國家已不能像以前那樣購買地方債，但其實是因為沒有人要買，根本就賣不出去了。神戶市原本打算向國外的金融機構推銷，卻因評比過低而無法如願。神戶市的評比和某時期的俄羅斯差不多，根本不適合投資。地方的財政大概都是這種狀況。

「說到這裡，在地方鄉鎮市經營的安養中心裡，老人們的三餐都吃些什麼東西，您知道嗎？」

我不知道。印象中應該是吃些稀飯之類的食物吧。

「第一種是普通餐。醃黃瓜、涼拌菠菜、照燒鰤魚和煮羊棲菜，一般都是直接這麼吃。另外還有一種『顆粒餐』。為了讓牙齒或是下顎的功能退化，攝食狀況不良的老人也能夠享受食物的美味，會使用特殊的機器將食物切碎，而不是只用果汁機打成液體而已。而且還準備了粗粒餐、細粒餐、極細粒餐三種。細粒餐的粒度三釐米，極細粒的標準則是小於一釐米立方。

「只有連極細粒餐都沒辦法食用的老人才配予流質食物。重要的是，不論是顆粒餐或是流質食物，也都是一道一道菜分開準備的。也就是說，如果有醃黃瓜，就將醃黃瓜切成顆粒或打成液狀。因此即使是流質食物，醃黃瓜就是黃綠色的，涼拌菠菜還是綠色的，照燒鰤魚仍然保持烤鰤魚的顏色，羊棲菜也就是羊棲菜的顏色。可是，顆粒餐或流質食物都已經切碎或打成液體，不管怎麼看都不再具有食材原來的形狀了。被切成粒度小於一釐米的照燒鰤魚，是不可能保有一般魚肉塊的形狀的。打成了液態，黃瓜和菠菜應該也都分不出來了，所以，就要想辦法讓鰤魚保持魚肉塊的形狀。處理過之後再特地塑形，這樣在吃的時候還認得出來是鰤魚或是黃瓜。

「除此之外，還要為生病的老人準備糖尿餐、低鹽餐、腎臟餐、糖腎餐、洗腎餐、經管餐等等。調理好的食物還有冷藏與保溫箱，上面貼有每個人的標籤。將黃瓜、羊棲菜分開來切碎、打成流質，您知道需要多少經費嗎？」

小砰他們怎麼會蒐集了這些資訊呢？因為ASUNARO推出了一套方案，能夠二十四小時監視因為癡呆症而有徘徊癖的老人，中村君主動說明。

「與剛才提到的那些細心考量相反，對於癡呆症的徘徊癖老人，到了晚上，唯一的方法就是將他們綁在床上。在享受過用果汁機打成流質或是重塑成原形的鰤魚之後就寢的時候，老人們卻會被綁在床上，有的老人夜裡還哭著求人放開他。」

我是沒看過，可是還記得網路上曾經播放過這樣被綁在床上的老人的畫面與聲音，無線電視台的新聞也介紹過，一時成為話題。

「這些老人，會用很奇怪的聲音哭喊喔。令人匪夷所思的聲音。不覺得奇怪嗎？在飲食方面非常費心，然而到了晚上這些老人還是得被綁在床上。UBASUTE只不過是質疑這種扭曲的情況罷了，並沒有攻擊老年人的意思。」

小砰用奇怪、匪夷所思來形容老人的哭聲。聽到被綁在床上的老人夜半的哭聲，小砰他們應該也不會感到同情吧。聽到被限制行動自由的人哭泣，我多少會感到難過。我想，自己也不願意聽到這種聲音。因為想像若是自己發生這種狀況，而自己對於這種狀況卻又無能為力而絕望，就會覺得難過。

這時只聽到嗶一聲，架子上的顯示螢幕旋即亮了。中村君走到螢幕旁用鍵盤操作之後，螢幕上便出現了影像。今天可真早啊，小砰說著看了看手錶。

「這是一位住在舊金山的動畫師，和我們簽了約，每天會傳送一則動畫過來。都是短篇動畫，關口先生要不要看看？」

是ASUNARO的網站上連載的動畫之一。

「這只是個樣品，我們看過之後才會放到網路上。」

畫面中出現了一個男孩。音樂同時響起。分不出是白人還是東方人的男孩走在一個近未來的街道上。可以看到日式的神社，也有櫛比鱗次的摩天樓，還有回教的清真寺。相當細緻的電腦動畫。男孩把手伸向後腦勺，面露悲傷的神情。我就是沒有個人隱私，出現了這麼一句英語對白。

「他是一個被植入晶片的可憐蟲。」

中村君說明道。

「只不過一件性犯罪，腦袋裡就被植入了晶片，行蹤隨時都會被掌握。藉由衛星追蹤晶片監視，不管他人在哪裡，警方都能夠立刻找到。」

男孩來到清真寺旁。也許我應該當個回教徒才對，他說道。清真寺裡，教徒們正在朗誦古蘭經祈禱著。畫面右側出現了1到5的號碼。

「關口先生，選一個喜歡的號碼吧。」

聽中村君這麼說，我點選了1。男孩因為進清真寺的時候沒有脫鞋，被正在祈禱的教徒痛揍了一頓。點選2，男孩被人們包圍質問進來幹什麼並遭到辱罵。不管選擇哪個號碼，男孩的下場都很慘。

「這是以CATV的數位線路傳送的影像，不覺得傳輸速度很快嗎？」

傳輸速度的確很快。聽說使用數位CATV上網，傳輸速度是電話線路的一百倍。這讓我想起，小砰他們很早以前就買下了東急CATV。可是更令我印象深刻的是，小砰和中村君觀看動畫時的表情。這個動畫很受歡迎喲，看著動畫的兩人對我這麼說，可是兩人的表情看不出喜怒哀樂。

小砰他們應該會買下這個動畫作品吧。除了短篇動畫之外，ASUNARO也投資製作長篇劇情片以及遊戲軟體。可是，兩人看著動畫時的表情，並非因為是自己投資的作品而刻意顯得嚴肅而冷靜。在觀看動畫時，兩人臉上的皮膚動也沒動一下。並不是顯得膩了或是厭煩的表情。似乎也不是對任何事都不覺得驚訝，不是無法對對象或他人做出反應，也不是缺乏人性。更不是才十七歲就顯得老成。

在很久以前所拍攝的日本新聞畫面裡可以看到，人們雖然貧窮，但是大家都笑得很開朗。在戰前或高度經濟成長時期的黑白影片中，每個上了鏡頭的人都會露出靦腆的笑容。難道以前的人表情都比較豐富嗎？我不這麼認為。純粹只是因為他們的生活中資訊非常少的緣故吧。簡單說，因為無知，任何事情都會令他們感到驚訝。

小砰他們所擁有的資訊與知識是令人難以置信，但這並不表示博學。他們並沒有累積資訊。他們只是經常與龐大的資訊來源接觸，任何資訊都可以找出來。如果他們想的話，不但有能力入侵國家機密資料庫，也可以弄到衛星拍攝的影像。說不定，他們已經失去了「前所未聞的景物」這種概念。

為什麼選擇了北海道呢？最後我這麼問。

「因為沒有梅雨。」

小砰回答。

「從我開始算起，中村也是，ASUNARO裡也有很多人討厭梅雨喔。溼答答的，空氣好像黏在皮膚上的感覺，讓人根本就無法忍受。而北海道是沒有梅雨的。」

離開時，中村君送我到門口。他表示定期會回去探望父母，可是話不投機。

「我總覺得，回家不是因為想見到父母。我家隔壁是一家中國餐館，東西並不是特別好吃，但是在我小的時候，全家人就經常去那裡吃飯。我家位於一個新開發的住宅區，小時候附近沒有幾家餐廳，每次上館子就是去那家中國餐館。如今，就算是回家也覺得沒什麼意思，所以有時候就會想，或許只是為了上那家中國餐館吃飯才回去的也不一定。」
聽中村君這麼說，我便問他上那家中國餐館都點些什麼。
「每次點的都差不多。我都吃炸雞、春捲還有蝦仁炒飯。從小到大都一樣。父母親和妹妹的菜單也大致固定，四個人都不太說話，各自吃著和過去一樣的東西。」
有機會請來北海道玩，握手道別時中村君這麼說。

江田車站的對面是一所小學。正逢放學時間，鈴聲響起，接著傳來德弗札克的〈念故鄉〉的旋律。正當我想到放學的音樂並沒有隨時代而改變時，彷彿〈念故鄉〉的旋律鑽進了身體裡面似的，心裡忽然有種奇怪的感覺。胸口鬱悶，感傷湧上心頭。這情緒是怎麼回事？我不禁有些焦躁。小學時代的事已經忘得差不多了。也沒什麼值得回憶。上了國中之後也差不多。沒遇到過好老師，好朋友也沒幾個。如果要我講幾段美好回憶，可能根本回答不出來吧。也想不起來每天聽著德弗札克的〈念故鄉〉放學回家究竟是小學還是國中時代了。或許小學和國中播放的是同一首歌也不一定。
這種事怎麼樣都無所謂，大概，問題在於有什麼東西隨著這首歌刻在了我的心底。很可能盡是些對人生沒什麼影響的東西吧。那一定不是什麼人生中不可或缺的東西。不論怎麼看，我覺得都是些可有可無的東西。幾乎都在重複著不會留下回憶的無聊事。老師們個個只會裝模作樣，也沒遇到過任何特別的事物。可是德弗札克的這首歌卻喚醒了什麼。我想起了中村君提到的中國餐館。可能是吃到童年時相同的食物會讓中村君感到安心吧。

我不禁感到悲傷。小時候就是必須一直重複無聊的瑣事，我絕對不會這麼想，也不認為在能夠讓自己安心的事物的圍繞下生活儘管平凡卻是一種幸福。唯有一件事我可以確定，那就是，重複無聊的瑣事能讓我們感到安心，這卻莫名地令我悲傷。

「其實，我們有點累了。」

小砰曾這麼說。他們在這三年裡拒絕去重複無聊的瑣事。他們身上看不到重複無聊瑣事的痕跡。

二〇〇五年四月，ASUNARO的遷居計畫付諸實行。將容納ASUNARO的十三個鄉鎮市與道廳，全面配合風力發電、住宅，以及D學苑等設施的建設。土地幾乎等於免費提供。

第一批大約十萬名的ASUNARO成員，於二〇〇五年秋季遷居到札幌與千歲之間的帶狀地區。道廳考慮將那十三個鄉鎮市合併，ASUNARO對此也表贊成，可是雙方在新城市的名稱上意見分歧。道廳提出「飛天市」這個名字，但是ASUNARO看中了靠近移民區中心的野幌這個地名。

當移民區的建設大規模展開時，電視報導了小砰等ASUNARO代表訪問北海道廳的消息。在明和第一中學的校長撤銷刑事訴訟之後，小砰就不時出現在國內外的電視和雜誌上。與外商電信公司的日本分公司總經理對談，和年輕政治家交換意見，也曾提出稅制改革方案。部分原因是他們已經十七歲了，而且小砰他們已經逐漸被社會大眾視為巨型創投企業的旗手了。比爾‧蓋茲創立微軟的時候也不過十幾歲，日本的媒體也開始出現這類的描述。

ASUNARO代表團搭乘道廳所準備的小型巴士抵達時，受到了職員們的鼓掌歡迎。他們身穿燈芯絨或羊毛長褲、咖啡色或深藍色夾克，其中有些人打了領帶，手上抱著厚毛大衣或羽毛夾克。代表中也有一個女孩，她穿著嗶嘰色套裝，披著一件黑色的羽毛外套。到目前為止，ASUNARO從不曾以服裝來表現什麼主張。打扮一直都不太引人矚目，給人的感覺就是品學兼優的國中生。他們並不需要藉打扮來劃清自己與成人社會的界線。

ASUNARO的代表團一走進知事室的接待處，天花板上的彩球立刻打開撒出了彩紙，還垂下了一條寫著「飛天市」的布幕。小砰和中村君，以及來自其他地區的ASUNARO代表們，面無表情地拂掉肩膀和頭髮上的紙屑，指著布幕問知事：「請問這是什麼？」是新城市的名字，知事並加以說明。

「意思是一飛沖天，邁向二十一世紀的活力新都市。」

多謝好意，小砰先是這麼說，但接著便表示：「我們覺得還是普通一點的名字比較好」要求更改市名。由於野幌這個鎮正好靠近移民區的中心，我們希望以此為市名就好，ASUNARO負責文宣的女孩這麼說。知事室裡的幹部職員一陣緊張，知事的臉色也變了。由於小砰他們的語氣相當平和，我一時並沒有發現情況有異。飛天這個名稱，是經過北海道議會以及合併鄉鎮市協議會同意的。但是ASUNARO卻對此有意見。

將合併的鄉鎮市，財政狀況一定很糟糕吧。可是不但ASUNARO的品牌影響力遠及海外，十萬人規模的移民與他們的事業也能夠增加稅收並創造工作機會。據說這十三個鄉鎮市的人口合計八萬人，並且正在逐年減少。不過，終於等到ASUNARO遷居此地。就立場來看，和前來墾荒的移民沒什麼兩樣。既然該地區的行政首長特地準備了新市名，他們理應沒有唱反調的權利。

「我們覺得叫野幌市就可以了，不知您意下如何？」

被ASUNARO文宣部的十七歲女孩這麼一說，知事頓時啞口無言。

幾天後，市名便定為野幌了。

ASUNARO開始搬遷的時候，也就是二〇〇五年的初夏，我當爸爸了。並不是意外得到的孩子，而是經過計畫才生的。我和由美子談過之後，在生產前也辦妥了結婚登記。是個女兒。與由美子討論生孩子，是在聽了中村君他們遷往北海道的計畫之後的事情，兩者之間是否有關聯，我自己也不清楚。

可是，當我在醫院第一眼看到嬰兒的臉龐時，就覺得自己有義務盡量陪她一起度過充實而美好的時光。由於認識了小砰與中村君，並且目睹他們實際改變了社會的某些部分，有件事情我想要親自確認。那就是先從妥善處理最小共同體裡的溝通做起。這並不表示我認為小砰與中村君他們是因為家教不好才會起來造反的。

沒有絕對不會崩壞的制度，小砰他們做了這樣的示範。此外也讓大家知道，共同體的溝通已經變質了。也就是說，未來和人際關係經常是不可靠的。或許有些人在了解這些事實之後就決定不要生孩子了吧，這一點我並不否認。可是，我卻想要親自確認，在親子或是夫妻這種最小共同體中個別的溝通，會對在其中長大的孩子產生什麼樣的影響。

不過，當我提議生孩子時，由美子卻說了下面這種話：

「不是為了這麼囉唆的理由吧？說穿了，你只是因為認識小砰和中村君，才想要孩子的。我覺得你已感覺到孩子的可能性了，不論是好的或是壞的。」

我無法反駁。

聽說野幌市地方公債的評比是ＡＡＡ噢，由美子從醫院抱著孩子回到公寓時告訴我這個消息。原本我打算去接她們，但岳母表示東西很多，計程車擠不下，要我留在家裡。

寶寶喝過奶，滿足地在嬰兒床上睡著之後，由美子打電話到公司詢問野幌市地方公債的詳細情況。在等待由美子從醫院返家時，我一直在思考孩子的名字。本想就幾個名字的腹案和由美子討論一下，可是她掛上電話之後隨即又打開筆記型電腦進一步蒐集野幌市地方公債的資料。岳母為我們準備了燉肉清湯和三明治，我邊吃邊問道：「野幌市的地方公債是怎麼回事？」並且盡量壓低聲音以免吵醒孩子。

「野幌市發行了地方公債，而且被穆迪氏與S＆P評比為３Ａ。根據情報顯示，被評為ＡＡＡ的原因，在於公債是由ASUNARO旗下的網路銀行負責發行的緣故。」

我不明白這是什麼意思。

「就是說，北海道一個小城市的債券突然變成了紙黃金喔。跟財政狀況一點關係也沒有。不是很奇怪嗎？」

是指ASUNARO買下了債券嗎？

「是說ASUNARO旗下的網路銀行為債券做了擔保。就是ASUNARO的銀行將野幌市為了貸款而發行的證書證券化。野幌市為了鋪設馬路、興建發電廠而發行了地方公債，一般來說，這種債券的形式不論是證書貸款或是證券，國家都會悉數承接。畢竟外國的投資人是不會購買一般日本鄉鎮市所發行的債券的嘛。但是野幌這回的情況，卻是市拒絕了國家的保付。」

可以這麼做嗎？

「由於地方財政法的修正，現在已經可以了。不過呢，這自然是首次出現的案例。由於國庫也已經捉襟見肘了，基本上應該會很高興吧。」

我指的是，國家的威信之類的，不會出問題嗎？

「ASUNARO開始遷居野幌時，政府應該就已經有某種程度的心理準備了，只是沒想到會做得這麼明目張膽吧。可能沒料到會立刻就發行地方公債吧。我想，遲早有一天，野幌市會完全拒絕國庫負擔款、補助金或中央統籌分配款這一切吧。」

ASUNARO為什麼要這麼做呢？

「一發行五百億的債券便被評比為３Ａ，總之小砰他們又賺了一筆。不過這並不是他們的目的。

雖說償還期限是在五年之後，但由於野幌市不可能獨力重新籌集資金，到時候ASUNARO不就對野幌有影響力了嗎？五年後，ASUNARO只要單純提出償還債券的要求，野幌市就得依照面額買回，這對ASUNARO而言來說是一筆數字嚇人的資本增益，可是野幌市卻會無力償還，只有重新籌集資金一途，可是只能找的對象又只有ASUNARO而已。最後就會演變成類似這樣無可奈何的情況。」

這麼一來，野幌市不就被ASUNARO統治了麼？就是因為有這麼一層背景，才敢直截了當推翻飛天這個市名吧。

「自己決定市名，我覺得根本就只是件小事。畢竟他們都已經掌握財政了。至於統治嘛，現在又不是封建時代，我認為也不可能出現將野幌的一般市民當奴隸使喚這種事情。與其說統治野幌，我認為他們的企圖可能更為徹底。」

寶寶哭了起來。由美子從嬰兒床上抱起她哄了哄。一被抱起來，寶寶就不哭了。

怎麼說更徹底？

「就是脫離日本，實質上獨立呀。」

獨立？

「小砰不是說過準備發行地域性貨幣嗎？那個ＥＸ。即使是非常小型的地域性貨幣，也需要一個具有中央銀行功能的機構。若是成立一個控制地域性貨幣供給的中央銀行，然後由ASUNARO管理，一定是信用可靠吧。由於他們擁有了貨幣發行權，簡單說就具備國家機能了。」

可是國家會允許這種事發生嗎？

「不是允不允許的問題，而是ASUNARO就是準備這麼做。由於小砰他們還沒有選舉權或被選舉權，能夠做的就是先掌握野幌市的財政。我覺得，問題在於能源。除非他們擁有能源。」

我站了起來，仔細端詳寶寶的臉孔。岳母說女兒長得像我，但我看不太出來。「想到要取什麼名字了嗎？」岳母問我。「我想，就用平假名寫的ASUNA這個名字吧。」我答道。「是ASUNARO的ASUNA，對吧？」由美子說著笑了出來。ASUNA，岳母輕聲唸著，然後表示：「不錯啊。」

電視上出現了風車的鏡頭。野幌市西郊的寬闊台地上建起了發電風車的一號機。雖然市府想要舉行啟用典禮，但是ASUNARO卻表示反對，主播報導著。風車坐落的台地，年間平均風速是八公尺，方圓十幾公里都是平坦的土地。

野幌市新聞局與ASUNARO宣佈，於二〇〇六年內，將在台地上興建兩百座直徑超過一百五十公尺的八百萬瓦級風車。總工程費約一千億圓，最後全部由ASUNARO出資。據說計畫完成之後，將能供應日本基本能源需求的約百分之三，也就是十五萬千瓦的電力。這是野幌市本身基本能源需求的二十倍左右。

當然，ASUNARO也成立了風力發電的電力公司，並且發行股票。另外還成立了風力發電的基金，叫做野幌生態基金。生態基金的制度是：在全北海道招募會員，會員每個月必須依據電費另外繳交百分之二作為生態基金。這筆錢將作為建設、維修風力電廠之用。野幌生態基金將替北海道電力公司代收會員的電費，直接在線上從會員的銀行戶頭裡扣除。也就是說，野幌生態基金會代會員繳交電費給北海道電力公司。更進一步，野幌生態基金還設計了將電力售予北海道電力來扣抵電費的制度，當開始產生差額之際，就是讓地域性貨幣ＥＸ流通之時。

野幌市民幾乎全都成了生態基金的會員。因為大家計算過，當風車數量超過三十座之後，用電就幾乎等於免費了。

「現實的問題是，風力發電幾乎沒有利潤。電費要比石化燃料高出許多。風力畢竟不穩定，難以成為基本電力供應源，也容易因落雷等狀況而故障，還需要大筆經費維修。以葉片旋轉發電所產生的噪音問題也相當嚴重，不過我們目前已經邀請音樂家鯛本龍一先生協助，嘗試以音樂的方式來處理葉片破風的聲音。鯛本先生正在進行實驗，藉由在葉片上面加設細微突起的方式，看看能否讓兩百座風車旋轉的聲音變得和諧。

「目前，若是日本也開始徵收已成為國際標準的環保稅的話，北海道內的企業加入野幌生態基金將會更加有利。何況石化燃料未來終究會耗盡。雖然風力發電屆時將成為主力這種想法或許並不實際，但是一定會與太陽能發電共同成為重要的選項之一。希望到那個時候，我們能夠成為日本唯一擁有技術實力的電力公司，為社會貢獻服務。」

名為「Wild Base」的風力發電公司的宣傳刊物發表了以上的文章。ASUNARO已經擁有能源了。

自從ASUNARO首批集體遷入以來，野幌市便急速成長。野幌的英文拼音NOHORO也開始在國外的各種媒體上出現。在NPO與NGO的各種組織、團體的網站上，更是經常以大篇幅介紹NOHORO。

這是因為野幌市實施了全國首創的新稅制，將捐助環保、資源、教育與國際組織的基金納入其中。當地企業只要捐款給野幌市認定的NGO或NPO所成立的基金，便得以依據額度扣除公司稅。個人捐款者也一樣可以扣除居民稅。扣除額退還款將以地域性貨幣EX支付。

若是以野幌市一個天然飼料的酪農業者工會為例，他們將營業額依固定比例捐給丹麥一個專門監控遺傳基因改造技術的NPO，而捐款全額都可以由公司稅中扣除。這樣的稅制隱藏著踰越中央政府所賦予的地方自治權限的危險。

事實上，野幌市在二〇〇八年二月的定期市議會裡，已經提出了轉移部分國稅的法案。二〇〇七年九月，一家天然肥皂與清潔劑公司，還有一家以草藥為原料的外商化妝品直銷公司將總公司遷至野幌市。兩者都是藉網路銷售而業績亮麗的公司，在全國有多處營業所，各擁有數百名業務員與直銷員。依照野幌市企圖實施的稅制，若是這些業務員與直銷員將佣金的百分之一捐給開發中國家或是環保NPO的基金，就可以成為扣除所得稅的對象。

所得稅畢竟是國稅。可是野幌市的市議會居然不按章法，提出了將國稅轉由市府課徵的條例。這個條例獲得了全球環保團體的支持，在綠色和平組織創辦的企業與地方政府環保貢獻評比中，替日本拿下了第一個3A。此外，在二〇〇七年聖誕節於加拿大渥太華所舉行的世界環保評估大會中，還與愛爾蘭的長津市以及瑞典的烏里森漢市同獲模範鄉鎮市的殊榮。

ASUNARO第二次遷居計畫於二〇〇七年秋季實行，之後，全國各地都有企業被野幌吸引而來。原因在於野幌市議會宣佈將致力改革公司稅法，以期將環保稅全面納入其中。製造電子零件檢查裝置或無塵室的公司，開發雨水利用、滲透系統以及河川淨化系統的公司，生產衛浴用過濾設備的企業，全國的大型超市與百貨公司的外商資料管理公司，製造臭氧機與除砷器的公司，還有三家電玩軟體開發公司，他們僅是將總公司遷移至野幌，股價就上漲了。

二〇〇六年，野幌市長由一位三十四歲的ASUNARO顧問律師接任。另外，名額四十位的市議員中，有二十九人是ASUNARO相關企業的年輕員工、D學苑的講師，或是NPO的職員。

不可思議的是，這些事情幾乎都沒有成為媒體討論的話題。

二〇〇六年與二〇〇七年，日本的GDP分別有百分之二點三以及百分之二點二的成長。雖然政府在二〇〇二年就表示景氣已經復甦，但大多數國民對此都毫無感覺。失業率依然高達百分之七，沒有下降的跡象，貧富差距的狀況也更形明顯。最要命的是在進入二十一世紀之後依然找不到方向。

IT革命與網際網路使得人類的生活有了重大改變，日本將有高附加價值的新產業誕生的幻想也宣告破滅。的確是出現了若干資訊通訊產業，可是並沒有創造出新的就業機會。網際網路普及率在二〇〇五年突破了百分之六十，藉此成功拓展商務的企業卻是寥寥可數。

在「日本也要出比爾・蓋茲」的口號下，鼓勵創投企業的稅制改革終於在二〇〇四年春季開始實施，但諷刺的是，微軟卻在創業以來首度出現業績衰退的情況。由於基礎建設已經完備，電子商務得以進入開發服務項目的時代。也就是說，銷售書籍、汽車以及化妝品等等，各種數據管理業務，新聞影片、金融資訊與音樂軟體的傳輸，總括生產到物流、經營、事務、人事與業務的網上管理系統，這些商務雖然已經成為世界的主流，可是日本卻嚴重落後。到了二〇〇五年，程式設計師與系統工程師的仲介公司也紛紛倒閉。

金融體系也不安定。除了少數幾家銀行之外，投入的稅金都沒有回來。而隨著超低利息政策解除，大部分駐外銀行的日本溢價再度復活。在地價低迷的夾擊下，財務缺口有問題的銀行的評比紛紛走下坡，股價也隨之暴落。雖然不斷進行合併整合，日本的銀行終究沒有辦法在國際競爭中取得優勢。

內閣每半年就改組一次，並且數度企圖進行財政改革，可是每次都遭遇挫折。到了二〇〇七年，被指定為財政重建團體的鄉鎮市急速增加，正如小砰他們所預言，存量循環開始了。各地都有道路塌陷，新幹線的隧道也發生了坍方的事故。尤其是二〇〇五年發生在岐阜的大垣隧道事件，崩塌的水泥塊導致列車出軌，造成三百多人死亡，兩個星期之後才完全恢復通車。

失業人數居高不下，但同時卻持續人才嚴重不足。能夠因應變化提出個別方案的人才，絕對數字就顯不足。若是能夠領導全國的菁英分子超過人口的百分之五，國家就不至沒落，這是一位英國知名政治學者在二〇〇五年留下的名言。但是日本並未能達到這個數字。

不過，還是有一個集團正在實現日本政府重建經濟的藍圖，就是ASUNARO。如今ASUNARO的相關企業已經超過百家，其中約有半數獲利之高令人難以置信。其中獲利率最高的是，負責調查網路上的跟監、勒贖、騷擾行為的網際偵探社，防止詐欺的電子認證系統開發，專門處理電子商務相關案件的律師事務所，開發防盜軟硬體售予民間保全業者等之相關業務，基因改造模擬資料的處理，供事業廢棄物處理機構用之有害物質檢測軟硬體的開發與銷售，以及電玩軟體開發與電腦動畫製作等等，大多是ASUNARO從創立D學苑之初就已經投入的產業。

剩下的另一半事業中，也有些公司出現了赤字。可是這些公司卻創造了莫大的附加價值。例如代理台灣、中國等東亞國家的版權買賣，為了捐贈給開發中國家而插手中古電腦市場，開發風力與地熱發電，土壤、地下水的相關研究調查，以超高溫電漿設備改善土壤汙染，審核與評鑑環保相關分析設備與測量儀器，NPO、NGO及各種環保團體的資料管理，網路廣告仲介，審核與評鑑網路上的免付費軟體與搜尋引擎，以及負責管理地域性貨幣EX的EX銀行等等。

網際網路商務最基本的特徵是，首先會產生價值，而其中只有某些部分能夠獲得金錢的利益。好像挺有趣的，大家應該會喜歡吧，就費點工夫試試看好了，網路就是在這種精神下誕生的，而且至今仍保有這種特質。因此，那些只想要上櫃貪圖眼前利益的公司自然紛紛遭到淘汰。靠配股買下豪宅，抱著既有的著作權與既得權益不放的人，最後都從網路世界消失了。

小砰和中村君他們都住在野幌市的一般市民住宅。我曾經收到過一份以電子郵件寄來的照片。清潔舒適、擁有最新設備的住宅，但並不是什麼豪宅。他們並沒有這種慾望。在踏進社會上飽嘗挫折之前就和朋友一同創業成功，因此他們並沒有想要過得比別人奢侈這種世俗的慾望。ASUNARO依然保持著能夠免費提供的東西全都提供的態度，這是全世界網路世代所共有的觀念。

日本的媒體無法找出適合的辭彙來表達這種新價值觀。近幾年來，沒落的情形最戲劇化的，或許就是日本的傳統媒體吧。除了登山、釣魚或園藝之類與嗜好有關的部分之外，雜誌根本就乏人問津。再者，書籍的銷售量也極度下滑，出版社、經銷商，以及書店的生存也都受到威脅。報紙的發行量近年來同樣銳減。到了二〇〇六年，由於廣告收入減少而倒閉的地區性調頻廣播電台接二連三出現。地區性調頻廣播電台通常是由當地報社或是電視台、廣告代理商共同投資，這個事業的沒落意味著淘汰的波濤正朝傳統媒體打去，可是他們卻依然沒有注意到大趨勢的變化。電視剩下的唯一功能，就是為日本大量誕生的經濟失敗者提供能夠忘卻不安的娛樂。

這些個日本的媒體，對於野幌市是否發生了什麼事並不感興趣，而且佔大多數的傳統日本人也絕不會認同ASUNARO。若是ASUNARO與野幌市上了新聞，通常表示他們又出了什麼問題。

第一批集體遷居之後經過了三年，野幌也面臨人口急遽增加的問題。ASUNARO的集體遷居已經進入第三期，總計有十六萬人搬到了野幌。每一個ASUNARO通訊的參加者都有遷居權，其他一般的NGO或NPO人員則必須經過審核。

為防人口急速增加，野幌市以建築條例來因應。只要沒有住處，人口就不會一直遷入，基於這種想法而制定了可以限制興建住宅與公寓的相關條例。例如有一項規定是，土地取得與建築費用，有百分之三十五以上必須以地域性貨幣EX支付。由於EX的發行量由EX銀行控制，外界的企業和個人並沒有辦法擁有大量的EX。

換句話說，EX可兌換為日圓或美元，反之則受到限制。起初，EX的匯率設定在一EX兌一〇〇日圓，僅僅半年就升值到一比二〇四日圓。EX之所以會變成價值非常高的貨幣，自然是因為發行量有所限制。

可是，想要住在野幌的人非常多。年輕人對ASUNARO尤其嚮往。為了能夠遷居野幌而特地成立NPO的年輕人不斷出現。

二〇〇八年九月，野幌市與一個企圖搬到市內的義工團體發生了衝突。這個名為Love Energy的義工團體搭乘三輛巴士從關東地區來到野幌，宣稱將無償為野幌維修風力發電風車，並且賴在市郊的丘陵地帶不走。約一百四十名左右的成員就直接睡在車上，接著甚至開始以木材和塑膠布建起了臨時屋。

發電風車由Wild Base公司管理，部分還對觀光客開放。Love Energy就駐紮在這一區，即使市府勸告撤離也相應不理。媒體連日追蹤這件新聞，等著看野幌市要求警方將他們驅離。

Love Energy曾在東北新幹線隧道事故時協助清運崩塌土石有功，各電視台不斷播放當時拍攝的畫面。媒體正等著看野幌和ASUNARO的好戲。

「我們一致認為，風力發電這種能源能夠拯救地球的未來。因此，我們希望先在風力發電技術最先進的野幌累積維修經驗，將來才能夠有所貢獻。遺憾的是，野幌市並不了解這一點。野幌踐踏了我們的善意，並且企圖以暴力把我們趕走。一方面宣揚環境保護，一方面卻又企圖進行暴力驅趕，我們覺得非常可笑。」

Love Energy的領導者年約三十五歲，是一個住在仙台市的民權運動家，如今天天出現在電視上，打動了那些對野幌與ASUNARO抱持反感的民眾。

「野幌市不需要他們的幫助。」

市長發表了這樣的評論。

由於我和由美子的假期正好重疊，決定全家一起去野幌。由美子原本就想去野幌看看。而ASUNARO也一起帶去。我所屬的雜誌在兩年前停刊，之後異動到同一家出版社的其他部門。介紹衛星數位電視節目的雜誌的編輯部。雖然生活並不輕鬆，但是比我悲慘的特約記者還大有人在。走下坡的出版社，第一個動作就是撵走特約的編輯、攝影，以及外發的編輯製作。

女兒ASUNA已經三歲了，這還是第一次搭飛機。仔細想想，我這五年來也不曾搭過飛機。由美子仍舊是特約經濟新聞記者，每年有一、兩次海外採訪。她出差的時候，ASUNA就由我照顧。由美子的經濟和金融專長保住了她的飯碗。我就沒有這樣的專長。

這次前去野幌，相信由美子也會進行採訪吧。因為國內甚少純粹從經濟學角度詳細介紹野幌市與ASUNARO的報導。雖然集體遷居之初曾經有大批媒體前往採訪，但是在野幌開始以日本前所未見的模式發展之後，媒體就有如退潮般不聞不問了。只有國外的媒體會不時介紹野幌與ASUNARO。

由美子是不會要求我介紹小砰給她認識的。我和中村君至今仍然會以電子郵件聯絡。中村君已經二十一歲，也交了女朋友。她當然也是ASUNARO的核心分子，是個開發遊戲軟體的技術人員，短髮的美女。由美子看得出來，我到現在依然對小砰和中村君他們抱有一份特殊的感情。不過，之所以沒有要求我介紹小砰給她認識，原因並不在此。因為她知道，即使是夫婦，工作與私人的友誼還是應該分開的。

我們在下午一點抵達千歲機場。跑道上有幾架私人的小型噴射機，可能是外商企業所有吧。從千歲機場搭計程車到野幌大約二十分鐘路程。野幌有四家旅館，但是一般的觀光客很難訂到房間。原因在於這些旅館自然是由ASUNARO的關係企業所經營，能夠以ＥＸ支付的人可以優先訂房。我是拜託中村君幫我訂的房間。

「幾位是要去野幌嗎？」

計程車司機問道。是的，我回答。「時代還真是變啦。」他說著笑了起來。計程車司機年近五十，兩年前為了找工作才從福島的會津若松市搬來札幌近郊。講話時帶著東北口音。「自從搬來北海道之後，我的話就變多了。」說著他又笑了。「怎麼說呢？」我問道，他表示因為北海道的人都很開朗純真，自己也跟著變得健談了。

「我原本徹頭徹尾是個沉默寡言的人。可以算是典型的東北人吧。但是自從搬到這裡以後，慢慢就覺得聊天不再是件苦差事囉。」

車外是一片白樺林。這應該算是ASUNA第一次旅行，顯得挺興奮的。這裡是北海道唷，由美子教她，可是她沒有完整說出北海道三個字，只是道、道，練著發音而已。由美子把窗子開了個縫，說道：這裡的空氣真是好呀。

司機先生，剛才您說過時代還真是變了，是什麼意思呢？我問道。

「就是說野幌那些年輕人嘛。」

是說ASUNARO喔，地方上的評價怎麼樣呢？

「還不壞啊。除了野幌之外，其他地方也都受惠嘛。因為從事新產業的人越來越多了，例如在帶廣或是旭川。當然，連在札幌都有越來越多人開始做起我聽都沒聽過的生意啦。」

什麼樣的生意呢？

「這可就問倒我囉。我有個朋友的兒子在小樽，製造一種利用，好像是銅離子什麼的，利用那種東西來殺菌除臭的機械，不過該怎麼說呢，發不了財，還夠吃飯就是啦。」

不知道景氣怎麼樣？

「要說景氣好嘛，好像又不大一樣。並沒有口袋裡有點閒錢可以上酒家沾沾粉味這種感覺。不過，也不至於生活困難。這點和過去不一樣囉。」

這麼說來，ASUNARO的風評不錯嘛，由美子問道。

「還是有人不喜歡他們喔。拿野幌一帶來說，土木建築的生意就都做不下去了。」

怎麼說？

「因為什麼東西都沒辦法蓋了嘛。像馬路啦、隧道什麼的，現在都不能像以前那樣隨便挖了。還有，野幌市內很快就要完全電動車化了，到時候我們可能就沒辦法跑囉。」

這個報導我看過，由美子說。聽說ASUNARO與豐田汽車合作，將在明年春購入三萬輛電動車。這些車為市府所有，必須以ＥＸ卡租借使用。

過了白樺林之後，位於丘陵地帶的野幌市全景旋即映入眼簾。規劃整齊，看不到摩天大樓。建築物之間都保有充分的距離。與其說是都市，更像個廣闊的大學校園。

出現了一面「野幌市市界」的路標。以簡潔的黑體字標記，路標本身也小得一不注意就會沒注意到。看著這面路標，由美子講起十年前剛開始當經濟記者時在華爾街辛苦尋找Ｊ・Ｐ摩根公司的事情。

「因為Ｊ・Ｐ摩根的招牌也非常小。」

旅館位於市郊，是一棟三層的磚造建築。四周圍繞著白樺林，前庭有種植野薔薇的花圃。應該是個滑雪遊憩區的小旅店。

中村君在玄關前的車道迎接我們。他的打扮幾乎沒變，仍然是白色馬球衫配嗶嘰色夾克，個子卻更高了。比身高一七三的我高了不只十公分。五官也變成大人了。昔日圓鼓鼓的雙頰已不復見，一張臉變得有稜有角。中村君和我握手說道：「終於等到你們來了。」顯得非常高興。我先介紹由美子與ASUNA，並簡單地說明ASUNA名字的由來，中村君聽了高興地笑了。非常禮貌地和由美子打過招呼後，中村君抱起ASUNA，領著我們一家走進旅館。

「關口先生，這是ＥＸ卡。付帳的時候，只要將這張卡和信用卡一起使用，就可用日圓結算。」

中村君說著遞給我一張與信用卡一般大小的ＩＤ卡。正面印有淺綠色的ＥＸ字樣，並且打上了我的名字的英文拼音。背面印有注意事項：本卡所有權屬於ＥＸ銀行。若本行提出要求，持有者必須立即歸還。本卡不得轉讓。如有遺失請盡速與ＥＸ銀行聯絡。

「這位是我的朋友，關谷小姐。等一下我還有事，就請她當你們的導遊吧。」

中村君向我們介紹一位在大廳等著的女子。您好，這位女子以大方悅耳的聲音問好。她身穿灰色套裝配橙色球鞋，披著一件同樣是橙色的開襟毛衣，短髮，幾乎沒有化妝。年紀看來在二十五到三十之間。不好意思，還麻煩妳替我們導遊，我這麼說，但是關谷小姐卻表示這不必在意。原來這是一種相互支援，可以獲得ＥＸ點數。因為中村君會把點數轉移給關谷小姐。

「關口先生，今天的晚餐有什麼打算？可以的話，能否一起吃頓飯？」

那當然好囉，我回答。

「很不巧，我的女朋友出差去了。她的廚藝很不錯的。沒辦法，今晚只好招待您們上館子了。喜歡吃什麼菜呢？」

我想起幾年前和中村君在漢堡店談話的往事。可是我也不清楚北海道會有什麼樣的餐廳。既然來到了北海道，自然得嚐嚐海鮮吧，由美子說。沒問題，中村君說著拿出掌上型電腦，以輸入筆記下。傍晚七點會過來接您們，說完便走出大廳。

辦好住房登記之後，我請關谷小姐在大廳稍候，先把行李拿去房間放好。行李員領我們來到房間。櫃台的女職員與行李員都受過良好的訓練。你也和ASUNARO同年紀的嗎？我問帶路行李員。不是，我比中村君和小砰低兩屆，他答道。

「當初是因為嚮往ASUNARO，知道他們在招募旅館人員之後就去應徵，錄取之後進入D學苑的旅館經營科。」

這位十九歲的行李員這麼說。一面累積門僮、行李員、客房管理、櫃台以及餐廳侍者等各種實務經驗，一面學習如何經營旅館。薪資是依據工作時間以ＥＸ支付，而D學苑當然是免費的。「D學苑有什麼入學考試嗎？」由美子問，要考作文，他回答。

房間在二樓，是備有兩張大型單人床的雙人房。室內面積要比一般的都市旅館寬敞許多。聽我這麼說，行李員表示，這是因為有很多國外旅客的緣故。房裡也依照要求準備了嬰兒床。外面有個三坪大的陽台，還設有戶外桌椅，「明天就在這裡吃早餐吧。」由美子說。在陽台上可以看到落葉松與白樺形成的樹林。清新的空氣與美景令ASUNA雀躍，一直在陽台與房間之間跑來跑去。

奶油色的牆上掛著三幅描繪北海道自然風光的蝕刻畫，窗際有一套鮮豔的黃綠色沙發。此外，寬敞的木頭書桌上備有超薄型液晶螢幕與鍵盤。一打開開關，螢幕上就顯示出原始密碼以及強調保密性與二十四小時保持連線狀態的說明文字。浴室裡備有無人工添加劑的草藥沐浴乳與洗髮精，裝在可補充的容器裡。浴缸也夠大，還有獨立的淋浴間。

這樣一晚要多少錢呢？由美子問，兩百EX，我回答。

「太完美了。」

說著，由美子佩服地輕輕搖搖頭。

我們決定先去吃午飯，關谷小姐不知自己是否應該同行。我們自然是邀她一同用餐。旅館裡有餐廳和咖啡廳。由於餐廳供應窯烤披薩，就這麼決定了。

挑高很高的餐廳裡也有外國客人。聽由美子誇讚男女服務生的民族風味制服很可愛，關谷小姐表示，那是出自一位摩洛哥的設計師之手，是透過網路徵求活動挑選出來的。我們點了窯烤的薄披薩，非常美味，連ASUNA都吃掉了一人份。我和由美子還點了義大利葡萄酒來喝。

「兩位認識中村先生很久了嗎？」

關谷小姐問道。他還在唸國中二年級的時候就認識了，我回答。那是生麥通訊的時候囉，關谷小姐點點頭說。請問關谷小姐是如何成為ASUNARO的會員的呢？由美子問道。

「所謂ASUNARO，事實上並沒有什麼會員，而是一個網絡。我原本在埼玉的地方銀行當職員，因為想學習金融方面的知識而申請進入Ｄ學苑。ASUNARO並不是一個公司名稱，也不是一個組織。所以，並沒有什麼會員。」

不過您剛才提到申請，這方面的事情不是由ASUNARO負責的嗎？

「不是，Ｄ學苑的入學申請與審查是由Ｄ學苑辦事處負責的。」

必須經過什麼樣的審查呢？我問道，關谷小姐回答：作文。由美子似乎對想要攻讀金融的關谷小姐很感興趣。

想不想搭乘電動車呢？關谷小姐說道。目前試驗性的有數十輛上路。我們乘坐旅館的巴士前往電動車租賃中心，同時出示ＥＸ卡與美國運通卡，租了一輛普通的轎車。一把我的ＥＸ卡插進租車中心的讀卡機裡，螢幕上立刻顯示出NOHORO II旅館・2203室。我猜自己和由美子的姓名、年齡、住址、銀行戶口、工作單位、電話號碼，還有電子郵件信箱都早已被輸入進去了吧。

電動車、電動車，ASUNA不停嚷著，可是我們搭乘的只是一輛普通的豐田小轎車。看來ASUNA是想像成玩具車了，起初還撒嬌要換別的車。電動車跑起來非常安靜，速度也滿快的。

野幌市遠比想像的要遼闊。我過去總把這裡想像成一個類似主題樂園的人工都市。道路寬敞，建築物也不密集。聽說面積有札幌的六倍大。從租車中心開出去大約十五分鐘之後出現了牧場。既然擁有這麼大的土地，為什麼還要對遷入者設限呢？

「總之，目前的政策就是要避免人口急遽增加。」

政策是由什麼人決定的呢？由美子邊指著窗外的牛馬要ASUNA看，邊問關谷小姐。

「視問題而定。可能會進行網路投票，也可能是由市議會決定；企業經營方針的決定權則在企業負責人的手上。由於人口問題的影響層面很廣，是以網路投票來決定的。有的時候甚至還會以網路投票表決最後的決定方式。」

ASUNARO裡，像中村君那個世代，還有像您這樣成年人，大概是什麼樣的比例呢？

「那我就不清楚了。不知道正確的數字。我只覺得，這幾年來已經越來越感覺不到這種區別了。在D學苑時，我的老師曾說過，他們那些成年人起初是會有自己竟然受雇於國中生的想法，可是長期一同工作下來，這種奇怪的心態自然就慢慢消失了。」

抱著ASUNA的由美子坐在副駕駛座上，關谷小姐坐在後座。ASUNA想到後座去，「來，抱抱。」關谷小姐張開了雙手。關谷小姐個子嬌小，五官清秀。即使撇開正研修金融這一點不談，還是可以看出由美子對關谷小姐很有好感。

我覺得關谷小姐和公司編輯部裡年紀相仿的女同事截然不同。說不上來，只是覺得她滿平易近人。不論像現在這樣和我們一起，或是剛才和中村君一起，都不覺得她有任何勉強。ASUNA相當怕生，可是在關谷小姐懷裡卻是滿臉笑容。

加入ASUNARO之後，是不是有了什麼改變呢？我問道。

「進入D學苑一段時間之後，我是覺得自己不一樣了。」

關谷小姐這麼回答。

初次見面就問了這麼多問題，真是不好意思。能否告訴我是哪裡不一樣了？

「因為D學苑不用付學費，不用功的人都陸續被退學了。雖然也有考試，不過目的並不是為了排名次。就拿金融的考試來說吧，這並不是為了讓班上同學互相競爭，而是為了讓自己確認學到了些什麼。沒有〇×式的考試，大都採取與講師對談或是分組討論的形式進行。

「這讓我感到非常愉快。過去在銀行工作的時候必須面對競爭，可是評判標準曖昧不清，我只覺得非常累人。是一場搞不清楚由什麼人以何種標準來評判的競爭喔。只要輸了，一切就完了。說得過分一點，都是會討上司歡心的人贏。一旦被看對了眼，之後就一直都會獲得很好的評價。進了D學苑之後，我才發覺這種事情有多麼累人。」

已經可以看到牧場彼方的發電風車了。

「這裡可真大呀。來到這麼開闊的地方，我竟然會有點不安呢。」

由美子是在東京出生長大的，這種開闊到能夠望見地平線的景致似乎會令她感到不自在。因為這裡是北海道嘛，關谷小姐笑著說。ASUNA依偎在關谷小姐懷裡「道、道」直嚷嚷。難得見到ASUNA對初次見面的人如此親暱。

沿途不見任何讓人感到不愉快的東西。首先就沒有日本鄉間道路必定會出現的小鋼珠店或中古車行。沒有霓虹招牌，也沒有速食店或拉麵館。「請問是不是有什麼維護景觀的法規呢？」由美子問道。應該沒什麼特別的法規，關谷小姐回答。不過野幌市裡有好幾家購物中心、拉麵館、漢堡店，以及霜淇淋店等等一應俱全。

「我並不是本地居民，詳細情況並不清楚，但是聽說除了和農會之外，ASUNARO與北海道居民並沒有發生什麼衝突，似乎在價值觀方面並沒有什麼差異。」

這情況我也曾聽說過。隨著北海道拓殖銀行倒閉，北海道已經淪為全日本最蕭條的地區了。記得二〇〇〇年的工作分配指數僅有〇・三。當地傳統產業所受的打擊更是格外嚴重。舉例來說，旭川的家具生產減少了四至五成，據說從業人員大概減少了一半。在自由化的影響下，農業與酪農也陷入了危機。由於當初推行擴大規模，北海道的農家據說平均都背負了數千萬的債務。隨著零利率制度在二〇〇〇年秋季解除，破產的農家隨即暴增。

為了恐嚇大家接受金融體系安定化・引進官方資金的政策，政府才故意放任拓殖銀行倒閉，北海道的人們心裡依然留有這種想法。若是不引進官方資金，下場就跟北海道一樣喔，有這種殺雞儆猴的作用。政府為其他大型行庫準備了總額高達七十兆的資金，許多大型企業因而得以免除鉅額的債務。然而北海道當地的傳統產業卻根本沒有獲得救濟。無論誰都會覺得不公平。因為過大而不能夠任其倒閉，只因這種理由而採取了拯救大企業的措施。北海道的中小企業與農家對政府和官僚極度缺乏信任。這種不信任感，迫使酪農之中開始有人自行研發生產無人工添加物的乳酪或牛油。雖然乳牛是由北海道的酪農所飼養，牛奶與乳製品的加工還是落在總公司於外地的大企業手裡。在這嚴重的不景氣中，北海道的人們終於開始懷疑這種結構是不是太奇怪了。

遷移到野幌的ASUNARO有效利用自己的網絡，為旭川的家具打開了全球的銷路；一方面大力推動反基因改良農業，一方面也實際支援種植有機農作物與生產獨創乳酪、牛油的農家和酪農。在旭川，由於供作原料的樹木要百年才能夠長成，業者便在耐用百年的概念下開始製造高價位的優質家具。ASUNARO對他們也是大力支持。不但委託北歐的設計師來設計家具，還在網路上設立了樣品展示館，旭川家具的附加價值因此而提高了。

「看那個，媽媽，那個。」

ASUNA指著前方這麼說。已經可以遠遠看見成排的風車了。景色由放牧牛馬的平坦土地轉變成風力發電區。綿延的稜線上，風車以一定的間隔排列著。我駕著電動車行駛的道路雙向各只有一線車道，可是非常寬敞。聽說輸電線與通信用的光纖一同埋在地下。道路兩旁沒有電線杆，感覺更加寬敞。右側的落葉松與白樺樹林到此結束，馬路有如插入大丘陵區的正中央般向前延伸。

終於，一種不可思議的聲音傳到耳中，道路兩旁已盡是風車。風車的行列一直延伸到地平線的彼方，宛如栽種整齊的人工森林。金屬的森林。太驚人了，由美子發出了讚嘆。僅僅這一帶，就足以提供野幌市所需基本能源二十倍的電力，關谷小姐說明。

「自從開發出不須使用鉛的不斷電裝置後，這裡也不再停電了。」

成功發出能夠替代鉛蓄電池的電力儲存系統的，是一家總公司位於名古屋的創投企業。ASUNARO為他們行銷並且提供研發經費。這種稱為非接觸型飛輪的產品已經成為一種不會產生鉛廢棄物的新式蓄電不斷電設備，獲得全世界的電視台、行動通訊公司、銀行、警察、消防隊、研究所、醫院，以及軍隊等等的廣泛使用。

閃耀著銀色光輝的風車佔滿了視野，一座座的葉片都以同樣的速率旋轉著。雖然汽車以五十公里的時速行駛，卻不見這片景色的盡頭。風車與馬路之間以簡單的柵欄隔開，可是我依然感到一陣目眩，有種置身另一個行星的感覺。徵得關谷小姐的許可後，我在路邊停下，大家一起下了車。據說是出自某名音樂家之手，不可思議的聲音將我全身籠罩。宛如和諧的耳鳴。音樂家在風車的葉片上安裝了位置逐漸錯開的小突起。破風的聲音雖然強勁，但絲毫不會讓人感到不舒服。

ASUNA一臉彷彿桃樂絲進入了奧茲國的表情。這足以振動身軀的強勁聲音雖然嚇了她一跳，但心情似乎不錯。我突然有種奇妙的想像。電視結束播放後的只剩下雜音的畫面浮現在腦海。那種雜音也是有秩序的。畫面裡自然是什麼都沒有，可是雜音會在一瞬間幻化出某種形象，甚至整體會出現美麗的配色。風車旋轉的聲音，就好像這種美麗的雜音畫面幻化出的聲音。

風車在視野中層層疊疊一直延伸向地平線。坡度和緩的丘陵，在坡面上搖動的短草，與這片幾何金屬人造物所構成的風景絲毫沒有衝突。彷彿抒情的印象派風景畫與馬格利特或達利的繪畫忠實地依據透視法加以融合似的。與尋常日本鄉間那種小鋼珠店、中古車行以及速食店招牌林立的景色簡直就是極端的對比。一種正面的情緒油然而生，感覺安詳，卻又莫名地激動。強風吹個不停，而且初秋的氣溫已帶著寒意，但由美子伸開雙臂站在丘陵上，不太想回到車上。

又開了一段路之後來到一個觀光景點，停車場裡停著遊覽車。休息站是一棟紅色屋頂與奶油色牆壁的建築，裡頭有可以眺望丘陵的餐廳、休息區和商店。商店裡販售野幌的風景明信片、海報、生態基金的入會卡、風車模型，以及重現風車聲的ＣＤ等等。

平常，想必這裡是被一望無際的風車所包圍，只能聽到遠方傳來風車葉片的聲音吧。不過現在不同了。停車場與休息區一帶傳來透過擴音器的喊話聲。那聲音因為擴音器的音量開得太大而破裂，隱約帶著不安。一下車就突然聽到這麼吵的聲音，ASUNA嚇得快哭了出來，由美子趕快將她抱起。母親就是有這種能夠嗅出子女的不安與恐懼的本能。Love Energy這個義工團體盤據在停車場後方的草地上，搭建起有如難民營的臨時居所。還可以看到大批媒體記者與像是觀光客的圍觀群眾。只聽到擴音器傳來喊話：

「我們不過是想來從事義工活動，並沒有為野幌市造成任何困擾，可是市政府竟然企圖將我們驅離。我們既不要求報酬，也沒有求任何地位或是保證，可是野幌市卻只以無法批准為藉口，準備將我們這些自動自發的義工趕走。這是一種獨佔風力發電利益的、自私的、暴力的行為。是法西斯！」

為什麼不將他們驅離呢？由美子問關谷小姐。

「已經對他們發佈解散通知了。期限是明天早上。」

在電視新聞看到這則報導時，我並沒有辦法判斷以武力驅趕自願前來幫忙的義工團體是否正當。但一直以來，我個人就對那些一心想參加派不上什麼用場的義工活動的人沒什麼好感。野幌市已經申明，風車的維修他們自己會負責，不需要任何協助。

Love Energy這個團體停了三輛遊覽車在停車場裡，在防止閒雜人等接近風車的鐵絲網前的草地上，以瓦楞紙箱、破木板和塑膠布搭起了臨時屋。停車場與這塊草地之間有一道木頭柵欄。他們正圍著一個以擴音器喊話的中年人舉行集會，約有百十來人。大批媒體則聚在這些集會參與者的外圍。除此之外，還可以看到身穿深藍色制服的警備部隊沿著鐵絲網與木頭柵欄整齊排開。他們原本是ASUNARO裡的任務小組，遷移到野幌之後已被警察單位吸收。聽說野幌市的警察共有八百三十人，其中有六百八十人出身任務小組。

ASUNARO在草創時期便已成立監視事業廢棄物處理機構的網絡。只要接獲通報，不論任何地點，ASUNARO的採訪小組都會帶著數位攝影機趕往現場進行二十四小時的監視，而任務小組，就是在遭遇事業廢棄物處理業者阻撓時帶著武器趕赴現場支援的行動部隊。當時集體棄學的學生裡也有許多是和電腦或網路無緣的不良少年。

傳說中，浦和有一個叫做蘭丸的學生，任務小組就是由他組織起來的。蘭丸在ASUNARO埼玉的職業訓練機構裡成立了任務小組的訓練班。任務小組在和事業廢棄物處理業者發生衝突之際，除了使用橡皮警棍、十字弓與瓦斯噴霧器之外，還曾因使用以色列製的震撼彈而幾度惹出問題。這種震撼彈的爆炸聲與閃光能夠令人暫時失去知覺。

到了明天早上，Love Energy就要被趕走了吧。野幌市警方受任務小組掌控。這些前任務小組的人員大概會使用震撼彈吧。擴音器繼續傳出喊話聲，一直滿臉驚恐的ASUNA終於哭了出來。由美子抱起ASUNA準備回到車裡。我不習慣暴力，也不曾目睹弱勢者遭強制驅離的場面。即使看到六〇年代學生運動的古老紀錄畫面，也因為是黑白的，或是彩色已經變色而沒有現實感。不太相信這是四十年前實際在日本發生的事情。若是在電視上看到Love Energy遭到驅逐的畫面，心裡一定會覺得很不舒服吧。

然而，眼前的臨時屋裡卻傳來陣陣異臭。夾雜著生鮮垃圾、人類排泄物與汗的臭味，也就是和流浪漢一樣的臭味。Love Energy盤據在草地上已經超過十天。警備部隊似乎只允許這些非法佔用者飲用停車場裡的飲水。不過他們並不能將垃圾棄置在停車場，也無法進入休息站如廁。因為有兩百多名警力監視著，這些行為一律禁止。百來人在野外生活超過十天，自然會產生惡臭。雖然他們以一間小屋充當廁所，垃圾也都裝進垃圾袋，可是塑膠袋一破，汙穢物還是流向了四周。可以看到有些記者以手帕掩面或是戴著口罩。也有記者在報導時表示，此處已是惡臭瀰漫滿是垃圾。

由美子很可能會排斥，但我倒是想親眼瞧瞧任務小組化身的警備部隊驅逐Love Energy的場面。Love Energy的喧囂與惡臭，已經將這個只聞風車葉片聲響的靜謐世界破壞殆盡。不知道任務小組化身的警備部隊準備以何種方法驅逐這個汙穢的義工團體。會演變成流血事件嗎？會使用震撼彈與催淚瓦斯嗎？但不管怎麼樣，我認為這塊地方終將恢復整潔。歧視汙穢的人固然不對，我也知道散發惡臭的人有時可能是正義的一方。不讓這些非法佔據者使用廁所和處理垃圾是ASUNARO採取的戰術。不過，我還是想看到這塊土地恢復整潔的模樣。

「聽說您們去參觀過風車了。」

中村君看看我又看看由美子，這麼說道。這裡是野幌市中心一家購物中心裡的壽司店。店內有白木吧台與約七張餐桌。也邀請了關谷小姐一同前來。我剛才品嚐了海膽卵，美味得令人難以置信。一般都是將海膽卵平鋪在木盒上，可是這家壽司店卻是放在漂浮在水中的塑膠餐盒裡。顏色也沒那麼黃，接近白色。ASUNA不太喜歡吃海鮮，每次上壽司店都只吃些煎蛋和葫蘆條，沒想到這回卻吃了五個海膽卵，令由美子大感意外。

「那些風車，真是令人覺得很不可思議呢。」

我對中村君這麼說。我們坐的是餐桌而不是吧台。吧台內側有三位壽司師父，負責送壽司和啤酒過來的則是穿著橘色與深藍色和服的年輕女子。聽說那是由比利時服裝設計師根據愛奴族傳統服裝所設計的制服。這些設計都是ASUNARO從網路公開徵選來的，但是並沒有支付設計費。關谷小姐表示，他們所要做的，是在網路上大力為設計師打知名度。

「我還是第一次看到那樣的風景，那聲音至今還留在耳際呢。」

我喝著啤酒，吃著美味的海膽卵與魚子醬，顯得有點興奮，話也越來越多。最後不得不自己收斂一點。由美子與關谷小姐喝白葡萄酒，中村君則是喝可樂。他解釋自己並不是討厭喝酒，而是今晚還有些事非辦不可。

「一到風勢比較強的日子，整個野幌都可以聽到那些風車的聲音呢。不知道今天晚上怎麼樣。夜裡不妨在旅館的陽台試試，說不定也可以聽得見唷。」

店裡除了我們之外另有五組客人，將吧台都坐滿了。有兩位外國人、一群西裝革履的中年人、一對與中村君年紀相仿的情侶，還有一對看似夫婦的老年人。今天白天走訪了旅館、風車區、有白樺森林和湖的廣大公園，以及這個購物中心，幾乎沒有見到老年人的蹤跡。某週刊雜誌曾經刊載ASUNARO強制將沒有工作能力的老人送進安養院的報導。

野幌市內的確有幾家以旅館改裝成的老人機構，也就是所謂的特別安養中心。但老人們並非強制被送進這些機構的。今天聽關谷小姐說明之後我才了解，野幌的老年人口非常少。隨著ASUNARO遷入，將十三個鄉鎮市合併之後才誕生了野幌市，但原本的人口合計也不過八萬，而且還在持續減少。當地幾乎都是農家或酪農，他們大多加入了農會組織，可是農會組織事實上當時已是名存實亡。由於信用、合作事業虧損，他們雖然曾試圖重整挽救，可是就和金融界一樣，舊有的體質無法說改就改，因此大多都宣告失敗。

遷居至此的ASUNARO成立了稻米等農產品與酪農製品的審核機關，重新規劃收購與配銷系統，並且開始在網路上販售，同時還提供肥料、種子與農耕機具，並且對通過審核的農家與酪農業者進行補助。野幌的農會最後終於宣告解散。農會組織的支持者與職員也不得不離開野幌。高齡人口也隨著這個過程而驟減。

不過，UBASUTE這個團體當時的主張也並不是完全沒有下文。野幌的老人沒有退休年齡的限制，即使退休也還能夠從事其他工作。特別安養院裡提倡恢復工作能力的復健治療，也就是說不要讓高齡者純粹只受奉養，沒有活力的老人是沒辦法在野幌住下去的。之所以白天時看不到老人的身影，是因為他們大多都在工作的緣故。

「小砰還好嗎？」

我問道，中村君說他去美國了。

「去美國了？那就有道地的爆米花可以吃個夠了嘛。」

中村君聞言笑了出來。為什麼講到爆米花呢？由美子問。聽我講了和小砰初次見面的往事，關谷小姐也覺得很有趣。小砰最喜歡爆米花、洋芋片和糖果餅乾了。

「不過小砰似乎不喜歡出國。我的女朋友同樣是程式設計師，也一同去了美國，她告訴我小砰一直吵著要回來呢。」

除了海膽卵之外，魚子醬、青花魚、漬鯡魚卵、比目魚，還有牡丹蝦都很可口。ASUNA吃了比平常多一倍的分量，由美子只好叫她別再吃了免得肚子疼，她馬上像要哭了出來似的。大概是這裡的空氣能促進食慾吧，中村君說道。

「在橫濱的時候我也吃得不多，但自從搬來這裡以後，胃口就變得很好。去年一月回過橫濱一趟，卻被汙濁的空氣給嚇了一跳。彷彿每次呼吸都會把體內弄髒似的，感覺很不舒服。」

野幌有沒有酒吧或夜總會呢？酒吧、卡拉ＯＫ和電玩店都有，但是沒有夜總會，中村君回答。

「也有迪斯可舞廳。」

關谷小姐說道。

「我不太去那種地方，不過這裡有以前牧場的大倉庫改裝的舞廳，也有利用煤礦坑改裝的地底舞廳。因為我很怕吵，只去過一次而已。」

由美子與關谷小姐開始聊起ＥＸ的話題。未來ＥＸ會如何發展呢？由美子問道，部分情況有點可怕，關谷小姐說。她的臉頰因喝了葡萄酒而泛紅。

「ＥＸ的發行量是由ＥＸ銀行決定的，但是控制發行量事實上是一件非常困難的工作。」

這我相信，由美子點點頭。ASUNA在由美子的懷裡打起盹來。為免吵醒ASUNA，關谷小姐和由美子交談時都壓低了音量。

「有需要的時候能夠自由使用，是便利貨幣的條件之一。若是明明有需要，卻還是一味限制發行量的話，就……」

「可能會導致以ＥＸ付款的交易量萎縮吧。」

「正是如此。可是如果隨便增加發行量，隨即就會淪為被炒作的對象了。為了在沖繩本島的國頭郡實施太陽能發電，ASUNARO將在明年向那裡搬遷，如此一來，沖繩就需要大量的ＥＸ卡刷卡機。在北海道，尤其是札幌，ＥＸ卡刷卡機的數量確實在逐漸增加，由此可見，在沖繩也不可能只限於國頭郡的ASUNARO移居區使用。到時候發行量自然會增加，何時該開放日圓與美元兌換ＥＸ的限制，也會成為可以討論的問題。」

「那就會逐漸變成不只是單一地區的貨幣了。有沒有考慮過ＥＸ債券之類的做法呢？」

「基本的考量目前並沒有改變，依然維持只以ＥＸ卡與網路銀行流通的形式，但正如您所知，我們很難掌握電子貨幣會在哪裡出狀況，出現問題的機率相當高。以高匯率進行交易的地下電子購物中心不斷出現，至少在目前，從法人投資機構到個人，整個市場都籠罩著想盡辦法獲取ＥＸ的氣氛，因此日圓或美元都必須以高得離譜的匯率兌換ＥＸ，也就是黑市ＥＸ。若要建立監督此一情況的系統，必須花費昂貴的成本。繼沖繩之後，ASUNARO還有遷居長野的計畫，而目前除了野幌之外，國內各地也有許多ASUNARO的機構，例如職業訓練中心和收購配銷中心等等。再加上ASUNARO還實際在全球拓展網路事業，或許屆時誠如您所言，必須以發行ＥＸ債券的形式因應外匯市場的需求吧。只不過我們也不知道到那個時候情況會變成什麼樣子。」

誰也不知道吧，由美子說道，關谷小姐點點頭。ASUNA已經完全睡熟了。一臉舒服的模樣被由美子抱在懷裡。

我們在野幌停留了四天。連同第一晚在內，和中村君吃過三次飯。關谷小姐全程擔任我們的導遊。我向關谷小姐打聽，這份兼差能從中村君那裡得到多少ＥＸ。四天合計約三百ＥＸ。中村君似乎擁有大量的ＥＸ，這應該不算什麼負擔吧。

第二天，在電視上看到了Love Energy遭到驅逐的情形。驅離行動在破曉展開，既沒有用上震撼彈，也沒有流血衝突。這次行動還能以許久以前制定的死搭客法作為依據。全身黑色制服、戴著裝有面罩頭盔的野幌市警機動隊上場，宣佈將以武力進行驅離，Love Energy便二話不說開始自行撤離。他們全被推上遊覽車，垃圾袋也一併被塞進車裡。雖然一般媒體都播出了Love Energy女性成員哭著上車的特寫鏡頭，但是ASUNARO的網路新聞卻明白表示，這些義工不請自來的舉動本身就是非法行為。

第三天，由美子與ASUNA在關谷小姐的帶領下去牧場騎小馬，我則獲准自由行動，在旅館的咖啡廳裡與中村君聊了兩個小時。我提了幾件印象深刻的話題。「為什麼繼北海道之後選擇了沖繩呢？」我問道。選擇北海道的理由在於沒有梅雨，可是沖繩有梅雨。怎麼說呢，因為北海道和沖繩兩地的老實人比較多，中村君說道。他這二十一年的歲月裡，從不曾碰到過北海道或沖繩出身的壞人。說來我也頗有同感。「您認為這是為什麼呢？」被中村君這麼一問，我也答不出來。我認為這並不是因為北海道和沖繩的居民有什麼特別之處，中村君說道。

「相反的，我覺得他們可能缺少了一般日本人所有的心態。雖然我也說不清楚那到底是什麼，簡單講，就是那種對上阿諛奉承，對下則作威作福的心態。也不知道為什麼，北海道和沖繩的居民就是不會被這種醜惡的心態汙染。」

也有令人難過的消息。ARAI君去年過世了，年僅二十歲。ARAI君來到野幌之後不久便染上酒精中毒，曾在醫院裡接受治療，但出院之後又染上了不明的怪病。只知道是腸道方面的疾病，食物的主要營養未經吸收便直接被排泄掉，據醫師表示，這種怪病的原因可能是濾過性病毒、遺傳疾病，或是免疫系統失常。不明疾病的致病元凶大多不出這三種。聽說ASUNARO元老級的成員中還有好幾人死於類似的症狀。ARAI君去世後一個月，野幌有一家展示北海道開拓史的資料館揭幕了。同去參觀時，小砰指著一張照片叫中村君瞧瞧。那是一張昭和初年網走監獄囚犯的照片。囚犯們正在野外勞動。他們穿著粗布衣，手持鋤頭或鐘子，站在一棵被砍伐的大樹樹根旁凝視著鏡頭。我這輩子還沒看過擁有這種眼神的人，小砰當時這麼對中村君說道。

「炯炯有神。不覺得目光中充滿了慾望嗎？這些人需要一些很實在的東西，例如肉湯、毛衣這一類攸關生存的必需品。眼神中明白表示，為了獲得這類東西，他們隨隨便便就會動手殺人。這種慾望，是不是能夠化為生活的動力呢？還記得過去有一個棄學的學生，腦部循環的血液減少了六成的案例嗎？那傢伙不斷抗拒去上學，最後身體終於無法承受，開始拒絕維持正常的活動。早上陷入無法起床的狀態。或許ARAI的身體也發生了類似的狀況吧。我們並沒有照片中人那種慾望。或許ARAI在治療酒精中毒的過程中，肉體的慾望已經降為零，因此體內的某處，嗯，多半就是腦部吧，便開始拒絕攝取營養也說不定。」

令人驚訝的是，中村君他們成功與生麥取得了聯繫。生麥的本名是YAMAGUCHI，自兩年前開始在巴基斯坦西北邊境省的一處紅十字難民營工作。他是因為進入了ASUNARO的網站，得知日本有五十萬的中學生因他而進行集體棄學，大感訝異之餘而主動聯絡的。之後中村君便開始和他互通電子郵件。聽說他在明年一月會回日本一趟，屆時會來走訪野幌。

回到東京後，我仍然經常會想起夜裡在野幌旅館陽台上聽到的風車聲。曾經在由美子與ASUNA睡著後一個人出去聽，也曾和由美子一同聆聽，甚至一家三口一起聽。事實上，在野幌停留的每個夜裡，我都會走到陽台傾聽那種聲音。那僅有些微音差的複合聲音不斷從遠方傳來，感覺就好像有一隻巨大的生物正在黑暗中呼吸。

怎麼也聽不膩。那聲音並不像波浪一樣規律，也不似潺潺河水聲那麼的單調。我覺得與鐘聲的餘韻非常相似。兩百座安裝有不同突起的風車的葉片劃破空氣產生共鳴化成的金屬餘韻，籠罩著所有的景致。

聽著這種聲音，我想起了二〇〇二年六月小砰於國會網路轉播中所說的話：

「這個國家什麼都不缺。真的是什麼五花八門的東西都有。可是，就是沒有希望。」

小砰曾這麼說過。這個舒適的人工都市裡有沒有希望呢？我思索著。即使真的有希望，現實中的驅策動力終究還是慾望吧。連小砰自己都承認他們的慾望淡薄。可以的話，請搬來野幌住吧，道別時中村君對我說。並表示若是真有那個意願的話，他可以為我們準備房子。一來空氣清新，而且只要有電腦，到哪裡都可以工作，基於這些理由，由美子似乎認真在考慮遷居野幌。在那個城市，ASUNA會成長成一個什麼樣的孩子呢？每天聽著那風車的聲音過日子，又會是什麼模樣呢？我目前還沒有結論。

後記

「有沒有什麼現在立刻可以辦到的教育改革方法？」我曾在為讀者建構的〈龍聲感冒〉網路留言板上提出這麼一個問題。這是大約四年前的事情。為了鼓勵讀者踴躍參與，我還準備了獎品要送給提出正確答案的人。遺憾的是，並沒有出現正確答案。

我所準備的答案是：現在立刻發生多達數十萬人的集體棄學事件。有人在留言板上表示這個答案太可笑了，引發討論最後演變得不可收拾。

不論是教育或其他問題，要進行改革，基本上就不得不先修法。法律是由國會所制定。雖然最近議員通過的法條越來越多，但是大多還是得由官僚體系提案，在獲得多數國會議員同意之後方才具備法律效力。

這種複雜的程序就是所謂的民主，不過我並不嫌惡這種制度。我只是對於空泛議論過多，不針對修法的繁雜程序進行討論而感到不耐煩，這不僅是對於教育問題而已。

但是我所準備的「多達數十萬人的集體棄學事件」這個答案，在讀者留言板上並沒有獲得認同。甚至還有人表示「這算哪門子答案啊」。因此我打定主意要寫一部以中學生集體棄學為主題的小說。

在進行作者校稿的時候，我自己都覺得很有趣。這種情況還是第一次發生，至於為什麼會覺得有趣，我到現在都還不清楚。或許是我蒐集的資訊和故事與幸福有關聯也未可知。

由於故事以近未來為舞台，我請教過大批專家，也採訪了許多人。採訪筆記的一部分，日後可能會以單行本的形式推出。

容我藉此向聯合國難民事務高級專員辦事處的山本芳幸先生（現居巴基斯坦的伊斯蘭馬巴德）表達感謝之意。我和山本先生是在讀者網站上的留言板中認識的。若是沒有山本先生的協助，我就不可能前往作為這部小說開端的巴基斯坦西北邊境省進行採訪。

在月刊《文藝春秋》連載時，承蒙當時的總編輯平尾隆弘先生與責任編輯山田憲和君提供許多寶貴的建議與協助。此外，在出版之際也多虧出版局的村上和宏先生與森正明君的照顧。

絕佳的裝幀設計，一如往例，是由鈴木成一先生負責。

在此向各位致謝。

二〇〇〇年七月橫濱

村上龍

國家圖書館出版品預行編目資料

希望之國／村上龍著；張致斌◎譯．——初版——
臺北市：大田，2017.09
面；公分．——（日文系；046）

ISBN 978-986-179-478-5（平裝）

861.57 105025209

日文系 046

希望之國

村上龍◎著
張致斌◎譯

出版者：大田出版有限公司
台北市 10445 中山北路二段 26 巷 2 號 2 樓
E-mail：titan3@ms22.hinet.net http：//www.titan3.com.tw
編輯部專線：(02) 2562-1383 傳真：(02) 2581-8761
【如果您對本書或本出版公司有任何意見，歡迎來電】

總編輯：莊培園
副總編輯：蔡鳳儀 執行編輯：陳顗如
行銷企劃：董芸／古家瑄
校對：金文蕙
印刷：上好印刷股份有限公司 (04) 23150280
一版初刷：2002 年（民 91）8 月 1 日
二版初刷：2017 年（民 106）9 月 10 日 定價：350 元
法律顧問：陳思成
國際書碼：978-986-179-478-5 CIP：861.57/105025209

參考文獻：《蒙古帝國興亡史》杉山正明（講談社現代新書）
首度連載於《文藝春秋》平成十年十月號至平成十二年五月號